산돌
山石

날이 밝아 나 홀로 떠나니 길이 없어
첩첩 안개 속을 들락날락 오르락내리락한다
붉은 산 푸른 시내가 어우러졌고
소나무와 참나무는 모두 열 아름이나 됨직하다
맨발로 물이 흐르는 돌을 밟고 시내를 건너니
물소리는 첨거쩜거 바람은 옷깃을 날린다

天明獨去無道路
出入高下窮煙霏
山紅澗碧紛爛漫
時見松櫪皆十圍
當流赤足踏澗石
水聲激激風吹衣

파황성불

破皇成佛

피황성불 2

이천우 新무협 판타지 소설

초판 1쇄 찍은 날 § 2005년 1월 20일
초판 1쇄 펴낸 날 § 2005년 1월 30일

지은이 § 이천우
펴낸이 § 서경석

편집장 § 문혜영
편집책임 § 장상수
편집 § 김민정 · 최하나
마케팅 § 정필 · 강양원 · 이선구 · 홍현경

펴낸곳 § 도서출판 청어람
등록번호 § 제1081-1-89호
등록일자 § 1999. 5. 31
어람번호 § 제2-0515호

주소 § 경기도 부천시 원미구 심곡1동 350-1 남성B/D 3F (우) 420-011
전화 § 032-656-4452 팩스 § 032-656-4453
http://www.chungeoram.com
E-mail § eoram99@chollian.net

ⓒ 이천우, 2005

ISBN 89-5831-397-8 04810
ISBN 89-5831-395-1 (SET)

破皇成佛

파황성불

2

기연의 주인

목차

■8장■
도주(逃走)

동창 사영반 목영지(木營地) 소현자(韶玄子)가 수하로부터 보고를 받은 것은 방금 전의 일이었다. 내향산 외곽의 수풀 속에는 그를 비롯한 다른 동창의 무사들이 있었으나 주변에는 적막만이 가득했다. 분위기에 질식한 듯 그들은 숨 쉬는 소리마저 부담스러워하고 있었다.

보고를 했던 수하는 입 안이 바짝 마르는 것을 느껴야 했다. 이번 출행에 혈귀린을 잡기 위해 호천조와 삭풍조가 대동했음에도 혈귀린을 잡지 못했고, 오히려 두 개 조의 조원이 괴멸하다시피 했으니 조심스러울 수밖에 없는 것이다.

그때 소현자가 허공을 바라보고 있던 시선을 내리며 천천히 입을 열었다.

"그래, 절벽에서 떨어진 놈을 발견하지 못했다고?"

"네, 어디에서도 그자의 시체는 발견하지 못했습니다. 또한 무림맹의 무인들을 잡기 위해 내려갔던 삭풍조도 시신만 발견했을 뿐입니다."

"삭풍조가 모두 당하다니……. 무림맹의 얼뜨기들 실력이 상상 이상이었구나. 그렇다면 그놈들이 그자를 구해간 건가?"

소현자는 질린 듯 고개를 저었다가 길게 한숨을 내쉬며 중얼거렸다.

"후, 놈이 살아 있다면 이제 모든 것이 밝혀지는 건 시간문제겠지?"

보고를 했던 무사는 순간 자신에게 질문한 것인지 확인하기 위해 고개를 들었다가 소현자의 입가가 작게 떨리는 것을 보고 급히 고개를 숙였다.

"다 잡은 등패도 놓치고 삭풍조와 호천조 중 살아남은 자는 열도 안 된다. 도대체 그자의 정체는 뭐지?"

소현자는 상빈을 떠올렸다. 혼자서 수하들의 반 이상을 해치웠을 뿐 아니라 자신과 다른 부영반들에게 내상까지 입혀 두 눈 멀쩡히 뜨고 등패를 놓치게 하고 말았다.

"파황마제 양일소의 무공을 펼치는 자가 나타나다니 그자는 아수라혈천교의 후인이란 말인가?"

붉은 빛을 뿌리며 허공을 날아들던 반월파가 떠오르자 그는 자신도 모르게 진저리를 쳤다. 소문으로만 전해져 내려오던 반월파의 위력은 생각보다 대단했다.

동창 십영반의 삼 인의 협공을 상대할 자가 있으리라고는 생각도 못했다. 나름대로 자신들의 무공 실력에 자신을 갖고 있었는데, 상빈과 겨루며 그러한 자부심이 한순간에 무너져 내렸다.

  물론 동창 십영반이라는 위치가 무공의 고하로 뽑는 것은 아니었기에 동창 내에서도 자신들보다 무공이 뛰어난 자들은 있었다. 하지만 십영반으로 발탁된 이후에 수많은 무림기서(武林奇書)들을 수련하며 구주강호의 고수들에게 뒤지지 않을 거라 생각했었다.

  하지만 상빈을 상대해 보니 그것은 자신들만의 착각에 불과했다는 것을 인정할 수밖에 없었다. 반월파의 위력을 떠나 자신은 그자와 변변한 손속도 겨루지 못할 정도로 내력에서 차이를 보였다.

  무지막지하게 몰아붙이던 강맹한 힘에 변변한 공격조차 펼칠 수 없었던 것이다. 그는 새삼 무림과의 벽을 느꼈다.

  삼십대 초반 정도로 보였던 상빈이 그 정도의 내력을 얻을 수 있었던 것은 분명 어릴 적부터 남다른 수련을 했을 것이 분명했다.

  성인이 된 이후에야 제대로 된 무공을 익힐 수 있었던 자신들과는 달리 수많은 영재들 중 자질이 뛰어난 이를 가려 뽑아 수련시키는 무림인들의 방식은 자신들로서는 따라잡을 수 없는 차이를 보이는 것이다. 그러한 차이가 자신들의 패배를 불러들였다고 생각하니 절로 한숨이 나왔다.

  '또한 삭풍조를 상대한 무림맹의 인물들이 화산과 소림의 제자라고 하였으니 구대문파 또한 힘을 회복했다고 봐야 한다. 무림의 저력이라는 것이 이런 것을 말하는 것인가?

  그는 참담한 얼굴로 생각을 곱씹었다. 그러다가 문득 떠오르는 것이 있었다.

  "잠깐! 어떻게 아수라혈천교의 무공을 펼치는 자가 무림맹 놈들과 함께하는 거지? 옥영귀(玉聆鬼), 어찌 된 일인가?"

  소현자는 급히 한중기를 찾았다. 그의 부름에 곁에서 눈치를 살피고 있던 한중기가 입을 열었다.

"그자는 소림의 제자 같았습니다."

"그게 무슨 소리지? 어떻게 소림의 제자가 반월파를 사용한단 말인가?"

소현자는 놀란 얼굴로 한중기를 바라보았다.

그는 혈귀린을 상대하느라 상빈이 관음청강수를 펼치는 것을 보지 못했기 때문에 한중기의 말을 이해하기 힘들었다.

"그는 백보신권과 관음청강수 등의 소림 절기를 펼쳤습니다. 또한 자신의 행적을 밝히지는 않았으나 소림으로 가는 것 같았습니다."

"그게 사실인가?"

되묻던 소현자의 얼굴이 갑자기 굳어졌다. 무언가 짚이는 게 있었다.

파황마제 양일소와 무림성승 혜각 대사.

무림에 크나큰 영향력을 끼쳤던 두 거두가 사라진 것은 모종의 사건과 연관되어 있었다.

'소림과 아수라혈천교의 절기를 펼치는 자가 있다니⋯⋯. 더욱이 소림과는 달리 아수라혈천교는 멸교(滅敎)한 것으로 알려져 있는데⋯⋯. 설마 그들이 빠져나왔단 말인가?'

그는 도저히 믿을 수 없다는 표정을 지었다.

반월파를 펼치는 것을 보았을 때 눈치를 챘어야만 했다. 아무래도 그자는 두 정사 거두와 관계가 있는 것이 분명해 보였다.

"어쩐지 그놈 실력이 보통이 아니더니⋯⋯. 제기랄, 일이 더럽게 꼬이는군."

생각을 곱씹던 그의 얼굴이 심하게 일그러졌다.

만약 그의 짐작이 사실이라면 이건 보통 일이 아니었다.

불귀곡에 갇혀 있던 두 거두가 빠져나왔다면 강호는 커다란 소용돌이 속에 빠져들 게 분명했다.

더 이상 여기서 머뭇거려서는 안 되었다. 한시라도 빨리 이 사실을 보고해야만 했다.

그가 다급히 팽화극을 찾았다.

"철영비, 아무래도 나는 대영반님을 뵈러 가야만 할 것 같네. 등패는 자네가 맡도록 하게."

"네? 그냥 귀환하실 생각이십니까?"

갑작스런 소현자의 말에 팽화극은 놀란 듯 물어왔다.

하지만 마음이 급한 소현자는 대답 대신 가볍게 고개만 끄덕인 후 다시 한중기를 향해 말을 이었다.

"그리고 옥영귀, 그자는 자네가 쫓도록 하게. 아무래도 자네가 그자를 만난 적이 있으니 유리하겠지."

"알겠습니다. 그런데 그자를 잡아들여야 합니까?"

한중기는 상빈을 쫓으라는 말에 자신없게 대답했다. 솔직히 혼자서는 자신이 없었다.

"아니, 그럴 필요는 없네. 다만 내가 대영반님을 뵙고 올 동안 그자의 행적을 놓쳐서는 안 되네."

"네, 그렇게 하지요. 그런데 그자가 누구인지 짐작이 가십니까?"

불귀곡에 관하여 알지 못하는 한중기가 조심스럽게 묻자 곁에 있던 팽화극도 마찬가지로 의아하단 얼굴을 하고 있었다.

"나도 확실히는 모르네. 다만 반월파를 쓰는 것을 보면 양일소의 제자인 것 같네."

“네? 그자가 양일소의 제자란 말입니까? 하지만 그는 소림의 무공도 펼쳤습니다.”

한중기는 이해할 수 없는 표정이었다. 그러나 소현자는 더 이상의 자세한 설명은 하지 않았다.

이들이 십영반에 속해 있다고는 하나 대영반의 허락 없이 함부로 불귀곡에 관하여 발설할 수는 없었다.

“그자가 어떻게 소림과 아수라혈천교의 무공을 익혔는지 밝히는 것이 자네가 할 일이네.”

소현자가 낮은 목소리로 말했다. 그리고는 가볍게 숨을 내쉬며 중얼거렸다.

“아무래도 강호에 돌풍이 불어올 것 같군.”

알 듯 모를 듯한 말에 한중기는 잠시 동안 그의 다음 말을 기다렸으나 소현자는 더 이상 입을 열지 않았다.

*　　　　*　　　　*

“묻고 싶은 게 있습니다.”

일행은 막 모닥불을 피우고 있던 참이었다. 원래 계획대로라면 일행은 밤이 되기 전에 대리(大理)에 도착했어야 했지만 부상당한 상빈과 사준현을 데리고 가다 보니 발길이 더디어져 야숙을 하게 되었다. 쫓기고 있을지 모르는 상황에서 모닥불을 피우는 것은 상당히 위험이 따르는 일이었지만 의식을 잃고 있는 사준현을 위해서라도 불을 피울 수밖에 없었다. 비록 여름이 한창인 때였지만 산중의 밤공기는 차갑기 마련이다.

　그러나 될 수 있으면 불빛이 새어 나가지 않도록 덕원은 근처의 나무를 꺾어 일행이 둘러앉아 있는 주변을 가린 뒤 근처를 살피러 갔고 상빈은 근처의 바위에 등을 기대고 반쯤 누워 있었는데 유진철이 그런 상빈을 향하여 말을 건 것이다.

　"뭔가?"

　그의 시선을 느꼈는지 상빈은 퉁명스럽게 말했다.

　하지만 상빈의 시선은 그를 향하고 있지 않았다. 상빈은 연신 당설연을 힐끗거리고 있었다. 당설연은 굳은 얼굴로 사준현을 치료하는 데 여념이 없었는데, 상빈의 신경은 온통 그녀에게 쏠려 있었다.

　아침에 호되게 당한지라 그녀가 다시 한 번 자신을 치료한다고 나설까 봐 신경이 쓰였다.

　'다시 한 번 내 몸에 손을 대기만 해봐라. 아예 사생결단을 내고 말겠다.'

　이곳까지 오는 동안 상빈은 연신 이를 갈아대고 있었다. 자신을 치료하기 위한 행동이었다는 걸 모르진 않았다. 비록 그 손길이 거세어 환자를 배려하는 마음은 눈곱만큼도 찾을 수 없었지만 나름대로 꼼꼼하게 상처를 돌본 것은 사실이었다. 하지만 그런 것들을 모두 인정하더라도 다시는 그녀에게 치료를 받고 싶지 않았다.

　상빈의 시선을 따라 유진철도 당설연을 바라보았다. 그러자 당설연에게 치료받고 있는 사제의 모습이 눈에 들어왔다.

　"휴!"

　그는 자신도 모르게 옅은 신음을 토해냈다. 사제의 상태는 생각보다 위중했기 때문이다.

　"뭐냐니깐?"

그가 사제의 상태를 걱정하고 있을 때 상빈의 목소리가 들려왔다.
기껏 말을 시켜놓고 아무런 말이 없자 되물은 것이다.

"아, 저희를 습격한 자들 말입니다. 그들의 정체가 정말 동창이 맞습
니까?"

"그렇다더군."

뭔가 싶었던 그는 별거 아니라는 듯 길게 말하지 않았다.

"확실한 겁니까?"

"모르겠네. 나도 전해 들었을 뿐이니까."

"하지만 그것은 매우 중요한 일입니다. 혈귀린이 한 말의 진위를 판
단하기 위해서라도 그들의 정체를 파악해야만 합니다."

사제의 위중한 상태가 걱정되었지만 유진철의 머리 속에는 온통 상
빈이 전해준 말들로 가득했다.

"궁금해하는 건 알겠는데 그놈들에 대해서는 신경 쓰지 않아도 될
거야. 그놈들이 동창이 아니라 그 이상이라고 해도 나를 건드린 대가
는 단단히 치러야 할 테니까 자네는 더 이상 신경 쓰지 말게."

"하지만……."

유진철은 말을 멈추었다. 바위에 기대고 있던 상빈이 길게 몸을 눕
히고 눈을 감아버렸기 때문이다.

유진철은 작은 한숨을 내쉬었다.

궁금한 것은 많았는데 저러고 있으면 더 이상 물을 수가 없었다. 그
에게 궁금한 것을 물었던 덕원이 어떤 곤혹을 치렀는지 보았기에 괜스
레 모험을 할 순 없었다.

상빈의 과격한 성격을 보면 자신이라고 봐줄 것 같지 않았다. 때문
에 그는 나뭇가지를 꺾어 모닥불에 던져 넣으며 혼자서 생각을 정리

했다.

혈귀린의 말대로라면 강호는 삼목회라는 곳으로부터 농락당한 것이 분명했다. 그들은 무황보전의 위치가 숨겨져 있다는 무황패를 만들어 내어 강호를 혼란스럽게 만들었고, 그로 인해 정사대전이 일어났다고 했다.

'아무리 생각해 봐도 믿기 힘든 일이야. 차라리 혈귀린이 꾸며낸 이야기로 보는 게 더 옳을지 몰라.'

하지만 그렇게 생각하기에도 무리가 있었다. 혈귀린이 그러한 일을 꾸며낼 이유가 없다는 것이다. 관과 무림에 쫓기어 다급한 마음에 지어낸 것으로 생각하기에는 너무나 허무맹랑했다.

일부러 꾸며낸 것이라고 생각하기에는 무리가 많은 것이다. 더욱이 자신들은 그의 종적조차 제대로 파악하고 있지 못했는데 스스로 모습을 드러내어 그런 말을 전한 것을 보더라도 가볍게 흘려들을 수는 없었다.

또한 자신들이 정체 불명의 무리들에게 공격을 받았다는 것 또한 혈귀린의 말에 힘을 실어주고 있는 것이다.

'휴, 무엇보다 노대 어르신을 찾는 것이 중요하겠군.'

그는 혈귀린과 함께 사라져 버린 노대를 떠올렸다. 노대라면 모든 것을 밝혀줄 것이 분명했다.

그가 생각을 곱씹고 있을 때 주변을 둘러보러 갔던 덕원이 긴장한 얼굴로 뛰어왔다.

"큰일입니다. 놈들이 쫓아온 것 같습니다."

"네에? 그게 무슨 말씀이십니까?"

"지금 이 일대에 관군들이 깔려 있습니다."

주변을 살피던 덕원은 수많은 횃불들을 일렁이며 관군들이 움직이는 것을 보고 황급히 돌아왔다.

"음, 관군까지 동원하다니 놈들의 정체가 동창이라는 말은 맞는 것 같군요."

"어떻게 해야 할까요?"

"저희들을 쫓는 것인지 섣불리 판단할 수는 없으나 일단 피해야 할 것 같군요. 저희를 쫓는 게 아니더라도 굳이 관군과 부딪쳐서 좋을 것은 없겠지요."

유진철의 말에 덕원도 같은 생각이었는지 크게 고개를 끄덕였다.

그때 그들의 대화를 들은 상빈이 물어왔다.

"뭐야? 왜 그래?"

"아무래도 저희를 쫓기 위해 동창에서 관군을 동원한 것 같습니다. 저에게 업히시지요. 일단 자리를 피해야겠습니다."

"젠장, 똥창 녀석들, 아주 죽으려고 기를 쓰는구나."

덕원이 말을 하며 몸을 수그리자 상빈은 인상을 찡그렸다.

성질 같아서는 관군이고 동창이고 다 때려잡고 싶었지만 지금의 몸 상태로는 혼자서 움직이기조차 버거웠다.

잠시 후 몸을 다친 상빈과 사준현을 등에 업은 일행은 서둘러 수풀 속으로 몸을 움직이기 시작했고, 멀리서 다가들던 횃불들은 그들이 사라져 간 방향을 뒤따르고 있었다.

얼마쯤 움직였을까?

연편을 꺼내 들고 앞장서던 당설연이 서둘러 따라오는 일행을 향해 손을 들어 보인 것은 그들이 이름 모를 산등성이로 들어선 지 얼마 지나지 않아서다.

인기척을 느낀 당설연은 수풀 너머를 향해 외쳤다.

"누구냐!"

"그러는 당신들은 누구시오?"

당설연의 물음에 수풀 너머에서 걸죽한 목소리가 들려왔다.

그리고는 바스락거리는 소리와 함께 일단의 무리가 나타났는데 제각각 칼과 창을 들고 있었지만, 그들이 입고 있는 청색 관복을 보니 관원들이 분명했다.

관원들의 질문을 받은 당설연은 유진철을 바라보았다. 자신들의 신분을 밝혀야 할지 묻는 것이다. 그때 사준현을 등에 업고 그녀의 뒤를 따르던 유진철이 앞으로 나서며 말했다.

"우리는 섬서 지방에서 온 여행객들인데 일행 중 큰 낭패를 본 자가 있어 서둘러 의원을 찾고 있습니다."

"여행객들이라면 여행증(旅行證)은 가지고 있겠지? 여행증과 호패(號牌)를 내보이도록 하시오."

관원 중 한 명이 위압적인 목소리로 말했다.

"네, 당연히 가지고 있습니다."

대답을 하는 유진철은 난처한 기색이었다.

명나라의 기본 법전(法典)인 대명률(大明律)에는 백성은 누구나 출신지와 신분을 표시한 호패를 착용하고 성(省)에서 성으로 가거나 부(府)에서 부로 여행할 때에는 반드시 각각의 여행지를 표시한 관의 허가증, 이른바 여행증을 소지하도록 규정되어 있었다.

그러나 그러한 것은 일반 백성들에게나 통용되었을 뿐 구대문파에 속한 무림인들은 자신들의 문파를 나타내는 패찰(牌札)만 있으면 어디

든지 자유롭게 이동할 수 있었는데, 섣불리 신분을 밝힐 수 없으니 난처할 수밖에 없었다.

그는 한 손을 품속으로 집어넣으며 몸을 숙였다.

"그런데 무슨 큰일이 났나 봅니다. 부경계(府境界)도 아닌 이런 한적한 곳까지 나오신 걸 보면."

유진철은 최대한 미적거리며 물었다.

"그것은 당신들이 신경 쓸 일이 아니고 어서 호패를 꺼내도록 하시오!"

관원들은 다른 일행을 향해서도 윽박질렀다.

순간 일행은 유진철의 얼굴을 살폈다. 어차피 여행증과 호패란 것은 있지도 않았고, 그가 패찰을 내보이지 않을 것이란 것도 알고 있었다.

그때 덕원의 등에 업혀 있던 상빈이 퉁명스럽게 말했다.

"그놈의 자식 말버릇 좀 봐라? 뭐 해, 그냥 가지 않고?"

가뜩이나 심기가 불편해 있었는데 같잖은 놈들이 앞을 가로막자 귀찮기까지 했다. 전신이 욱신거리는 게 대충 처리하고 쉬고 싶은 마음만 간절했다.

"뭐? 자네 지금 뭐라고 했나?"

상빈의 말에 관원들의 얼굴이 험악하게 일그러졌다. 관군인 자신들을 향해 말버릇 운운할 줄은 생각지도 못했다.

하지만 정작 화가 치민 사람은 상빈이었다. 아무리 상황이 좋지 않다고는 해도 하대를 참아줄 정도로 상빈의 성질이 곱지 못했다.

"자네? 네놈이 죽고 싶은 게로구나. 감히 어따 대고 함부로 지껄이는 거야?"

상빈은 차갑게 내뱉으며 상처를 치료하기 위해 운기 중이던 혼원조화신공 중 수라참마공의 기운을 강하게 내뿜었다.

스스슥!

"……!"

상빈의 주위로부터 갑자기 한기가 휘몰아쳤다. 수라참마공의 패도적인 기운이 뿜어져 나오자 주변 공기가 요동을 치기 시작했다.

"윽! 뭐지?"

"사, 사숙?"

갑작스런 기운에 놀란 것은 관원들만이 아니었다. 일행 또한 놀라기는 마찬가지였는데 상빈을 업고 있던 덕원은 얼마나 놀랐는지 몸까지 비틀거리며 상빈을 불렀다.

상빈이 쏟아내는 기운은 불문의 정심한 내공과는 전혀 성질을 달리하는 판이한 것이었기에 덕원의 놀람은 이만저만한 게 아니었다. 그의 내력이 기이하다고는 생각하고 있었지만 이런 기운을 내포하고 있을 줄은 생각도 못했기 때문이다.

혼원조화신공은 반야대신공과 수라참마공이 어우러져 만들어진 심법으로 수라참마공의 기운을 화(火)라 한다면 반야대신공의 기운은 수(水)라 할 수 있었고, 또한 반야대신공의 기운을 토(土)라 하면 수라참마공의 기운은 금(金)이라 할 수 있었다.

때문에 평상시에는 반야대신공의 웅후한 기운이 수라참마공의 패도적인 기운을 억누르고 있지만 그가 의도적으로 수라참마공의 기운을 뿜어내자 전신에서 뿜어져 나오는 기운이 주변의 공기를 뒤엎어 버린 것이다.

"무, 무슨 짓이냐?"

상빈의 눈빛과 마주친 관원은 온몸을 죄어오는 압박에 사색이 되어 외쳤다.

"짓이냐? 말이 상당히 짧군. 덕원아, 뭐 하냐, 저놈들을 처리하지 않고?"

상빈은 기운을 풀지 않았다. 화가 치밀어 올라 수라참마공을 운용하기는 했지만 그것만으로는 버릇없는 관군들에게 예의범절을 가르쳐 줄 수 없었다. 때문에 덕원을 통하여 버르장머리를 가르쳐 주려 했는데 무슨 일인지 덕원은 움직이지 않았다.

아니, 움직이기는커녕 서 있기조차 힘겨운지 내력까지 운용하여 간신히 버티고 있을 따름이었다.

"뭐 하는 거냐?"

덕원이 어깨까지 가볍게 떨고 있자 상빈은 의아한 생각이 들어 물었는데 정작 대답을 한 것은 그가 아니라 당설연이었다.

"당장 기운을 추스르지 못하겠어요? 여기 환자가 있는 게 안 보여요?"

"아, 이런!"

상빈은 그제야 일행의 얼굴이 일그러져 있음을 깨닫고 서둘러 수라참마공을 거둬들이며 멋쩍은 듯 중얼거렸다.

"무공을 익힌 놈들이 허약하기는."

"헉헉, 사숙, 내력만으로 이런 기운을 뿜어내시다니 정말 대단하십니다."

수라참마공의 기운을 직접적으로 받은 덕원은 거친 숨을 몰아내며 감탄을 토해했다.

무공이 뛰어난 자들이 내력을 발출하여 상대의 기선을 제압하는 것은 그리 어려운 일이 아니었으나 이처럼 강맹한 기운을 뿜어내는 자는 드물었다.

더욱이 그가 받은 충격은 이만저만한 것이 아니었기에 덕원이 감탄하는 것은 어찌 보면 당연한 일인지도 몰랐다.

그러나 어릴 적부터 내력을 이용하여 살기(殺氣)를 다스려 왔던 상빈은 대수롭지 않다는 얼굴이었다.

불귀곡에는 밤만 되면 독무를 뿜어낼 정도로 수많은 독충들이 많았기 때문에 그곳에서 살아남기 위해서는 내력을 이용하여 독충들을 쫓을 수밖에 없었다. 덕분에 밤낮없이 독충들에 시달리던 상빈은 자신도 모르게 수라참마공을 이용하여 살기를 내뿜는 것이 능수능란해져 이처럼 놀라운 위력의 살기를 내뿜을 수 있게 된 것이다.

하여튼 덕원을 비롯한 일행은 상빈의 무지막지한 내공에 새삼스레 감탄 어린 얼굴을 짓게 되었고, 관군들은 넋이 나간 얼굴로 굳어버렸다.

"언제까지 여기서 이러고 있을 건데? 아무래도 다른 놈들도 다가오는 것 같은데 안 갈 거야?"

반대편 수풀 너머로 횃불이 일렁이는 것이 보였다.

그의 말에 유진철은 양손으로 업고 있는 사준현의 몸을 단단히 부여잡고 관군들을 향해 쏜살같이 달려들었다.

퍽!

상빈이 쏘아 보낸 수라참마공의 기운 때문에 한껏 기가 죽어 있던 그들은 미처 피할 생각도 못하고 그냥 복부를 걷어차이고 말았다.

"억!"

관병은 손에 들고 있던 창을 놓치며 바닥에 볼썽사납게 나부라졌다.

다른 관병들 또한 모두 얼어붙어 있었기 때문에 이내 유진철이 내지른 발에 걷어차이고 말았는데 유진철은 관병들을 공격하면서 일행을 향해 말했다.

"서두르지요."

휘익!

당설연의 손에 쥐어져 있던 연편이 허공에 긴 호선을 뿌렸다.

"크윽!"

"억!"

호시탐탐 공격의 기회를 찾고 있던 그들은 순식간에 앞을 가로막는 관원들을 물리치고는 서둘러 몸을 날렸다. 이미 뒤쪽까지 횃불들이 몰려와 있었기 때문에 더 이상 지체할 수는 없었다.

"저놈들을 잡아라!"

바닥을 나뒹구는 자들 중 하나가 고함을 내질러 동료들을 불러 모으기 시작하자 일렁이던 횃불의 움직임이 상당히 빨라지기 시작했다.

"아, 저 자식들, 또 놈이라고 그러네? 역시 말로해서는 안 될 놈이었군."

상빈은 투덜거리기는 했지만 별다른 행동을 취하지는 않았다. 자신은 몸도 제대로 가눌 수 없는 상태였으니 그저 이를 갈며 화를 참을 수밖에 없었다.

휙! 휘익!

뒤를 쫓아오던 관원들 틈에서 갑자기 요란한 파공음이 들려오기 시작했다.

"활이다! 모두 조심해라!"

뒤를 살피던 상빈은 하늘을 덮고 날아드는 화살을 보고는 깜짝 놀라 고함을 내질렀다. 관군들이 활까지 쏠 줄은 생각도 못했다.

등 뒤로부터 화살이 쏟아지자 앞으로만 내달리던 일행은 방향을 틀어 수풀 속으로 몸을 날렸다.

파방! 팡!

후드득!

당설연과 서문민은 서둘러 화살을 막았다. 꽤 많은 수의 화살이 날아왔지만 그들을 향하여 제대로 날아오는 것은 얼마 되지 않았다. 야심한 밤에 수풀 속으로 숨어드는 그들을 맞추기란 쉽지 않은 일이다. 하지만 환자들을 업고 있는 덕원과 유진철에게는 눈먼 화살이라고 해도 위험한 법이다. 그녀들은 그들을 보호하기 위해 쉬지 않고 무기를 휘둘렀다.

그러자 활만으로는 그들을 잡을 수 없다는 것을 느꼈는지 요란한 고함 소리들이 그들을 뒤쫓기 시작했다.

와아!

고함 소리를 들으며 얼마나 달렸을까? 갑자기 수풀 속에서 일단의 무리들이 뛰어나오며 일행의 앞을 가로막았다. 관원들이 매복해 있었던 것이다.

하지만 매복이 있었음에도 일행은 걸음을 멈추지 않았다. 당설연과 서문민은 무기를 휘둘러 관병들을 공격했고 유진철과 덕원은 신법을 이용하여 몸을 피하다가 간간이 각법(脚法)을 사용하여 그들을 도왔다.

퍼버벅!

"으윽!"

"컥!"

덕원의 발이 번개처럼 움직이자 서너 명의 관병이 복부와 다리를 얼어맞고 바닥을 뒹굴었다.

챙! 챙!

주변엔 순식간에 검광과 병장기 소리들로 가득했는데 갑작스레 난전이 벌어지자 상빈의 목소리 또한 드높아져 고래고래 고함을 내질렀다.

"그래, 잘한다, 잘해! 아휴! 내가 몸만 성했다면 이놈들 뼈를 추려 버렸을 텐데! 어? 덕원아! 저기 유가 놈이 위험하다!"

쓰러지는 관군들을 보며 대리 만족을 하고 있던 상빈은 유진철이 위태위태하게 몸을 피하는 것을 보았다.

소림 각법에 능한 덕원과는 달리 검술(劍術)만을 수련한 유진철은 오로지 신법을 이용해 관병들의 공격을 피하고 있었는데 의식이 없는 사준현의 몸을 보호하느라 운신(運身)이 여의치 않아 보였다.

덕원은 빠른 속도로 달려가 유진철을 공격하는 관원들 사이로 끼어들었다. 그리고는 달려오는 기세를 더해 곁에 있던 관원의 턱을 들이받아 버렸다. 철두공을 익힌 덕원의 머리는 흉기 그 자체였다.

파직!

마른 바가지가 깨지는 소리가 들리며 턱을 받친 관원은 뒤로 나가떨어졌고, 그의 용맹한 기세에 눌린 관원들은 움찔거렸다.

"크하하! 역시 네놈의 머리통은 보통이 아니야! 그래, 다 받아버려!"

"사숙, 가만히 좀 계십시오. 움직이기 힘듭니다."

"하하! 알았어! 대신 신나게 놀아보라고!"

덕원은 선천나한십팔수(先天羅漢十八手) 중 양수경천세(兩手擎天勢)를 펼쳐 앞을 가로막은 관병을 공격했다.

퍽!

"크흐윽!"

상빈을 업고 있었기 때문에 자유로이 손을 움직일 수는 없었지만 덕원은 전신을 이용하여 관병들을 쓰러뜨렸고, 등에 업혀 있는 상빈도 놀고 있지만은 않았다.

"퉤퉤!"

입을 한껏 오므렸다가 카악 하는 소리를 내며 연신 침을 뱉어대었다.

"카하하! 어떠냐, 내 침 맛이!"

손발을 제대로 놀릴 수는 없지만 그렇다고 얌전히 지켜보고 있을 성질도 아니었기에 그는 시끄럽게 떠들어대며 관병들의 눈을 노리고 침을 뱉어댔다.

더러워서 피하는 것일까?

관병들은 하나같이 얼굴을 찡그리며 물러섰다. 그러나 단순히 더러워서 피하는 것은 아니었다. 목숨이 오가는 상황에서 이보다 더한 것이 묻는다고 한들 설마 더러워서 피하겠는가.

다만 눈앞에 희멀건 것이 날아드니 자연스레 눈을 감게 되고, 그 틈을 노려 덕원이 공격을 해대니 포기하고 물러선 것이다.

하여튼 그들 사질들의 협공에 의해 막힌 길이 뚫어지자 일행은 다시 한 번 신형을 솟구쳐 도주하였다.

그렇게 그들은 계속해서 밤길을 헤쳐 나갔다.

하지만 관병들을 완전히 떨쳐 낸 것이 아니었기에 잠시도 쉴 틈이 없었다.

"이대로는 안 되겠어요. 차라리 흩어지죠."

수풀 밖의 작은 산 언덕으로 향하던 일행을 향해 당설연이 입을 열었다. 주변에는 작은 나무들이 자라고 있어 한눈에 주변을 둘러볼 수 있었는데 멀리서 쫓아오는 횃불들을 바라보는 그녀의 얼굴엔 비장감마저 담겨 있었다.

"헉… 헉! 저렇게 많은 무리들이 쫓아오는데… 흩어진다면 오히려 위험할 수 있습니다."

당설연의 말에 유진철이 힘겹게 대답했다.

"하지만 이대로 몰려다니다간 모두 잡히고 말 거예요. 더욱이 사 소협의 상태로는 얼마 버티기 힘들고요. 그러니 먼저들 가세요. 제가 남아서 저들을 유인해 보겠습니다."

"안 됩니다. 당 소저만으로는 위험합니다. 차라리 제가 남을 테니 당 소저께서 사제들을 살펴주십시오."

유진철은 단호히 고개를 저었다. 당설연이 재주가 많은 것은 알고 있었지만 혼자 남겨둘 수는 없었다. 의당 남자인 자신이 남아야 한다고 생각했다. 하지만 그 말을 들은 서문민이 끼어들었다.

"안 돼. 사형이 남으면 사 사형은 누가 업고 가라고. 차라리… 내가 남을 테니 언니랑 사형은 사 사형을 구해줘."

서문민의 목소리는 약간 격앙되어 있었다.

솔직히 겁이 났다. 아무리 유인만 한다고 해도 혼자 남을 자신은 없었다. 그러나 누군가 해야 할 일이라면 자신밖에는 할 사람이 없다고 생각했다.

"그건 더욱 안 돼. 사매의 마음은 알지만 무리한 일이야."

"하지만 나밖에 할 사람이 없잖아."

"그래서 내가 하겠다는 거야. 저들을 유인하기 위해서는 단순히 도망만 쳐서는 안 돼. 내가 해볼 테니 사매는 그냥 당 소저를 도와 사제를 보살피도록 해."

유진철은 고개를 저었다. 그리고는 더는 다른 소리를 못하도록 업고 있던 사준현을 바닥에 내려놓으려 했다.

그때 덕원이 말했다.

"아닙니다. 차라리 제가 남도록 하지요. 당 소저께선 의술이 뛰어나시고 재주가 출중하시니 환자들과 함께하셔야 합니다. 또한 저희 사숙께서는 의식이 있으시니 두 분 소저의 부축을 받는다면 도주하는 데 큰 부담은 없을 것 같습니다."

차라리 자신이 남는 것이 좋을 것 같았다. 의식이 없는 사준현을 부축해 가는 일은 쉽지 않겠지만 상빈이라면 여자들의 힘으로도 가능할 거라 생각된 것이다.

하지만 서로가 위험을 자처하자 처음 말을 꺼냈던 당설연은 다시 한 번 고개를 저었다.

"안 돼요. 두 분은 환자들을 옮겨야 해요. 그러니 제가 남겠습니다."

그러자 잠자코 그들이 하는 말을 듣고 있던 상빈이 버럭 고함을 질렀다.

"뭐? 이것들이 사람 이상하게 만드네? 내가 짐짝이야, 이리 옮기고 저리 옮기고 하게?"

"그 뜻이 아니잖아요. 더 이상 지체해선 안 돼요."

당설연은 고개를 저었다. 상빈과 길게 이야기해 봐야 답답할 뿐이니 아예 말을 자른 것이다. 지금은 다른 생각을 할 겨를이 없었다. 최소한 관병들의 눈을 돌리지 못한다면 사준현의 목숨은 장담하기 힘들었기 때문이다.

"그렇습니다. 시간이 없지요. 그러니 더 이상의 말은 마십시오. 제가 남겠습니다. 당 소저께선 저희 사숙을 부축해 주십시오."

덕원이 다시 한 번 완곡하게 말하자 당설연은 흘깃 상빈을 바라보았다. 분명 자신보다는 덕원이 저들의 관심을 돌리는 것에는 유리할지 몰랐다. 하지만 상빈을 데리고 도주해야 한다고 생각하니 쉽게 고개를 끄덕일 수 없는 것이다.

'저 색마를 내가 데리고 가야 한다고?'

아무리 상황이 여의치 않다 해도 상빈에게 자신의 어깨를 빌려줄 생각을 하니 전신에 벌레가 기어가는 것 같이 소름이 돋았다.

하지만 지금은 개인 감정만을 앞세울 때가 아니었다.

그녀는 망설이는 얼굴로 고개를 돌렸다. 무언의 승낙인 것이다.

그러나 그런 그녀의 마음이 전해진 것인지 덕원의 등에 업혀 있던 상빈은 전혀 뜻밖의 말을 전했다.

"그냥 니들끼리 가라. 어차피 저놈들을 그냥 두고 가자니 화딱지가 치밀어 올랐는데 우리가 유인해 보도록 하지."

"사숙, 그게 무슨 말씀이십니까?"

"됐어. 내 어찌 너만 혼자 남겨두겠느냐. 어차피 여기까지 함께해 왔는데 함께하자."

"사숙, 진심이십니까?"

다른 사람도 아니고 상빈이 함께하겠다는 말은 상당히 의외인지라 덕원은 놀란 목소리로 고개를 돌려 상빈을 바라보려 했다.

그러자 상빈은 팔꿈치로 덕원의 뒤통수를 내리누르며 말했다.

"됐다. 너 혼자서 설쳐 대면 저놈들이 쫓아오려 하겠느냐. 아무래도 이 몸의 비중이 더 클 테니 같은 값이라도 이 몸이 나서줘야 들개들도 좋다고 쫓아올 테지."

"하지만 이 대협께서 함께하시면 덕원 스님이 너무 힘들어지십니다."

서문민이 걱정스런 얼굴로 말하자 상빈은 기다렸다는 듯이 너털웃음을 지어 보였다.

"크하하! 우리의 합격술을 못 봤나 보군. 그쪽보단 이쪽이 더 안전할 테니 걱정 말라고."

당설연과 함께하는 게 더 위험해 보였다. 어제저녁 자신을 대했던 태도만 보더라도 덕원이 훨씬 안전해 보이는 것이다.

'암, 내가 저년하고 함께할 바에는 차라리 불구덩이 속으로 들어가는 게 더 낫지.'

덕원도 없이 저들을 따라갔다가 행여라도 자신을 팽개쳐 버린다면 그때야말로 꼼짝없이 목숨을 내놔야 할 것 같았다.

그가 그런 자신의 속내를 감추기 위해 억지로 호탕한 척 웃어 보이자 그런 그의 모습에 일행의 시선이 덕원에게 향했다.

"괜찮으시겠어요?"

당설연이 잠시 망설이다가 입을 열었다.

동창에서 원하는 것은 어쩌면 상빈일지도 몰랐다. 자신들은 그저 뒤에서 합류했지만 혈귀린을 직접 만나 말을 전해 들은 것은 상빈이었으니 그가 주목받고 있을 것은 자명한 일이었다. 그러나 상빈을 업고 움직일 덕원을 생각하자 쉽게 고개를 끄덕일 수 없었다.

"사숙의 말을 따르는 것이 옳을 것 같군요. 저희가 유인해 보도록 하겠습니다. 그러니 모두 서두르시지요."

덕원의 목소리는 담담했다. 그리고 주저되는 마음이 없지는 않겠지만 그 말을 따르는 게 옳을 것 같았다.

"저희를 위해서……. 감사드립니다."

유진철은 잠시 머뭇거리며 말하다가 깊이 고개를 숙였다. 마음이 무거웠다. 그들에게 큰 빚을 지는 것 같았다.

"다됐나? 그럼 어서 가라고. 우리는 한바탕 휘저은 뒤에 갈 테니까."

"그러시지요. 다시 뵙겠습니다."

횃불이 가까워진 것을 보니 머지않아 관병들이 들이닥칠 것 같았다.

유진철은 더 이상 지체할 수 없어 등을 돌렸고, 그 뒤를 따르던 당설연은 돌연 뒤를 돌아 상빈에게 다가왔다.

"또 왜?"

"이걸 쥘 수 있겠어요?"

당설연은 품속에서 작은 죽통을 꺼내 상빈에게 내밀었다.

"그게 뭔데?"

"이 안엔 자모침(刺毛針)이 들어 있어요."

새끼손가락만한 크기로 무게는 얼마 안 되었지만 상처 입은 손으로 쥘 수 있을지 걱정되었다.

"그딴 걸 나한테 줘서 모 하게?"

"이 대롱의 끝을 불면 자모침이 발출될 거예요. 위급할 때 사용하세요."

자모침은 곤충의 털로 만든 것으로 선단(先端)은 굳고 크기가 상당히 작았는데 그 끝에는 당문에서 만든 독액이 들어 있어 사람의 피부에 닿기만 해도 독을 번지게 할 수 있었다.

"호, 그래?"

상빈은 손을 내밀었다. 하지만 다친 손으로 죽통을 받아들이는 것이 쉽지는 않은 듯 오만상을 지었는데 자세히 살펴보니 한쪽에는 작은 홈이 파여 있었고 반대쪽으로 입을 댈 수 있도록 조금 튀어나온 대롱이 눈에 보였다.

"여기로 불란 말이지? 그런데 이렇게 작은 게 쓸모가 있겠어?"

"다른 걸 준다고 사용할 수나 있겠어요?"

"음, 물론 여기에도 독이 발라져 있겠지?"

"네, 그러니 조심해서 사용하세요."

당설연이 작게 고개를 끄덕였다.

"근데 말이야, 이거 네가 입에 댔던 거 아냐?"

"그, 그건……."

당설연의 얼굴이 갑자기 홍시처럼 변했다. 이 죽통은 그녀가 폭우이화침을 흉내 내어 만든 것으로 미세한 자모침을 발출하기에 적당했지만 이미 여러 번 사용한 적이 있었기에 입으로 물어본 건 당연한 일이었다.

당설연의 볼이 홍시처럼 붉어졌다.

"이리 주세요."

"아니, 됐어. 찜찜하긴 하지만… 없는 것보단 있는 게 좋겠지."

당설연이 뺏으려 하자 상빈은 냉큼 팔을 치웠다.

그녀의 태도로 볼 때 입을 댄 게 분명했지만 지금은 그런 것을 따지고 있을 때가 아니었다. 아무래도 덕원만 믿고 있기는 불안했는데 이것으로 조금이나마 도움이 된다면 그까짓 것은 아무런 문제가 아니었다.

하지만 당설연은 그렇지 않은 듯 얼굴을 붉힌 채 얼어붙은 듯 굳어

버렸다. 그녀는 뒤늦은 후회를 했다.

사실 당문의 암기는 함부로 외부인에게 줘서는 안 되었다. 독이 유출된다는 것은 해독법 또한 노출될 수 있는 일이기에 지금처럼 상황이 긴박하지 않았다면 절대 건네주지 않았을 것이다.

'조금은 좋게 생각했었는데 역시 내가 잘못 생각했나 보네.'

자신과는 앙숙처럼 지내지만 그래도 자신의 목숨을 구해주었으니 은인이라 할 수 있었다. 더욱이 몸도 성치 않으면서 일행을 위해 유인을 자처했을 때는 작은 충격을 받았다.

안하무인에 이기적인 그가 그런 말을 했다는 게 도저히 믿기지 않았다. 때문에 조금은 혜각 대사의 후인답다고 생각을 했었는데 결국은 그의 말 한마디에 그런 생각이 날아가 버렸다.

"휴, 어쩔 수 없군요. 덕원 스님, 부디 몸조심하세요."

당설연은 어색한 미소를 짓고 있는 덕원에게만 작별을 고한 뒤 자리를 떴고, 그녀의 뒤로 상빈의 목소리가 들려왔다.

"이까짓 것으로 빚을 갚았다고 생각하면 오산이야. 나중에 이자까지 쳐서 받아낼 테니 각오하고 있어."

당설연은 상빈의 말을 무시한 채 경신법을 펼쳐 어둠 속으로 몸을 날렸고, 잠시 뒤 덕원의 몸은 반대쪽 숲속을 향해 뛰어 들어갔다.

"자, 덕원아, 저놈들은 내가 불러들일 테니 너는 죽어라 달려보라고."

그는 그렇게 말한 뒤 잠시 숨을 골랐다. 그리고는 힘껏 고함을 내질렀다.

"야! 이 똥창 녀석들아! 네놈들이 꾸민 수작을 내가 다 알고 있다!"

가뜩이나 화가 치밀어 있던 그는 정말 목이 터져 나갈 정도로 고함을 내질렀는데, 그의 외침에 분주하게 몸을 움직이던 덕원은 하마터면 놀라 쓰러질 뻔했다. 아무리 관병들을 유인하려는 것이지만 이것은 너무 솔직한 방법이었기 때문이다.

하지만 덕원은 내력을 끌어올린 후 관병들이 모여들길 기다렸다.

관병들을 유인하기 위해선 무작정 도망쳐서는 안 되었다. 지난밤부터 제대로 쉬지도 못했기 때문에 일신의 체력은 바닥이 나 있었지만, 왠지 모르게 바닥을 디디고 선 두 발엔 힘이 들어가 있었다.

"죄송합니다. 잠시 사숙을 의심했었습니다."

덕원은 열을 지어 다가오는 횃불을 보며 말했다.

"잉? 그게 무슨 소리냐?"

뜬금없는 소리에 고함을 내지르던 상빈이 의아한 듯 물었다. 하지만 덕원은 빙긋 웃으며 말했다.

"아닙니다. 저들의 추격을 견디시려면 꼭 잡으십시오."

그동안 덕원은 상빈에게 숱하게 당해왔다. 아무리 자신보다 배분이 높다고는 해도 상빈의 거친 언행과 태도는 혜각 대사의 제자라고는 생각하기 힘든 점이 많았는데 성치 않은 몸으로 자신과 함께 남으려는 것을 보고는 그러한 의구심이 사라져 버렸다.

목숨이 위태로운 순간에 남을 위하여 자기를 희생시키는 것은 아무리 불제자(佛弟子)라 해도 쉬운 일이 아니었다. 하나 상빈은 거리낌없이 자청해 왔다. 비록 자신 또한 자청하기는 했으나 평소 그의 행실을 생각해 볼 때 결코 믿기 힘든 일이었다.

몸이 불편한 그가 자신과 함께한다는 것은 그만큼 자신들을 배려하는 마음이 강하다고밖에는 생각할 수 없었다.

일신을 미망(迷妄)의 어두운 세계에 내던져 중생들을 구하려는 마음이야말로 모든 불제자(佛弟子)가 추구하는 것이 아니던가.

'아무 거리낌 없이 위험을 자처하시는 분을 의심하다니 내가 그동안 착각하고 있었나 보구나.'

그는 어색한 미소를 지으며 관병들이 다가오는 수풀을 바라보았다. 앞으로는 좀 더 성심껏 사숙을 모시리라 결심하는 것이다.

잠시 후 관병들이 떼를 지어 다가오자 덕원은 단숨에 그들 틈으로 뛰어들었다.

파박! 퍽!

"크윽!"

상빈을 업고 있다고는 하나 덕원의 움직임은 비호처럼 재빨라 관병들은 우왕좌왕하기 시작했고, 덕원의 등에 업혀 있던 상빈은 덕원의 움직임에 방해가 되지 않도록 몸을 한껏 움츠린 채 침을 뱉어 그를 도왔다.

"됐다. 이 정도만 하고 가자."

상빈은 관병들이 점점 다가오는 것을 보고는 말했다.

어쩔 수 없이 덕원과 함께 남기는 했지만 그렇다고 이곳에서 뼈를 묻을 생각은 전혀 없었다.

덕원 또한 더 이상 지체했다가는 빠져나가지 못한다는 것을 알고 있었기 때문에 상빈의 말을 따라 유진철 등이 사라져 간 수풀 반대쪽을 향하여 몸을 날렸다. 하지만 그들의 생각과는 달리 포위를 벗어나는 것은 쉽지 않았다.

"저놈들이 도주한다!"

"잡아라!"

꿈틀!

관병들의 고함 소리에 상빈의 이마에 굵은 힘줄이 솟아올랐다.

"저 자식들이 또 놈이라고 하네?"

화가 치민 상빈은 당설연이 건네주고 간 죽통을 입에 물었다.

그리고는 자신을 향해 고함을 내질렀던 병사를 향해 강하게 불었다.

휫!

"크흐윽!"

자모침의 위력은 실로 대단했다. 자모침에 격중당한 관병이 얼굴이 순식간에 자색으로 변하며 쓰러져 버린 것이다.

자그마한 독침의 위력이 이 정도로 뛰어날 줄은 생각도 못한지라 오히려 공격을 했던 상빈이 깜짝 놀랄 지경이었다.

하지만 독침의 위력을 보았기 때문인지 그들을 둘러싸던 포위는 엉성해졌고 그 틈을 노려 덕원은 관병 하나를 걷어차 버리고 수풀 속으로 몸을 숨길 수 있었다.

관군들은 우왕좌왕하기 시작했다.

유진철 일행은 이미 반대편 방향으로 사라진 지 오래였고, 덕원과 상빈의 뒤를 쫓자니 상빈의 손에 들려진 독침이 무서웠다.

맞으면 즉사하는 것을 보았으니 섣불리 나서는 자가 없었다.

그때 관군들 틈에서 우렁찬 목소리가 들려와 그들을 진정시켰다.

"모두 물러서라!"

목소리의 주인공은 늠름한 체구의 관헌이었다. 그는 인근 현청의 총포두(總捕頭) 상곤(相昆)으로 범죄자를 잡는 일을 지휘하는 자였는데 이곳에는 자신들 외에도 인근의 관원들까지 동원돼 있어 수하들을 통제하는 데 상당한 어려움을 겪고 있었다.

"놈들이 둘로 나누어졌군요. 얕은 수를 부리려 하나 봅니다."

그는 뒤를 돌아 다가오는 사내에게 말했다. 자신들이 입고 있는 청색 관복과는 달리 검붉은 무복을 걸친 사내. 지금 이곳의 지휘 체계는 그로부터 시작되고 있었다.

그러나 그는 자신들을 지휘하고 있는 사내의 정체를 알지 못했다. 그는 동창의 영패를 가지고 현청에 찾아와 자신들에게 협조를 요청했다. 자신의 신분이나 무슨 일을 하기 위해 자신들을 동원했는지조차 밝히지 않았지만 자신들은 그의 명령을 따라야만 했다.

공식적으로는 협조 요청을 해온 것이지만 그것은 어디까지나 겉으로 드러난 모습일 뿐 자신들은 동창의 일에 관심을 가져서는 안 되었고, 협조를 거부하는 것은 생각조차 할 수 없는 일이었으니 자연스레 행동이 조심스러울 수밖에 없었다.

"아무래도 흩어져서 포위를 뚫을 생각인 것 같습니다. 병력을 나누어 놈들을 쫓도록 하겠습니다."

그의 말에 굳게 입을 다물고 있던 동창 무사가 고개를 저었다.

"아닙니다. 저들은 그냥 두시지요."

"네? 그럼 저들이 도주하도록 놔두실 생각이십니까?"

상곤은 의아한 듯 물었다.

그의 말에 동창의 무사가 가볍게 고개를 끄덕이며 말했다.

"저들 중에 혈귀린의 모습이 보이지 않는군요. 그러니 섣불리 저들을 잡아들여 혈귀린이 잠적하게 만드는 것보다는 이대로 풀어주는 게 좋을 것 같습니다."

동창 무사, 아니, 동창 십영반의 일 인인 철영비 팽화극이 말했다.

그는 혈귀린의 뒤를 쫓기 위해 관군을 동원했다가 상빈 일행이 도주하는 것을 보았다.

상빈의 배후를 캐기 위해 내버려 두라던 소현자의 명령을 들었음에도 상빈에게 수많은 수하를 잃은 그는 관군들에게 그들을 잡으라고 명령을 내렸었다.

하지만 이내 마음을 추스른 그는 소현자가 자신에게 내린 임무를 떠올리고는 더 이상 관원들로 하여금 그들을 쫓지 못하도록 시킨 것이다.

그의 임무는 혈귀린을 쫓는 것이었다.

"네놈의 정체가 무엇인지 모르겠다만 오늘의 복수는 후일 꼭 갚아주도록 하겠다."

*　　　　　*　　　　　*

운남 대리(大理)에서 서남쪽 방향에 위치한 희주(喜州)의 한 장원엔 일단의 무리들이 앉아 있었다.

희주는 백족의 마을로 좁은 골목과 낮은 건물들로 거리가 형성되어 있었는데 이 지방 특유의 건축 양식에 따라 하얀 벽의 건물들이 골목길을 따라서 늘어서 있는 곳이었는데 전통 의상을 입은 백족들과는 달리 이들의 복장이 청색을 띠고 있는 것으로 보아 한눈에 외지인인 것을 알 수 있었는데 장원 안쪽의 밀실에선 세 명의 사내가 앉아 무언가 이야기를 나누고 있었다.

"그러니까 파황마제의 제자가 나타나서 동창 무사들을 괴멸시켰다고?"

"네, 동창 삼영반은 크게 패하고 수하들을 대부분 잃었다고 합니다."

"후후, 그거참 반가운 소리군 그래."

보고를 들은 사내가 만족한 듯이 얼굴을 들었는데 고급스런 청의 무복에 귀티 어린 얼굴을 가진 자였다. 그는 혈귀린을 잡기 위해 파견된 청룡단의 단주인 남궁한상(南宮限想)으로 무림맹주 남궁천(南宮天)의 장자(長子)였다.

그는 노대의 명을 받고 개방도들이 그들의 뒤를 쫓는 것을 알아차리고는 이곳 희주로 옮겨와 수하들의 보고를 기다리고 있었는데 어찌 된 영문인지 동창의 무사들이 겪은 일들까지 알고 있는 것이다.

"그나저나 파황마제의 후인이 나타났으면 이거 보통 일이 아니군. 어떻하면 좋겠소?"

남궁한상은 고개를 돌려 한쪽에 앉아 있는 사내에게 물었다.

사내는 청룡단의 부단주인 제갈방현(諸葛訪賢)으로 대대로 두뇌가 총명하기로 유명한 제갈세가의 후인답게 계책이 뛰어나기로 유명한 자였다.

질문을 받은 제갈방현은 잠시 고개를 돌려 보고를 하러 들어온 수하를 바라보았다.

"흑호(黑虎), 수고 많았다. 그만 물러가 있도록 해라."

"네, 알겠습니다."

수하가 물러가자 남궁한상은 빙그레 웃으며 말했다.

"자, 이보게 친구, 이제 우리뿐이니 이야기 좀 해주게. 어떻게 했으면 좋겠나?"

남궁한상과 제갈방현은 대외적으로 청룡단의 단주와 부단주의 지위를 맡고 있었지만 그들은 어릴 적부터 가까운 친구 사이였기에 사석에서는 서로 편하게 말을 놓았다.

"아마도 우리에게는 좋은 일인지 모르겠네."

"뭐? 어떻게 말인가? 파황마제의 후인이 나타났고 혈귀린은 도주를 했네. 그들로 인해 무황패에 관한 이야기가 무림에 전해진다면 무림맹이 와해되는 것은 시간문제일 텐데 그게 어찌 우리가 원하던 일인가?"

"후후, 자네는 여전히 성미가 급하군."

"내 성질이 어디 하루 이틀 일인가? 빨리 이야기해 보게."

"정사대전 이후 무림맹은 남궁가주님의 영도(領導) 아래 지금까지 유지되어 왔네. 하지만 그것이 언제까지 계속될 것으로 보는가? 구파일방은 예전의 힘을 대부분 회복했다네. 특히 무당과 소림의 힘은 정사대전 전과 비교해도 크게 뒤떨어지지 않을 정도로 회복했다고 하네. 그런 그들이 계속해서 남궁가주님의 밑에 있으려 할 것 같나?"

"하지만 우리 세가의 힘도 전 같지는 않다네."

남궁한상은 기분이 상했는지 언성이 높아졌다.

"물론 남궁세가의 힘이 구파일방에 미치지 못한다는 것은 아니네. 하지만 혈귀린이 도주한 이때 그로 인해 무황패와 정사대전의 비사들이 전해진다면 어찌 되겠는가? 구파일방을 비롯하여 강호의 수많은 무인들은 적으로 돌변하게 될 걸세. 남궁세가와 제갈세가의 힘만으로 무림을 상대할 수 있을 것 같은가?"

"음, 그렇긴 하지만……."

남궁한상은 말끝을 흐렸다. 남궁세가는 무림맹을 차지한 이후 비밀리에 수많은 고수들을 육성하고 있었기 때문에 결코 쉽게 질 것 같지는 않았다. 하지만 아무리 친구 사이여도 그러한 사실을 밝힐 수는 없었기에 그는 수긍한 듯 다음 말을 기다렸다.

"그렇기 때문에 지금 파황마제의 후인이 나타난 것은 우리에게는 득이 된다고 할 수 있네."

"어떻게 말인가?"

"후후, 파황마제의 후인이 나타났다는 말이 무엇을 뜻하겠는가? 파황마제는 불귀곡의 절진 속에 갇혀 있다고 했네. 그런 자의 후인이 나타났다는 말은 바로 파황마제가 강호에 출두한 지 오래되었다는 것밖에 더 되겠는가?"

"헛! 그렇군. 그렇지 않았다면 후인을 길러낼 수 없었겠군."

"그래, 아마도 파황마제 양일소는 어디엔가 아수라혈천교를 다시 세웠을지 모르네. 그리고 강호무림을 향하여 복수의 칼날을 갈고 있겠지."

"……."

남궁한상은 할 말을 잃은 듯 멍하니 제갈방현의 얼굴만을 바라보았다. 만약 구파일방뿐 아니라 파황마제까지 자신들에게 칼을 들이댄다면 남궁세가의 힘만으로는 도저히 견뎌낼 수 없기 때문이다.

"꿀꺽!"

그는 자신도 모르게 마른침을 삼켰다. 생각하면 할수록 위기감이 고조되었다. 도대체 제갈방현은 이런 위기 상황이 어떻게 득이 된다고 말한 것인지 이해할 수가 없었다.

"속 시원하게 말해 주게. 내 이러다가 조갈나서 쓰러질 것 같네."

"파황마제가 복수를 한다면 제일 먼저 어디를 향해 칼을 내밀겠는가?”

“아마도 우리겠지. 아수라혈천교를 멸교시킨 건 정도무림맹이었으니까.”

“후후, 그럴 수도 있지만 아마도 소림일 걸세.”

“소림?”

“그렇네. 그를 불귀곡에 불러들인 자는 바로 무림성승으로 추앙받던 소림의 전대 장문인이 아닌가.”

“하지만 그곳에 갇힌 것은 혜각 대사도 마찬가지 아닌가. 만약 자신들이 속았다는 것을 눈치 챘으면 어쩌겠는가.”

“그래도 상관없지. 어차피 그는 불귀곡에 갇혀 있다 나왔네. 그동안 구파일방은 아수라혈천교와 사도련을 짓밟아 버렸고. 그의 원한은 아마도 하늘에 닿을 정도로 클 것이 분명하네만 우리는 직접적으로 그들과 싸운 적이 없지 않은가?”

제갈방현이 말을 하고는 빙긋 웃자 남궁한상도 뒤늦게 깨닫는 게 있는지 크게 고개를 끄덕이며 말했다.

“그렇군. 자네는 이 기회에 또다시 구파일방의 힘을 감소시키려는 것이군.”

“내 생각은 그렇네. 그리고 무림맹에 계신 가주님들 또한 우리와 비슷한 생각을 하실 거라 여겨지는군.”

“좋군, 좋아. 내 생각도 자네의 뜻이 옳을 것 같군. 그럼 앞으로는 어떻게 하면 좋겠는가?”

“우선 맹에 사람을 보내서 이 사실을 알려야겠지. 그리고 파황마제의 후인이 나타났다는 말도 무림에 흘려야 하네.”

“아니, 그러다가 파황마제가 잠적이라도 하면 어떻게 하나?”

“아닐세. 후인이 나타난 것을 보면 파황마제는 조만간에 다시 강호에 모습을 드러낼 것이 분명하네. 또한 그가 나타난 사실은 동창에서 먼저 알고 있었다는 것을 명심해야 하네. 비록 한 배를 타고 있지만 동창은 동지가 아니지 않는가. 놈들이 다른 술수를 부리지 못하도록 하려면 차라리 강호에 소문을 퍼뜨리는 것이 좋을 것 같네.”

동창과 무림맹은 서로 간자(間者)를 심어두고 상대를 끊임없이 견제하고 있었다. 서로 같은 목적을 위하여 협력하고 있었지만 언제 등을 돌릴지 모르기 때문이다.

호탕한 성격의 남궁한상은 불안감이 사라지자 탁자 위에 놓인 술잔을 단숨에 들이켰다.

“하하, 그렇게 하도록 하지. 자네도 한잔 들게나, 아무래도 앞으로는 바빠질 것 같으니.”

“후후, 그렇다고 너무 마음을 놓아서는 안 되네.”

“알았네. 그래도 파황마제의 검이 우리에게 쏠리지 않는 것만으로도 정말 다행 아닌가. 자네가 아니었다면 아마 나는 머리를 싸매고 누웠을지도 모른다네.”

“설마하니 자네가 그랬을 리가 있는가. 나는 사실 흑호의 보고를 받았을 때 자네가 무공을 겨루자고 파황마제의 후인에게 달려들까 걱정했다네.”

“음, 아까는 동창이 당했다는 말에 신경을 쓰지 못했는데… 자네 말을 듣고 보니 구미가 당기는군.”

“이런, 내가 괜한 소리를 한 것 같군.”

“하하하!”

남궁한상은 호탕하게 웃으며 또다시 술잔을 들이키느라 곁에 있는 제갈방현의 눈이 묘한 빛을 띠는 것을 미처 알아차리지 못했다.

　그들은 그렇게 술잔을 기울이며 밤을 지새웠고, 무림은 점점 소용돌이 속으로 빠져들기 시작했다.

■9장■
회음곡(回陰谷)

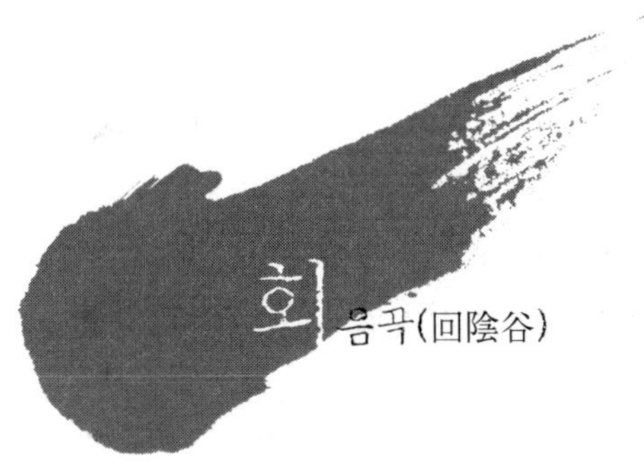

회음곡(回陰谷)

시끌벅적한 저녁이었다. 서산에 지는 태양
은 늦가을의 짧은 하루가 아쉬운지 황금빛 물결을 지천에 뿌리고 있었
다. 먼 하늘에 흐릿하게 달이 떠오르며 어둠이 자리잡고 있었건만 학
경 외곽의 거리는 오히려 활기가 샘솟기 시작했다.

다닥다닥 마치 굴비를 엮어놓은 것처럼 붙어 있는 가옥들엔 제각각
홍등(紅燈)을 걸어놓고 손님 맞을 준비가 한창이었다. 유난히 기루가
많은 이 거리는 밤이 되어야 비로소 하루의 일과가 시작되기 때문이다.

근처에 커다란 서원이 존재하고 동시, 전시 등과 같은 각종 시험은
물론 과거에 급제한 수많은 진사(進士)들이 이곳 서원을 통해 배출되었
는데, 서원에서 멀지 않은 곳에 이렇듯 기루들이 많은 것은 학문을 탐
구하는 그들에게도 유흥거리가 필요했기 때문이다.

훤한 대낮에는 학문을 탐구한다고 온갖 거드름을 마다하지 않던 그

들도 해가 지고 나면 저잣거리의 날품팔이들과 하는 짓이 별반 다르지 않았다. 때문에 이곳에는 그들의 필요로 인해 기루들이 생기게 되었고, 이 지역을 관리하는 것은 태음장(太陰莊)의 몫이었다. 물론 타 지역이라면 유명한 기루와 객점들은 무림문파와 연을 맺고 있었지만 이곳은 달랐다.

이곳이 회음곡(回陰谷)이라 불리게 된 것은 회음정(回陰庭)이라는 유명한 기루 때문이기는 했지만, 실상은 밝게 빛나는 기루들의 등불 뒤로 수많은 사창가들이 계곡처럼 즐비해 있기 때문이다.

덕분에 명분을 내세우기 좋아하는 무림세가들도 차마 사창가들이 들어서 있는 곳과 연을 맺는 것을 꺼렸고, 흑도의 사하방에 속해 있는 태음장은 별다른 노력 없이 학경의 노른자라 할 수 있는 회음곡 일대를 관리할 수 있었다.

지금 그러한 거리를 사라혈검(沙羅血劍) 곽중극은 수하들을 이끌고 살피고 있었다. 밖으로는 태음장의 당주라는 신분을 갖고 있었지만 그가 사하방의 고수라는 것은 공공연하게 알려진 사실로 그를 대하는 모든 사람들은 사하방의 위세에 눌려 고개부터 돌리곤 했다.

그는 유곽 거리를 헤매는 다른 주정뱅이들과 다를 바 없는 어슬렁거리는 발걸음으로 여느 때처럼 자신들이 관리하는 기루를 둘러보고 있었다.

"눈에 힘 풀어라. 손님들 놀라신다."

선비 몇이 그들을 보고 흠칫거렸다. 가뜩이나 험상궂은 자들이 눈을 부라리며 다니니 그들이 오가는 길은 언제나 이 모양이다.

매번 이런 일이 발생하고 매번 같은 소리를 하지만 말과 행동을 하는 그들의 얼굴은 어째 즐기는 표정이 가득했다. 그들은 이 거리의 지

배자임을 과시하는 것이다.

곽중극의 말이 떨어지기 무섭게 수하들은 하나같이 어깨를 움츠리며 고개를 숙였다. 그러나 사람들을 지나치고 나면 예의 험상궂은 표정으로 사방을 향해 눈을 부라렸다.

그러기를 몇 번 반복하며 회음곡 깊숙이 들어선 곽중극의 눈이 갑자기 묘한 빛을 발했다. 그가 바라보고 있는 곳은 이곳 회음곡의 명물이자 학경의 자랑인 회음정이었다. 그는 왼쪽 눈 밑부터 아랫입술까지 갈라진 검상을 일그러뜨리며 말했다.

"난 회음정에 갈 테니 너희도 근처에서 술이나 한 잔씩 마시고 있어라."

언제나처럼 같은 일과였기에 수하들은 말이 떨어지기가 무섭게 근처의 술집으로 향했고, 그런 수하들을 뒤로하는 그의 발걸음은 들떠 있었다.

회음정에는 아향이라는 기녀가 새로 들어왔는데, 요즘 그의 관심사는 오직 아향의 속살뿐이었다.

*   *   *

초저녁인데도 회음정에는 사람이 많았다. 음식 솜씨 좋고 미녀들이 많기로 소문난 곳답게 해가 지기 무섭게 사람들이 몰리는 것을 보면 과연 학경 일대를 대표하는 기루다웠다.

곽중극이 다가오는 것을 보고 구칠(口七)은 고개를 돌리며 인상을 구겼다.

"젠장, 초저녁부터 저렇게 찾아오면 장사를 어떻게 하라는 거야!"

곽중극을 비롯하여 태음장의 인물들이야 이틀이 멀다 하고 찾아오기는 했지만 이처럼 이른 시간부터 찾아오는 것은 아무래도 반갑지 않았다. 더욱이 곽중극이 찾는 기녀는 요즘 최고로 잘 나가고 있는 아향이었으니 기루 입장에서는 반가울 리 없는 것이다.

"아이고, 곽 어르신 오셨습니까?"

그러나 구칠(口七)은 반가운 손님이라도 맞는 듯 반색을 하며 반겼다.

"그래, 초저녁인데도 손님이 많군."

"언제나 곽 어르신이 살펴주셔서 그렇지요. 어서 안으로 드시지요."

구칠은 곱추처럼 몸을 굽실거리며 내실로 안내했다.

"잠시만 기다리십시오. 음식과 아향이를 불러오지요."

마치 제 집 안방인 양 느긋하게 들어서는 곽중극을 뒤로하고 구칠은 서둘러 방을 나섰다.

곽중극은 끈기가 없었다. 조금이라도 지체했다간 내실의 문지방들이 박살날 것이 분명했기에 서둘러야 했다. 그런데 문제는 아향이 다른 손님들을 접대하고 있다는 것이다.

'젠장, 잘 나가는 기녀가 있으면 오히려 골치가 아프다니까.'

구칠은 다른 기녀와 함께 덤으로 술과 안주를 넣어주고는 아향을 뺄 수 있었다.

"서둘러! 곽가가 성질나면 기루가 남아나질 않는다고!"

"알았어! 그래도 분칠은 다시 해야 할 거 아냐!"

총총걸음으로 뒤를 따르던 아향의 목소리에 짜증이 가득했다.

"그 인간은 딴 덴 안 간대? 왜 자꾸 오고 난리야!"

"몰라. 그래도 곽가한테 귀여움받아서 나쁠 건 없잖아? 다들 좀 어려워하지 않아?"

그러고 보니 요즘 들어 자신을 대하는 사람들의 태도가 조금은 변한 듯했다. 새로 들어온 자신이 인기가 있자 다른 기녀들의 시샘이 컸는데, 곽중극의 관심을 받은 뒤로는 오히려 자신의 눈치를 보는 듯했다.

"그렇긴 해. 근데 너, 말이 무지 짧다? 곽 어르신한테 곽가가 뭐야?"

아향이 정색하며 말하자 앞서가던 구칠이 찔끔거리며 걸음을 멈췄다. 행여라도 그런 말이 곽중극의 귀에 들어간다면 자신의 목은 성치 못할 것이다. 슬그머니 고개를 돌려 아향의 얼굴을 살피는데 아향이 깔깔거리며 구칠의 어깨를 쳤다.

"긴장하기는, 농담한 거 가지고."

"야, 너, 그런 농담은 하는 게 아니다."

"알았어. 그럼 나 혼자 갈 테니까 술상 나오면 바로 들여보내."

하얗게 질린 얼굴로 원망하듯 쳐다보는 모습에 아향은 미안한지 한쪽 눈을 감아 보이고는 총총걸음으로 사라졌다.

"어휴, 저걸 그냥."

말은 짐짓 화가 난 듯 뱉었지만 유난히 엉덩이를 실룩거리며 들어서는 아향의 뒷모습에 자신도 모르게 하물(下物)에 힘이 가며 입맛을 다셨다.

"에휴, 아서라. 언감생심(焉敢生心)이지."

이내 고개를 절레절레 흔들며 중얼거리는데 난데없는 목소리가 들렸다.

"뭐가?"

"힉!"

화들짝 놀라며 목소리가 들려온 쪽을 바라보니 장원 중앙에 위치한 버드나무 아래 흐릿한 그림자가 보였다.

"뉘십니까?"

내심 찔리는 바가 있는 구칠의 목소리는 상당히 떨렸다.

하지만 구칠의 물음에 상대는 대답 대신 그늘 속에서 몸을 드러내며 다가왔다.

"뭐야? 도개(壽价)잖아?"

"구칠, 뭘 하는데 그렇게 놀라나?"

"아, 아냐. 됐어. 그런데 너 나보고 구칠이라고 부르지 말랬지?"

구칠(口七)은 자신의 이름을 상당히 싫어했다.

칠남매 중 막내로 태어났기 때문에 단지 입이 하나 더 늘어 일곱이 되었다고 붙여준 이름이다. 산에서 밭을 일구던 부모님이야 무식해서 그렇게 지었겠지만 평생 그 이름을 달고 다녀야 하는 자신은 창피할 뿐이었다. 때문에 그는 고향을 떠난 후론 어디선가 주워 들은 사운호(斯雲虎)라는 제법 멋진 이름을 사용하고 있었다.

"자네나 내 이름 똑바로 부르게."

"흥! 자네 이름을 그대로 부른다면 아쉬운 건 그쪽일 텐데? 안 그래?"

구칠은 주변을 둘러보며 말했다. 사실 사내의 이름은 도개가 아니었다. 몇 달 전 개방의 구응의 소개로 온 장도명이었는데 이곳에서 함께 지내기 위해 이름을 바꾸고는 근처의 식당에서 심부름을 하고 있었다.

"뭔가? 새로 알려진 건 없나?"

"이 사람이 미쳤나? 무슨 소리야?"

구칠은 화들짝 놀라며 다시 한 번 주변을 살폈다.

몇 달 전 학경에서는 커다란 참변이 있었다.

현청(縣廳)의 관원인 낙일정(駱日靖)이라는 주부(主簿)와 그의 가족
이 몰살당한 일이었는데 혈귀린의 짓으로 판명이 나면서 학경 일대의
수많은 사람들은 한동안 겁에 질려야만 했다.

구칠 또한 그랬다. 낙 주부라면 자신도 아는 관리였기에 그 놀라움
은 다른 사람보다 더했다.

그런 때에 나타난 것이 장도명이었다. 장도명은 개방 구웅의 소개로
찾아왔다고 밝히면서 사하방에 관한 정보를 원했다. 하지만 자신이 아
는 것은 태음장이 사하방 소속이라는 것과 태음장의 인물들과 낙 주부
가 종종 이곳에서 만나곤 했다는 것뿐이었다. 때문에 장도명은 이름을
바꾸고 근처의 식당에서 호객꾼으로 지내며 태음장에 대해 조사하고
있었다.

하지만 명문가의 자제가 호객꾼이 어울리겠는가? 어쩔 수 없이 구칠
이 달라붙어 이것저것 가르치게 되었고 그러다 보니 둘의 사이는 가까
워지게 되었다.

"자네 때문에 명줄을 달리하긴 싫으니 허튼소리하려면 어서 가게
나."

구칠이 인상을 썼다. 정말 구웅의 소개로 오지 않았다면 아무리 그
의 처지가 딱하다고는 해도 결코 도와주지 않았을 것이다. 자신은 개
방의 수결제자도 아니었다. 그나마 집을 나와 떠돌아다닐 때 굶어 죽
을 뻔한 그를 챙겨준 것이 구웅이기에 마지못해 도와주고 있을 뿐 이
일에 더 이상 개입하고 싶지는 않았다.

"안에 곽중극 있지?"

"그렇긴 한데, 왜?"

"물어볼 게 있어서."

"흥! 웃기고 있네. 묻긴 뭘 물어? 뭔가 알아낸 거라도 있어?"

구칠은 왠지 오늘 장도명의 태도가 이상하다고 생각했다. 여태까지 잠잠히 지내더니 무슨 바람이 들어서 저러는지 몰랐다.

"……"

"휴, 하긴 이미 몇 달이나 지났으니 자네도 답답하긴 하겠지. 그러나 그만 물러가게. 그 인간은 상대할 가치도 없네."

그는 잠시 곽가를 떠올리다가 진저리를 쳤다. 상상만으로도 짜증이 나는 인물이었다.

"맞다. 내가 이러고 있을 때가 아니지. 하여튼 난 바빠서 가겠네. 자네는 허튼 생각은 하지 말고 가서 일이나 하게."

구칠은 뒤늦게 내실로 들고 갈 술상을 떠올리며 서둘러 자리를 뜨기는 했지만 다시 한 번 그를 다독이는 것을 잊지 않았다. 아무래도 걱정이 되었기 때문이다. 원래부터 기품이 있는 자로 자신과는 어울리지 않는 상대였지만 착 가라앉은 목소리하며 무언가 깊은 생각에 빠져 있는 눈초리가 왠지 불안했다.

구칠은 급하게 주방으로 뛰어가면서도 끝내 안심이 안 되는지 뒤를 돌아보았고, 우두커니 서 있는 장도명의 모습에 발걸음이 무거웠지만 이내 고개를 돌렸다.

'설마하니 혼자서 무슨 짓을 벌이지는 않겠지.'

그냥 조용히 태음장에 대해서나 알아본 뒤 의창에 있다는 본가로 돌아갔으면 하는 게 구칠의 바람이었다.

그러나 구칠의 그런 생각과는 달리 장도명은 버드나무 그늘 속에 몸을 숨겼다.

　　　　*　　　　　*　　　　　*

같은 시간 오주산(五朱山).

운남성(雲南省) 북동부에 위치한 이곳은 학경에 가까운 곳으로 산세가 험악하여 계곡은 깊고 봉우리에는 암석이 많아 낙석이 많기로 유명해서 인근 주민들은 오주산을 가리켜 낙산(落山)이라고 부르고 있었다.

낙산이란 별칭에 걸맞게 오주산은 해마다 수많은 사람들이 산에서 구르거나 돌에 맞고는 했는데 산이라면 이골이 났을 법한 약초꾼이나 사냥꾼, 나무꾼들조차 허다하게 다쳐 내려오곤 했다.

그러자 차츰 오주산을 찾는 사람들이 뜸해졌다.

애초에 반쯤은 벌거벗은 산으로 생계에 큰 도움을 주지 못했는데 요즘 들어선 귀신이 나온다는 소문도 돌고 있었으므로 이제 오주산은 금지(禁地)가 되어버리고 말았다.

초가을의 정취가 은은히 느껴지는 밤이었다. 사람들의 발길이 뜸한 오주산 산중에서 한 사내의 모습이 보였다. 낡은 가사에 삭발을 한 머리, 그리고 다부진 체력을 보니 아마도 사내의 신분은 스님인 것 같았다.

스님은 달빛에 의지해 계곡 근처로 다가가고 있었다. 깊은 산중이라고 생각하기 힘들 정도로 주변엔 나무들이 많지 않았지만, 스님은 그중 적당한 크기의 나무를 찾아 상의를 벗어 나뭇가지에 걸쳐 두었다.

“후~”

몸을 푸는 듯 어깨와 목을 가볍게 흔들던 사내가 깊은 숨을 토해냈다. 스님의 움직임에 따라 잘 발달된 상체의 근육이 요동을 쳤고, 잠시 후 사내의 입에서 힘찬 기합 소리가 터져 나왔다.

“이얍!”

그리고는 스님의 신형이 마치 한 마리 산양처럼 계곡 근처의 바위 위로 솟구쳐 올랐다. 신형을 움직이는 동작이 실로 경쾌하면서도 힘이 가득했다.

“합!”

바위 위에 올라선 그는 허리를 앞으로 구부리며 빠르게 우수로 허공을 찌르더니 갑자기 몸을 뒤로 펴며 그 손을 빠르게 옆으로 휘돌린 후 다시 뒤틀었다.

그런데 그의 동작이 얼마나 재빠른지 일수(一手)를 내지르고 다시 일장(一掌)을 휘두를 때마다 주변의 공기가 비명을 지르기 시작했다.

그때였다. 어디선가 낯선 목소리가 들려왔다.

“녀석, 몸 한번 실하네.”

낯선 목소리가 스님이 옷과 석장을 걸쳐 둔 나무 쪽에서 들려오는 것을 보면 아마도 오주산에 있는 사람은 스님 혼자가 아니었나 보다.

“사숙 오셨습니까?”

스님이 고개를 돌리자 한 사내가 나무 둥치에 쭈그리고 앉아 가볍게 손을 흔들었는데, 그 손에는 낡은 헝겊이 감겨 있는 것으로 보아 아마도 손에 큰 상처를 입은 듯 보였다.

“덕원아, 야밤에 뭐 하는 짓이냐?”

“네? 그동안 제대로 무공을 수련하지 못한 것 같아 잠시 몸 좀 풀려고 합니다.”

“쯧쯧, 아직 날도 더운데 몸 축나게…….”

“…….”

상빈이 혀를 차자 덕원은 쑥스러운 듯 미소를 지으며 잠시 자신의 반질한 뒷머리를 쓰다듬었다.

"해봐, 어떤가 보게."

"그럼 부끄럽지만 잠시 움직여 보겠습니다. 가르침을 내려주시면 감사하겠습니다."

상빈의 말에 덕원이 합장을 하며 몸을 숙였다.

일행과 헤어진 뒤 어느덧 두 달이 넘어섰지만 아직까지 그들을 만나지 못했다. 상빈이 몸을 회복하지 못했기 때문에 섣불리 움직이기보다는 이곳에서 숨어 지내고 있는 중이었다.

강호출두 이후 제대로 수련을 하지 못한 것이 내내 마음에 걸려 잠시 틈을 내어 몸을 풀려고 하는데 사숙께서 무공을 봐주신다고 하니 귀가 번쩍 뜨이는 것 같았다.

불문에 발을 들여놓은 신분이었지만 덕원은 무공승으로 발탁되었을 정도로 무공에 대한 갈망이 컸다.

덕원은 잠시 어떤 무공을 펼쳐야 할지 생각하다가 이내 좀 전에 펼쳤던 달마십팔수(達磨十八手)를 다시 펼치기 시작했다.

평소에는 석장을 이용한 무공을 주로 사용했지만 아무래도 소림 무공의 진수는 권을 이용한 내가중수법(內家重手法)에 있었다. 그렇기 때문에 소림 내가권의 기본이라고 할 수 있는 달마십팔수를 펼쳐 자신의 부족한 부분을 지적받고 싶었다.

덕원은 손등을 밖으로 향하게 하고 양팔을 벌리다가 천천히 쌍장을 합장했다 그리고는 좌수를 갑자기 앞으로 뻗었다가 좌로 휘둘렀는데 산처럼 무거운 경기가 쏟아져 나갔다. 그러더니 몸을 비틀어 발을 옮기자 움직이는 발은 마치 깃털처럼 가벼웠다.

그는 빠르게 달마십팔수의 일초인 좌조천답지(左朝天踏地)를 펼치고 있었다. 그런 모습을 보고 상빈은 눈을 빛냈다. 무공에 대한 갈망은 어쩌면 상빈이 더했을지 모른다.

처음 불귀곡을 빠져나올 때까지만 해도 세상에 겁날 것이 없었다. 자신을 상대할 자가 얼마 없을 거라는 노괴의 호언이 아니더라도 바위를 부수고 산을 오르는 자신의 능력은 스스로 생각해도 대단했기 때문이다. 물론 무공을 제대로 펼치려면 사문을 정하여 수련을 해야 한다는 당부를 귀에 못이 박힐 정도로 듣긴 했지만 상빈은 그냥 한 귀로 흘려버렸다.

두 늙은이가 자존심 때문에 자신을 제자로 거두려 한다고 생각했었다. 하지만 동창의 무사들을 상대하면서 생각이 바뀌었다.

물론 지금 상태로도 어지간한 자들을 상대하는 것은 큰 어려움이 없지만 자신이 익히고 있는 무공은 하나같이 내력의 소모가 심해 오랫동안 펼칠 수 없었고, 실력이 뛰어난 자들을 몇 초식의 절기만으로 상대하기는 쉽지 않았기 때문이다.

상빈은 이곳에서 몸을 회복시키면서 천미봉에서 싸웠던 기억을 떠올렸다. 모두 검과 하나가 된 듯 공수를 취하는 동작들이 물 흐르듯 거침이 없었다. 자신이 억지로 내지르는 것과는 차이가 있는 것이다. 때문에 상빈은 자신의 앞에서 무공을 펼치고 있는 덕원의 동작을 하나라도 놓치지 않기 위해 온 신경을 집중하고 있었다.

잠시 후 덕원은 달마십팔수를 모두 펼쳐 보인 뒤 상빈을 향하여 합장을 했다. 나름대로 열심히 펼쳐 보였으나 아무래도 사숙 앞에서 부끄러운 솜씨를 보인 것 같아 머리를 조아리며 가르침을 기다렸다.

하지만 상빈은 다른 생각을 하고 있었다.

'저것만이라도 익힌다면 관음청강수를 제대로 펼칠 수 있을 텐

데…….'

아쉬웠다. 제법 집중해서 보았지만 한 번 보고 기억할 정도로 덕원이 펼친 무공들은 단순하지 않았다.

더욱이 무공이라는 게 동작만 따라 한다고 펼칠 수 있는 것이 아니었다. 내지르는 손동작 하나도 호흡에 따라 위력을 달리하고 오의(奧義)를 깨우치지 않고서 펼치는 초식은 그저 흉내 내기에 불과하다는 것을 알고 있었다.

'하, 그거참 난감하네. 저놈은 내가 소림 무공에 정통한 것으로 알고 있는데 가르쳐 달라고 할 수도 없고.'

혜각 대사의 전인이라고 큰소리 쳐놓고 무공을 가르쳐 달라고는 할 수 없었다. 더욱이 사숙 체면이 있는데 어찌 사질에게 그런 말을 한단 말인가.

무공에 대한 욕심은 나는데 차마 말을 할 수 없는 것이다.

답답했다. 그러다 보니 상빈의 얼굴은 자신도 모르게 울그락불그락 변하고 말았다.

한편 머리를 조아리며 가르침을 기다리고 있던 덕원은 아무리 기다려도 별다른 반응이 없자 조심스럽게 고개를 들었다가 사숙이 인상 쓰고 있는 것을 보았다.

'이크, 내 무공이 형편없었나 보다.'

그동안 많이 가까워지기는 했지만 한번 성질을 부리면 지랄 발광을 하는 것은 여전했다.

덕원은 자신도 모르게 움찔했다. 그러나 어차피 사숙의 기대에 못 미칠 거라는 예상을 하고 있었기에 용기를 내었다.

"사숙, 어떠신지요?"

"응? 아, 그게 말이지, 그런데 덕원아, 지금 펼친 무공 이름이 뭐냐?"

"네에?"

덕원의 물음에 그제야 정신을 차린 상빈은 그가 무슨 무공을 펼쳤는지 궁금했다. 내지르는 권과 장에서 태산처럼 장엄한 기운이 서려 있는 것이 보통 무공은 아닌 것 같았다. 하지만 그 말을 들은 덕원은 크게 상심할 수밖에 없었다.

'무언지 알아보지 못할 정도로 형편이 없다는 소리로군.'

설마하니 달마십팔수를 모르실 리는 없을 테니 아마도 자신을 놀리는 말인 것만 같았다. 고개를 떨구는 덕원의 다부진 어깨는 바람이라도 빠진 듯 움츠려졌다. 하지만 정작 상빈은 덕원이 왜 그러는지 모르니 다시 재촉할 수밖에 없었다.

"야, 무공 이름이 뭐냐니까?"

"사숙, 제가 부족한 것은 알겠으니 이제 그만 놀리십시오."

덕원은 풀 죽은 목소리로 말하며 갑자기 몸을 돌려 계곡 위로 내달렸다. 아무리 사숙이라고 해도 참고 있을 수가 없었다.

"허허, 거참, 저놈이 뭘 잘못 먹었나?"

영문을 모르는 상빈은 덕원의 뜻밖의 행동에 한동안 어리둥절할 수밖에 없었다. 상빈은 한동안 고개를 갸웃거리다가 이내 덕원이 펼쳤던 무공을 떠올리며 자리에 일어나 가볍게 손을 내지르며 덕원의 흉내를 내기 시작했다.

*   *   *

내실을 나서는 곽중극은 취기가 올라오는 듯했다. 그는 심호흡을 크게 하여 밤공기를 가슴 가득히 마셨다. 신장이 육 척이 넘는 거구라 어둠 속에 드러난 체구는 위압적이었다. 거기에다 얼굴의 반을 가로지르는 흉터만으로도 그의 얼굴을 똑바로 바라보는 사람은 드물 정도였으니 이 근처에서 가장 악명을 떨치는 자를 꼽으라면 아마 대부분의 사람들이 곽중극을 꼽을 것이다.

그런 곽중극이 비칠거리며 섬마루 위로 내려섰다.

아향과 질퍽한 육정(肉情)을 나눈 뒤였지만 아직 아쉬움이 남아 있었다. 기분 같아서는 이곳에서 잠이나 잤으면 좋겠지만 영업장에서 기거하는 것만큼은 문규로 금지하는 터라 어쩔 수 없이 발길을 돌려야만 했다.

그런 그가 정원을 가로지르다가 중앙 쪽 버드나무 그늘에서 사람의 형체를 발견한 것은 술기운을 다스리기 위해 다시 한 번 심호흡을 크게 하고 난 뒤였다.

그쪽에서도 마침 자신 쪽으로 다가서고 있었기 때문에 발견한 것이지 그냥 걸어갔다면 아마도 상대를 발견할 수 없을 정도로 상대는 어둠과 동화되어 있었다.

주춤 걸음 속도를 늦춘 곽중극이 상대를 보기 위해 눈에 힘을 주자 나무 그늘에서 벗어난 상대의 얼굴이 달빛에 드러났다.

"아, 너는?"

그 순간 곽중극은 발을 멈추고 저도 모르게 입 밖으로 소리를 뱉었다. 근처의 식당에서 호객 행위를 하는 절름발이였기 때문이다.

"네가 여긴 웬일이냐?"

곽중극은 퉁명스럽게 물었지만 장도명은 그저 두 팔을 늘어뜨린 채 다가왔다. 구칠에 의해 교육을 받았다고는 하나 명문가의 자제로 지내

왔던 기품이 단시간에 사라지는 건 아니었기에 보폭은 일정했고 바람처럼 가벼웠다.

술에 취한 곽중극은 미처 그러한 것은 알아차리지 못하고 단순히 자신을 바라보는 눈빛이 도전적이라고만 생각했다.

그때 굳게 다물어져 있던 장도명의 입이 열리었다.

"물어볼 것이 있습니다."

장도명이 똑바로 노려보며 말하자 곽중극은 저도 모르게 피식 웃었다.

"네가? 네까짓 게 나에게 뭘 물어보려고?"

"이곳에선 말씀드리기가 곤란한데 잠시 자리를 함께해 주실 수 있습니까?"

곽중극은 어이가 없었다. 감히 식당의 호객꾼 주제에 자신에게 이딴 소리를 하는 것을 보니 간이 배 밖으로 나온 게 분명했다.

"이런 건방진 자식! 죽고 싶어 환장했구나!"

곽중극은 언성을 높이며 한 걸음 다가섰다. 가끔 분수도 모르고 덤비는 놈들이 있었다. 유곽과 도박장을 관리하다 보면 이런 겁없는 놈들을 심심치 않게 만나곤 했는데 그때마다 곽중극은 놈들의 다리를 분질러 버리곤 했다.

"잠시 함께해 주시지요."

장도명은 곽중극을 뒤로하고 걸음을 옮겨 거리를 벌리려고 했다.

"그래, 함께해 주지. 네놈의 버릇을 고칠 때까지 함께해 주지."

곽중극은 이제 더는 참을 수 없는지 불쑥 몸을 앞으로 옮기며 장도명의 멱살을 잡아당겼다.

술에 취해 있다고는 하나 상당히 빠른 동작이다.

손아귀에 잡힌 옷깃이 팽팽하게 끌어당겨졌다. 이제 이 버릇없는 놈의 뼈마디 한두 개쯤을 부러뜨리는 것은 일도 아니었다. 곽중극은 비릿한 미소를 지으며 멱살을 잡지 않은 다른 손을 강하게 내질렀다.

사라혈검이라는 요란한 명호처럼 곽중극은 성미가 급하고 잔인했다. 때문에 그는 코뼈를 주저앉힐 생각으로 손을 내지른 것인데 그런 곽중극이 미처 예상하지 못한 것이 있었다.

장도명은 결코 일반 호객꾼이 아니었다. 장도명은 어린 시절부터 조부의 가르침을 받아 군문의 무공과 무당의 무공에 정통했기 때문에 이런 공격이 통할 리가 없었다.

곽중극이 멱살을 잡아당기며 주먹을 내지르자 장도명은 좌수를 옆으로 휘둘러 곽중극의 주먹을 뿌리치며 우수를 빠르게 쳐 올려 손바닥으로 곽중국의 아랫턱을 가격했다.

무당의 입문 무공인 장권(長拳)의 일초였다.

퍽!

장도명의 멱살을 잡고 있던 곽중극은 요란한 소리를 내며 뒤로 넘어가고 말았다.

“으흑!”

바닥을 나뒹굴던 곽중극은 허리에 차고 있던 검을 향해 손을 뻗었다. 그제야 맨손으로 상대하면 안 된다는 것을 깨달은 것이다. 하지만 그의 행동보다 장도명의 동작은 더욱 빨랐다. 어느새 다가온 장도명의 발이 거칠게 그의 몸을 걷어차 버리자 곽중극은 변변한 반항조차 하지 못한 채 의식을 잃고 말았다.

잠시 뒤 장도명은 축 늘어져 있는 곽중극의 팔을 목에 감아 한 손으로 잡으며 다른 손으로는 그의 허리를 둘러 감았다. 모르는 사람이 보면 술 취한 사람을 부축하는 것으로 보일 것이다.

야심한 시각이었지만 유곽(遊廓)들은 오히려 이때가 분주할 때다. 회음곡을 빠져나올 때까지 많은 사람들을 만났는데 대부분 곽중극을 알아보고 흠칫거리며 몸을 피해주었고 회음곡을 벗어난 장도명은 곽중극을 들쳐 업고 근처의 야산으로 몸을 숨겼다.

장도명은 곽중극을 들쳐 업고 한 시진 가까이 숲길을 내달렸다.

회음곡에서는 제법 멀리 떨어져 있었지만 최대한 주위를 살핀 후에야 곽중극을 바닥에 놓고 아혈(啞穴)을 풀었다.

"야, 이 개자식아, 네놈이 어떻게 나한테 이럴 수 있어?"

"잠시 물어볼 게 있다고 했습니다."

차가운 장도명의 목소리에 곽중극은 그제야 흠칫하며 주변을 둘러보았다. 자욱한 어둠 때문에 제대로 살필 수는 없었지만 장도명의 두 눈에 어린 한광만은 뚜렷하게 보였다.

"너, 정체가 뭐냐?"

다리를 절지 않는 것은 이미 확인했지만 자신을 납치해 온 이유를 알 수 없었다.

"낙일정(駱日靖) 주부(主簿)님을 알고 계시지요?"

"…뭐? 그가 누, 누군데?"

곽중극은 당황한 듯 말을 더듬었다.

"알고 계시지요?"

"몰라. 왜 나한테 그런 걸 묻는데?"

"알고 계시다는 것을 알고 왔습니다. 사실대로 말씀하시지요."

장도명의 말은 차분했지만 목소리에서는 냉기가 가득했다.

장도명의 차가운 시선을 받은 곽중극은 크게 심호흡을 했다.

이미 취기는 싸악 사라져 있었다. 밤이슬이 얼굴에 내렸는지 얼굴 한쪽에서 전해지는 시린 기운에 자신도 모르게 오금이 저렸다.

"참나, 그래, 내가 낙 주부를 조금 알기는 하네. 그런데 왜 그런 것을 자네가 묻는지 모르겠군. 자네는 누군가? 그리고 왜 그런 것을 묻는 겐가?"

곽중극의 말투가 달래듯이 낮아져 있었다. 그는 자신을 노려보고 있는 장도명을 향해 다시 한 번 말했다.

"도대체 왜 그러나? 어차피 잡혀왔으니 내 속 시원이 말하겠네. 이거 밤공기도 싸늘해서 어째 으스스하구먼."

"그럼 그 일가가 하루아침에 몰살된 것도 알고 계시겠군요."

장도명은 곽중극의 눈을 똑바로 바라보며 물었다.

"이 일대에서 그거 모르는 사람 있나? 그거 혈귀린이 그랬다면서?"

"정말 그렇게 생각하십니까?"

"그렇다고 하던데? 왜, 아닌가? 그런데 자네가 누군지는 아직 대답을 안 한 것 같은데?"

곽중극은 고개를 들어 장도명의 눈과 시선을 맞췄다.

"그날 당신과 함께 태음장의 무사들이 낙 주부 댁의 담장을 넘는 것을 본 사람이 있소."

"뭐? 무슨 소리야?"

곽중극은 몸을 움찔거리며 고함을 질렀다.

"왜 그랬소?"

"뭐가? 도대체 무슨 소릴 하는 거야?"

"다 알고 왔소. 당신들이 염효 짓을 하는 것을 눈감아주는 조건으로 현청관원들과 가깝게 지내는 것도 알고 있소. 그런데 도대체 왜 그랬소?"

장도명은 지난 두 달 동안 태음장의 주변을 살피면서 그들이 누님네 일가를 몰살시켰다는 심증을 굳혔다.

또한 오늘은 사건이 일어나던 날 밤 얼굴에 흉터 있는 자가 주변에서 복면을 뒤집어쓰는 걸 보았다는 이웃 하인의 말을 통해 흉수 중에 곽중극이 포함되어 있다는 확신을 할 수 있었다.

하지만 이유를 알 수 없었다. 그가 조사한 바로는 그동안 태음장에선 현청관원들을 매수하기 위해 온갖 노력을 아끼지 않는데 그렇게 힘들여 매수한 사람을 해친 것은 이해가 되지 않았다.

"무슨 소릴 지껄이는 거냐?"

"다 알고 왔다고 했소."

"…난 모르는 일이다."

"……."

장도명은 잠시 입을 비틀었다. 그리고는 바닥에 누워 있는 곽중극의 곁에 앉아 나직한 목소리로 말했다.

"내가 누구냐고 물었던가?"

"……."

차가웠지만 그래도 계속해서 존칭을 쓰던 장도명의 말투는 어느 순간 변해 있었다.

"사실 난 낙일정 그분을 그리 좋아하진 않았지. 우유부단하여 누님을 힘들게 할 것 같았거든."

장도명은 잠시 말을 멈췄지만 언성은 높아지고 있었다.

"그러더니 결국엔 네놈들과 어울려서 누님을 잃게 만들었다."

장도명은 고함을 내지르며 곽중극의 배를 걷어찼다. 억누르고 있던 화가 봇물처럼 쏟아져 나온 것이다.

퍽!

"크억!"

"나한테는 소중한 누님이었다."

장도명은 내력을 운용하여 곽중극의 몸을 몇 번 더 걷어찬 뒤 곽중극의 허리에서 검을 뽑아 들었다. 장도명은 호객꾼으로 지내며 빈 몸으로 다니고 있었기 때문에 곽중극의 검을 뽑아 든 것이지만 그것을 바라보는 곽중극은 몸서리가 쳐졌다.

매일 들고 다니던 검이건만 오늘따라 자신의 검이 그 어떤 무기보다 날카로워 보였다.

"넌 머리가 좀 느리군. 내가 아무것도 모르고 널 잡아왔을 것 같아?"

장도명은 또다시 고함을 질렀다.

"이미 다 확인하고 왔어! 네가 담을 넘어 낙주부 일가를 모두 죽이고 현청에 손을 써서 혈귀린의 짓으로 덮어씌운 것도 모두 알고 있어! 이런데도 아니라고 할 거냐?"

"아, 아냐, 그건… 내가 한 게."

곽중극은 심하게 떨었다.

"다 불어! 내가 알아온 것하고 하나씩 틀릴 때마다 이 칼이 얼마나 잘 드는지 시험해 보게 될 거다!"

"크윽! 으아악!"

*　　　　*　　　　*

‘덕원이 펼친 무공은 무엇이었을까?’

팔베개를 하고 누운 상빈은 깊은 생각에 빠졌다. 산신에게 제사를 지내기 위해 지어진 듯한 사당 안에는 낡은 제탁 외에는 아무것도 없었다.

사람들이 산을 찾을 때나 산신이 필요한 것이지 사람들의 발길이 뜸해진 지금에는 그러한 것조차 필요하지 않았던 것이다.

낡은 모포를 바닥에 깔고 누워 있던 상빈은 한쪽에 몸을 웅크리고 있는 덕원을 바라보았다. 덕원은 생각 외로 상심이 큰 듯 밤이 늦은 후에야 사당으로 돌아와 바닥에 누울 때까지 한마디도 하지 않았다.

상빈은 슬쩍 몸을 돌려 덕원을 보았다. 유난히 반질거리는 머리는 묘한 빛을 발하고 있었다.

‘저놈은 뭐 때문에 삐친 거야?’

무공을 펼치는 모습을 더 보고 싶었는데 미친놈처럼 뛰어다니다가 사당에 돌아온 지 얼마 되지 않았다.

그러나 덕원의 얼굴은 아직도 풀이 죽어 있었다.

상빈은 왜 그런지 묻고 싶었으나 덕원의 얼굴에서 여태까지 그가 알고 있던 예의 바르고 인자한 모습을 찾기 힘들었기 때문에 그냥 모르는 척 입을 다물었다.

‘그냥 사실대로 말하고 무공을 가르쳐 달라고 할까?’

상빈은 어울리지 않게 진지하게 생각해 보았다. 하지만 그것도 잠시일 뿐 이내 고개를 저으며 돌아누워 버렸다.

만약에 자신이 기본공을 익히지 못한 것을 말한다면 땡초의 진전을 이었다는 말이 거짓인 것도 밝혀질 것이다. 땡초에게 몇 가지 절기만을 배웠을 뿐 땡초를 사부로 모신 것은 아니지 않는가.

때문에 그것을 밝히는 순간 자신을 깍듯이 모시던 사질은 남이 되어 버리는 것이다.

'안 되지, 안 돼. 그럴 바엔 무공을 안 배우고 말지.'

사숙이라는 위치가 생각보다 편했기 때문에 결코 포기하고 싶지 않았다. 상빈은 다시 몸을 돌려 덕원을 보았다.

원래 밤눈이 밝았기 때문에 어둠 속에서도 사물을 보는 것은 어렵지 않았다. 또한 덕원의 윤기있는 머리는 묘한 발광까지 하고 있으니 이런 밤일수록 더욱 쉽게 볼 수 있었다.

'저놈은 분명 내가 안 보는 곳에서 머리를 미는 게 분명해.'

중이 제 머리를 못 자른다고 하더니 그 말은 거짓인 것 같았다. 그렇지 않다면 함께 지낸 석 달 내내 반질거리는 머리를 유지하고 있는 것은 말이 안 되었다.

자신만 하더라도 불귀곡을 빠져나오며 대충 다듬었던 머리와 수염이 또다시 산발이 되어 있지 않는가. 덕원은 분명 자신이 안 보는 사이에 머리를 밀었을 것이다.

물론 손이 불편한 자신을 대신하여 덕원이 머리를 다듬어주려 했지만 상빈은 한사코 거절했다.

원래부터 봉두난발을 하고 있었기 때문에 이 정도의 지저분함은 큰 문제가 되지 않았다.

'그래도 조금은 가까워진 것 같았는데… 아직 저놈에 대해서 아는 게 얼마 없군.'

웅크리고 있는 덕원의 뒷모습을 바라보자 왠지 안쓰러운 생각이 들었다. 그래도 사숙이라고 자신을 구하기 위해 애쓰던 모습들이 떠오른 것이다. 자신을 업고 칼바람을 헤쳐 나오던 덕원의 건장한 등에 시선이 고정되었다.

그러고 보니 저놈의 뒷모습은 왠지 눈에 익었다.

십오 년 전, 돌림병에 가족을 잃은 자신을 업고 간 것도 저런 뒷모습을 가진 땡초였다.

'휴, 삭발에 고리타분한 염불만 읊지 않을 수 있다면 소림 문하가 되는 것도 그리 나쁘진 않을 텐데.'

소림방장의 신물이라고 하는 녹옥불장의 행방을 밝히기 위해 소림을 찾은 것이지 머리를 깎고 중이 되는 것은 단 한 번도 생각해 본 적이 없었기 때문에 그러한 생각도 이내 지워 버렸다.

상빈은 머리가 지끈거리는 것 같았다.

"에휴, 덕원아, 자냐?"

덕원은 한동안 말이 없었지만 이내 힘겹게 입을 열었다.

"네, 사숙. 자고 있습니다."

"자는 놈이 어떻게 대답하느냐?"

"……."

"도대체 뭣 때문에 그러느냐?"

"……."

"이놈아, 말을 해야 알 것 아니냐? 뭐 때문에 그리 심통이 났느냐?"

"그만 놀리십시오. 소신이 부족하다는 것은 알고 있습니다."

덕원은 몸을 더욱 움츠렸다.

'정말 저놈이 왜 저러지? 내가 무슨 심한 말을 했나?'

평소의 덕원이라고는 생각하기 힘든 모습이었다. 상빈은 곰곰이 생각해 보았다. 아무래도 자신 때문인 것 같은데 아무리 생각해도 별다른 짓을 한 기억이 없다.

"에라이, 머리만 민다고 그게 중이냐? 중생을 구도하려는 놈이 그렇게 꽁해 있어서 뭐에 쓸 수 있겠느냐."

상빈의 말에 덕원이 몸을 일으켰다.

"사숙, 가르쳐 주십시오. 저의 부족함을 알고 싶습니다."

덕원은 가슴에 담고 있던 말을 내뱉었다.

초저녁에 상빈이 했던 말은 충격이었다. 아무리 자신의 실력이 부족하다고는 해도 무슨 무공인지 알아보지 못할 정도라고는 생각하기 힘들었다. 상심은 컸지만 말이 나온 김에 자신의 부족함을 지적받고 싶었다.

하지만 덕원의 말을 들은 상빈은 순간 당황했다.

자신에게 무언가를 가르쳐 달라고 하지 않는가?

아마도 중생 어쩌고 했더니 불법(佛法)을 가르쳐 달라는 것 같았다.

'젠장, 그딴 걸 내가 어떻게 알아?'

그러나 모른다고 하기에는 자신을 바라보는 덕원의 눈엔 갈망이 가득했다.

"뭐가 그리 궁금한데?"

"산문을 떠난 이래 제대로 가르침을 받지 못했습니다. 사숙께서는 선사(禪師)의 가르침을 받으셨으니 저의 부족함을 깨우쳐 주십시오."

덕원은 바닥에 머리를 부딪칠 듯 고개를 숙였다.

'흠, 이놈이 절간을 오래 떠나 있다 보니 불안했나 보군.'

상빈은 잠시 궁리를 하다가 입을 열었다.

"음, 한 사람은 무궁한 세월 동안 수행을 쌓았으나 자기 집을 떠나지 않았고 다시 한 사람은 본래의 자기 집을 떠났으나……."

상빈은 말을 하다 잠시 멈췄다. 오래전에 들은 이야기인지라 자신이 말하고 있으면서도 맞는 소린지 자신이 없었다.

"그래, 다른 한 사람은 자기 집을 떠났지만 수행을 쌓지 못했다면 어느 쪽이 인간과 천상의 공양을 받을 것 같으냐?"

언젠가 소림방장쯤 되는 분이 뭐 하려고 불귀곡까지 찾아와서 이 고생이냐고 물었더니 땡초가 들려줬던 말이다.

물론 그 소리를 들었을 땐 콧방귀를 뀌어버렸지만 지금 상황에선 가장 어울리는 말 같았다.

"네? 그게……?"

덕원은 달마십팔수의 부족한 부분을 깨우쳐 주길 바랐는데 갑자기 설법을 들려주니 고개를 들어 상빈을 바라보았다.

하지만 이러한 반응은 상빈도 기다리고 있었다. 자신 또한 그러했기 때문이다.

"이놈아, 머리는 뒀다가 뭐에 써먹을래? 스스로 깨우치란 말이다."

상빈은 빠르게 일갈을 하고는 대뜸 등을 돌렸다. 땡초가 수많은 말을 해주긴 했지만 제대로 들어본 적이 없었기 때문에 덕원이 더 이상 물어오면 할 말이 없었다.

그는 더 이상의 질문은 허용하지 않겠다는 뜻으로 등을 돌렸는데 그의 말을 들은 덕원은 뒤통수에 철퇴를 맞은 것 같은 기분이 들었다.

'자기 집을 떠났으나 수행의 길에 있지 않다? 나를 가리키시는 말이구나.'

사숙이 해준 말은 자신의 상태를 적나라하게 지적하고 있는 것이다. 소림 무공의 본질은 호신련담(護身練膽)에 있었다. 선승(禪僧)들이 몸을 지키고 간담을 키우기 위해서 수련하던 것이 변질되어 요즘처럼 무공만을 중시하게 되었다.

하지만 그러한 마음으로 펼치는 무공이 진정한 소림 무공이라고 할
수 있을까?

그건 아닐 것이다. 마음을 다스려 부동의 평정심을 유지해도 부족할
텐데 근자에 자신은 조급함만 가득하여 불자(佛者)의 마음을 잊고 있었
다.

'사숙께서 나의 무공을 못 알아보신 것이 이해가 되는구나.'

부끄러웠다.

아마도 자신이 펼쳤던 달마십팔수에는 탐욕과 살심만이 가득했으리
라. 역시 선사의 가르침을 받은 자는 달라도 무언가 달랐다.

기이하고 괴팍한 행동과는 달리 삭발을 한 자신보다 불자의 마음가
짐을 더욱 깊이 이해하고 있는 것이다.

덕원은 깊이 탄복하고 물러났고, 덕원이 별다른 말이 없는 것에 상
빈은 가슴을 쓸어 내릴 수 있었다.

다음 날 아침, 먼동이 틀 무렵에 자리에서 일어난 상빈은 사당 앞에
나와 가볍게 몸을 풀었다.

대부분의 상처는 아물었으나 손과 팔꿈치 부위는 가장 상처가 심했
기 때문에 아직 헝겊을 감고 있었지만 상빈은 양손을 머리 위로 올려
기지개를 켜듯 팔을 쭉 펼쳤다.

간밤에 웅크리고 자서인지 단순히 팔을 뻗어 올렸을 뿐인데도 옆구
리, 팔꿈치부터 당겨오는 느낌이 등줄기를 타고 내려와 허리까지 전해
졌다.

"후우!"

깊은 숨을 내쉬는 얼굴이 약간 찡그려졌지만 행동을 멈추지는 않았

다. 밤늦게까지 여러 생각에 빠져 있던 상빈은 한쪽 머리가 닭벼슬처럼 솟아 있었는데, 팔등으로 대충 문지르자 기름기 자르르한 머리는 이내 납작해지고 말았다.

불귀곡을 빠져나와 나름대로 꾸며보기도 했지만 큰 상처를 입고 쫓겨 다녔기 때문에 하고 있는 행색은 불귀곡을 빠져나왔을 때와 크게 다르지 않았다.

상빈은 가볍게 손을 움직였다.

휘익! 슈익!

손목까지 감겨 있는 헝겊 조각이 바람을 가르는 소리가 고요한 아침을 열기 시작했다.

상빈은 어제 덕원이 펼쳤던 무공을 떠올리며 몇 번 더 손을 놀려보았다. 그러나 스스로 만족하지 못하는 듯 몇 번의 움직임이 끝나자 머리를 긁적이기 시작했다.

'무공이란 무엇일까?

단 한 번도 궁금해 본 적 없던 의문이 들었다. 지금까지는 무공이라는 것에 대해 깊게 생각해 본 적도 없었다. 아니, 생각할 필요가 없었다. 그저 땡초와 노괴가 가르치면 배웠고 시키면 움직였을 뿐 스스로 원해서 배운 것은 아니었다.

하지만 지금은 달랐다. 불귀곡만 나오면 천하를 오시할 수 있을 것이라 생각했지만 뜻하지 않은 일에 휘말리면서 오히려 죽지 않은 것을 요행으로 생각할 정도로 큰 상처를 입었다.

비록 그 상처가 절벽에서 떨어지며 얻은 것들이었으나 동창의 합공에 의해 몰렸던 것은 사실이었으니 만약 절벽에서 떨어지지 않았다면 더 큰 낭패를 볼 수도 있었다.

‘적을 공격하기 위해서는 남보다 빠르거나 변화가 많아야 하는데 나에게는 강한 힘만 있을 뿐이다.’

그는 허공을 향해 가볍게 손을 휘둘러 보았다.

위력 하나만은 스스로 생각해도 대단하다 할 수 있었다. 하지만 정작 그것을 제대로 펼치기 위한 준비 과정들이 필요했음에도 자신에겐 그러한 것들이 전무하다고 할 수 있었다.

‘머뭇거리지 않고 바로 펼칠 만한 무공이 필요해.’

거리를 두고서는 마음대로 무공을 펼칠 수 있지만 막상 접근전이 벌어지면 제대로 펼칠 만한 무공이 부족했기에 내력의 소모가 극심한 반월파만 날리다가 결국에는 내력이 딸리는 걸 경험하지 않았던가?

물론 그렇다고 근접전에서 펼칠 만한 무공이 없는 것은 아니었다.

그것은 바로 파천삼검식의 마지막 초식인 천뢰무영이었다. 사실 일대 일의 대결이라면 파천삼검식이라면 충분했다.

파천삼검식의 일검식인 무격신검은 거리를 두고 있는 상대에게 반월파를 쏘아 보낼 수 있었고, 이검식 파천구성검(破天九星劍)은 아홉 방위를 향해 빠르게 검을 휘두르는 방어 초식이었다. 그리고 삼검식인 천뢰무영은 일신의 내력을 검을 통해 뿜어내는 아수라혈천교의 비전절기 중 최고라고 할 수 있는 검법이었다.

신검정 위에서 동창 삼영반을 상대하기 위해서 펼쳤던 무공이 천뢰무영이었고, 그것을 펼쳤을 때 돌로 만든 정각이 무너져 내리며 상빈이 절벽 밑으로 떨어질 정도였으니 그 위력은 정말 대단하다고 할 수 있었다. 하지만 천뢰무영은 일신의 모든 내력을 쏟아 붓는 만큼 함부로 펼치기에는 무리가 있었다. 그것은 최후의 초식으로 남겨두어야 한다.

처음으로 혼전을 경험한 상빈은 내력을 조절해야 한다는 것을 깨달

있다. 때문에 내력의 소모가 많은 자신의 무공은 절초로 남겨둘 필요를 느꼈다.

'완전한 초식과 무공들을 익히기 전에는 지금 익힌 무공들만이라도 빠르게 사용할 수 있어야 해.'

혼전만 피한다면 큰 어려움은 없을 것 같았다. 몇 수 안 되는 초식을 익히고 있을 뿐이지만 혼원조화신공의 내력을 바탕으로 하고 있었기 때문에 그를 상대할 자는 분명 드물었다.

문제는 단순한 공격만으로는 움직이는 사람을 상대하기 힘들다는 점이었다. 엄청난 위력을 갖고는 있으나 하나같이 초식들이 크다 보니 공격을 제대로 성공시키는 것이 너무 힘들었다.

또한 환영신연보와 연계해서 펼칠 수 있는 무공이 없다는 것도 문제가 컸다. 아무리 신묘한 움직임을 펼칠 수 있다고 해도 내력의 소모가 커서 무공과 함께 펼칠 수 없는 것은 분명 문제가 있다고 할 수 있었다.

환영신연보는 보법(步法)이다. 보법은 무공을 펼쳐 상대를 공격하거나 피하는 방법으로 몸을 가볍게 하여 빠르게 움직이는 경신법(輕身法)과는 엄연히 다른 것이다. 하지만 상빈은 환영신연보를 익히고 있었음에도 공격을 피하는 방어용으로는 사용해도 그것을 이용하여 공격을 하지는 못하고 있었다.

"흠, 환영신연보만이라도 제대로 사용할 수 있으면 좋을 텐데 무슨 좋은 방법이 없을까?"

나름대로 자신의 부족한 점을 깨닫기는 했지만 뾰족한 수가 떠오르지 않았다. 땡초와 노괴가 시킨 것 말고는 단 한 번도 스스로 무공을 연마해 본 적이 없었기 때문이다.

“에이, 모르겠다. 언젠가 알게 되겠지. 나 혼자 고민한다고 안 되는 게 갑자기 될 것도 아니고 일단은 지금 익히고 있는 것들이나 빠르게 펼치도록 수련해야겠군.”

원래 복잡한 것을 싫어하는 그는 단순하게 생각을 정리했다. 어차피 머리를 싸매봐야 현재로서는 적당한 방법이 없었기에 대충 생각을 정리하자 마음이 후련했다.

그때 사당의 문이 열리며 덕원이 나왔다.

“사숙, 일찍 일어나셨군요?”

어제저녁 크게 깨우친 게 있는지 덕원의 얼굴은 밝아 보였다.

“그래, 푹 잤느냐?”

상빈도 밝게 말했다. 삐쳐 있던 덕원의 마음을 풀어주기 위해 미소까지 지어 보였는데 해놓고 보니 스스로 어색하여 자신도 모르게 입꼬리가 비틀어졌다.

“조금만 기다리시지요. 제가 조반을 준비하도록 하겠습니다.”

“아, 됐다. 너 또 산나물 같은 거 뜯어오려고 그러지? 아무리 중놈이라도 그렇지 나물만 먹어서 어떻게 힘을 쓰겠느냐?”

“사숙은 정식으로 출가한 신분이 아닌지라 상관없겠지만 저는 그렇지 않습니다. 요즘은 계절이 바뀌어서 과일도 많으니 조금만 기다리십시오.”

덕원은 머리를 긁적이며 말했다.

그 모습을 보고 상빈은 무언가 생각나는 게 있었다.

“아, 맞다. 너, 내가 안 볼 때 그 머리 밀지?”

“네? 갑자기 왜 그러십니까?”

“그냥 너무 반질거리니까 눈부시잖아.”

상빈이 떠오르는 태양을 가리키며 말했다.

"하하, 사숙, 이제 농담을 다 하시는군요."

"흠, 넌 이게 농담으로 들리는가 본데, 사실 대낮에 너를 보는 게 여간 힘든 게 아니다."

"그러는 저도 사숙 곁에 갔다가 코를 부여잡은 게 하루 이틀이 아닙니다."

덕원이 묘한 웃음을 지으며 코를 쥐는 시늉을 했다.

"어쭈? 조금 가까워졌다 이거지? 아예 맞먹으려고 드는군."

"설마 제가 그러겠습니까? 그저 이곳으로 온 뒤에 사숙께서 제대로 씻으시는 걸 본 적이 없습니다. 이제 어느 정도 회복하셨으니 붕대를 푸시는 것도 좋을 것 같습니다."

덕원의 말에 상빈이 고개를 끄덕였다.

"그래, 이놈의 천 때문에 나을 상처도 안 낫겠다."

시선이 손에 감은 천으로 향했다. 그 천은 당설연이 묶어주었던 것으로 가끔 약초를 발라주기 위해 풀기는 했지만 마땅히 손을 감쌀 것이 없어 그동안 계속해서 감고 있었다.

"덕원아, 우리는 큰 빚을 진 거겠지?"

잠시 생각에 잠겨 있던 그가 불쑥 물었다. 앞뒤없는 물음이었지만 덕원은 즉시 입을 열었다.

"네, 앞으로 갚아야 할 빚이 너무 큽니다."

"빚지는 건 나랑 어울리지 않다."

상빈은 낮은 목소리로 말하고는 떠오르는 아침 해를 향해 시선을 돌렸다. 태양이 눈부셨지만 그의 시선은 흔들림이 없었다. 상빈은 상처를 감싼 손을 보고서 자신에게 상처를 입힌 동창의 무사들을 생각하고 있었다. 그놈들에게 입은 상처는 회복되었지만 무너진 자존심은 회복되지 않았다.

"하지만 이왕 진 빚이라면 꼭 갚아야겠지."

가볍게 손을 쥐어 보이며 말을 했는데 눈에선 아침의 태양보다 더욱 붉은 기운이 어려 있었다.

덕원은 왠지 모르게 가슴이 뿌듯해졌다. 지난 두 달여 동안 일행의 안위를 걱정하여 자신만이라도 그들의 행방을 찾으려 한 적도 있었다. 그러나 상처 입은 상빈을 혼자 둘 수 없었기 때문에 그들에 대한 걱정은 항상 그를 무겁게 하고 있었다.

'역시 사숙께서도 일행을 걱정하고 계셨구나.'

당설연이 감아주었던 낡은 헝겊을 바라보고 빚을 운운한지라 덕원은 자신들을 위해 남아 있던 일행을 말한 것으로 착각했다.

"갚아야지요. 물론 찾아서 갚아야지요. 그 빚은 숨을 바쳐서라도 갚아야지요."

그 말에 상빈이 고개를 돌렸는데 얼굴에는 의외라는 기색이 역력했다.

"녀석, 너도 맺힌 게 많았구나. 하긴 아무리 절밥을 먹는 신분이라 해도 사내라면 받은 만큼 돌려줄 줄도 알아야지."

가볍게 그의 어깨를 두들기며 복수심을 불태우는 상빈과 전혀 다른 생각으로 그를 바라보는 덕원은 한동안 떠오르는 태양을 바라보며 움직이지 않았다.

*　　　　*　　　　*

“뭐야? 아직 못 찾았어?”

진금발(晉檎拔)은 고개를 숙이고 있는 사내들에게 소리를 내질렀다. 학경의 뒷골목을 장악하고 있는 태음장은 회음곡에서 약간 벗어난 서원가 쪽에 위치하고 있었다. 주변에는 유생들이 기거하는 촌락들과 서원에 물건을 대주는 상점들이 가득한 이곳에 흑도 사하방의 방파인 것으로 알려진 태음장이 위치한 것은 조금 의외의 일이었으나 장원의 뒤쪽으로 얕은 산이 있어 남들 앞에 나서는 것을 꺼리는 그들에게는 최적의 보금자리라 할 수 있었다.

태양은 이미 중천에서 늦여름의 열기를 뿜어내고 있어 사내들의 뒷덜미에는 땀이 흘러내리고 있었다.

“이런 밥버러지 같은 놈들! 다 나가 찾아오란 말이야!”

다시 소리를 지르자 사내들이 서로 등을 밀치며 쏟아져 나갔다. 그러자 방 안에는 딱 두 사람만이 남게 되었다. 태음장의 총관인 양충기(襄衝冀)와 내당주인 호등청(狐鄧靑)으로 외당주 곽중극과 함께 사하방에서 이곳으로 파견 나올 때 함께한 자들로 태음장을 세운 뒤 노른자위라고 할 수 있는 회음곡 일대를 관리할 수 있었던 이들이 있었기 때문이다. 마른 체격에 유복(儒服)을 걸치고 있어 영락없는 서생 차림의 양춘기가 수하들이 빠져나간 빈 방을 둘러보다가 입을 열었다.

“너무 걱정하지 마십시오. 조만간 찾을 수 있을 겁니다.”

“그렇지 않을 것 같아.”

다른 생각이 있는지 진금발은 짧게 말을 잘랐다.

곽중극이 행방불명된 지 이틀이 지났다. 그가 보이지 않는 것을 안 것은 어제저녁이었고, 보고를 들은 양충기는 즉시 사람들을 풀어 수소

문한 끝에 술 취한 곽중극이 도개의 부축을 받고 사라졌다는 보고를
받았다.

유곽을 자주 찾기는 했지만 곽중극은 자신을 절제할 줄 아는 자였기
때문에 몸을 가누지 못할 정도로 술에 취한 적이 단 한 번도 없었다.
그들은 무언가 이상하다고 느끼고는 즉시 곽중극의 행방을 찾는 한편
도개에 관하여 알아본 끝에 구칠이 그와 가깝게 지냈다는 말을 듣고
그를 잡아들인 터였다. 하지만 구칠은 입을 다물었고, 그에 관한 정보
는 의외로 현청의 관원에게서 전해 들을 수 있었다. 일전에 흉수를 찾
기 위해 관청에 들른 것을 기억하는 자가 있었다.

"그래, 그놈이 이 주변을 맴돈 게 두 달이 넘었다고 하더군. 그런데
모르고 있었다는 게 말이 돼?"

"그건 어쩔 수 없었습니다. 요즘은 외지인이 많이 돌아다녀서. 그렇
다고 함부로 조사할 수도 없는 노릇이고."

말을 마친 그는 진금발의 눈치를 살피며 슬쩍 호등청에게 눈짓을 했
다. 외부 관리를 하는 것은 전적으로 곽중극의 책임이었지만 외지인이
자신들의 관할에서 뒤를 캐고 다녔는데도 몰랐다는 것은 분명 문제가
있었다.

"요즘은 이 일대에 신분을 위장하고 들어온 놈들이 한둘이 아닙니
다. 그런데 그놈들을 건드렸다가는 오히려 일만 커질 것 같아 수하들
에게도 문제를 일으키지 말라고 했습니다."

"네, 그래서 수하들도 보고를 못한 것 같습니다."

"그래?"

진금발이 못마땅하다는 듯 이맛살을 찌푸렸다. 요즘 들어 객지인이
많아진 것은 사실이었다. 얼마 전엔 혈귀린 등패가 나타나서 사람들을

겁에 질리게 하더니 파황마제의 후인이 나타났다는 소문까지 나돌고 있었다.

"그러니까 그놈이 무림맹에서 파견된 놈인 줄은 알았다는 거지?"

객점과 식장은 객지를 떠도는 자들에게는 없어서는 안 될 곳이다. 때문에 누군가를 추적할 때 미리 이동 경로라 예상되는 지역에 잠복해 있는 것은 흔한 수법이었다.

"아마도 그런 것 같습니다."

"지금 그걸 말이라고 해? 그럴수록 더욱 조사했어야 하는 거 아냐? 가뜩이나 조심해야 할 판국에 그냥 지켜보고 있었다는 말을 나보고 믿으란 말이야?"

"죄송합니다."

"됐어. 일단 그 도개라는 놈의 정체부터 파악하도록 해. 그리고 방(幫)에 연락해서 사람들 좀 더 보내달라고 해."

"그렇게까지 하실 필요가 있겠습니까? 그렇지 않아도 어수선한데……."

"그러니까 부르라는 거야! 지금 무슨 일이 벌어졌다간 남들 이목을 끌기밖에 더하겠어? 절대 우리가 낙 주부 일가를 해쳤다는 것이 밝혀져서는 안 돼!"

말을 마친 진금발의 눈 주위가 붉어졌다.

"낙일정 그놈은 죽어서도 문제만 되는군."

태음장은 단순히 회음정 일대의 기루들을 관리하기 위해서 지은 곳은 아니었다. 사천성에 소금을 대주던 사하방이 운남 북부에 소금 밀매를 하기 위하여 지은 것으로 사업 확장을 위한 선봉장의 역할을 맡고 있었다. 그런데 회음곡 일대의 관리까지 맡게 되면서 진금발의 역

량은 높이 평가받게 되었고 그 스스로도 많은 이문을 남길 수 있었다.

하나 문제는 낙일정이 이곳에 발령받은 뒤부터 생겼다. 이 신출내기 관리는 의욕심에 불타올라 사사건건 태음장의 일에 관여했으며 결국에는 염효들까지 잡아들이고 말았다.

소금 밀매는 이문이 많이 남는 장사였다. 하지만 그만큼 위험 부담이 컸으니 관의 암묵(暗默)이 없으면 불가능한 일이었다. 뇌물도 갖다 바쳐 보았고 협박도 해보았다. 그러나 통하지 않았다. 결국 진금발은 결단을 내려야 했고 마침 혈귀린이 나타났다는 소문도 있었기에 쉽게 뒤집어씌울 수 있었다.

모든 것이 잘된 줄로만 알았다. 하지만 수습된 거라고 생각했던 그 일을 조사하는 자가 나타났으니 마음이 편치 않았다.

"아, 그리고 만일의 경우를 대비해서 너희도 혼자 다니지는 마라. 왠지 느낌이 좋지 않아."

잇새로 말한 진금발은 몇 가지 지시를 하고 그들을 돌려보내려고 했다. 하지만 그때 밖에서 요란한 소리가 들려왔다.

"장주님, 큰일났습니다!"

"왜 그러냐?"

"곽 당주님을 데리고 간 그놈이 나타났습니다."

"뭐?"

한 걸음에 방 밖으로 뛰어나가니 안색이 창백한 수하가 가슴을 움켜쥐며 숨을 헐떡이다가 다급히 말했다.

"구칠을 데리고 갔습니다."

"어디로 갔느냐?"

"좀 전에 서원 쪽으로 도주했습니다."

그 말에 퍼뜩 눈을 치켜뜬 진금발이 양충기와 호등청을 바라보았다.

"일이 의외로 쉽게 풀릴지도 모르겠군. 어서 수하들을 데리고 놈을 쫓아라."

■10장■
대호(大虎)

"후우! 후우! 훅!"

상빈은 깊은 숨을 내쉬며 전신에 흐르는 땀방울을 닦아내었다. 벼랑이라고 하기에는 부족하고 가파른 산비탈이라고 해야 할 정도의 경사였지만 주변의 암반들이 하나같이 사람 키를 넘어서고 있었기 때문에 내력을 사용하지 않고 올라서자 전신엔 땀이 흥건했다. 상처는 회복되었지만 몸 상태는 전 같지 못했다. 근력이 쇠퇴해 있는 것이다.

"아, 이거 올라왔다고 전신이 욱신거리는 게 아주 골병이 들었나 본데?"

어깨를 두들기며 연신 목과 다리를 풀기 위해 가볍게 움직이자 두드드 하고 관절이 맞부딪치는 소리가 났다.

"너도 이 소리 들었지? 나도 이제 한물갔나 보다."

위에서 명상을 하고 있던 덕원이 살며시 눈을 떴다.

"부르셨습니까?"

"너, 자고 있었구나?"

"아닙니다. 잠시 생각을 하고 있었습니다."

"놀고 있네. 그냥 잤다고 하면 누가 뭐라고 하냐?"

퉁명스럽게 말한 후 상빈은 상처 입었던 관절과 근육을 어루만지며 다가섰다.

"우리 잠시 산 밖으로 나갔다 올까? 매일 풀 쪼가리만 먹으니까 몸만 축나는 것 같아."

"몸이 완전히 회복되지 않으셨는데 괜찮을까요?"

"뭐 어때. 그러지 말고 내려가자."

"하지만 사숙은 너무 눈에 띄어서 금방 소문이 날 겁니다."

"흥, 소문나라고 하지. 그깟 놈들이 무서워서 숨어 있는 줄 아느냐?"

상빈은 콧방귀를 뀌다가 눈을 치켜떴다.

"야, 그리고 내가 눈에 띈다고? 그러는 너는? 나야 머리 좀 다듬고 옷 좀 구해서 입으면 귀티가 나지만 너는 그럴 수도 없잖아. 그 반질거리는 머리통은 밤에 움직여도 단번에 들통날걸?"

"하지만 저 아니더라도 출가한 자들은 많으니 제가 그렇게 눈에 띄지는 않을 겁니다."

"그래? 그럼 뭐가 문제인데?"

"옷을 구하는 동안 사숙께서 눈에 띈다는 소리지요."

"이게 곧 죽어도 나 때문이라네. 그럼 네가 구해오면 될 거 아냐."

상빈의 몸이 회복되었다고는 해도 이제 겨우 상처를 감싼 천을 풀었을 뿐이다. 아직은 때가 아니라고 생각한 덕원은 잠시 생각에 빠졌다가 대답했다.

"음, 아무리 출가한 자들이 많다고 해도 일반인들보다는 적지 않겠습니까? 그러니 조금 더 있다가 움직이도록 하시지요."

"참나, 너 지금 나랑 장난쳐? 결국은 너 때문이잖아. 그러게 머리는 뭣 하려고 그렇게 밀고 다니는 거야?"

"그거야 출가인으로서 당연한 것 아닙니까?"

"출가인하고 머리가 무슨 상관인데? 난 그게 항상 이상하더라?"

상빈은 스님들이 항상 머리를 밀고 다니는 게 이상했다.

"삭발을 함으로써 이제까지의 자신을 버린다는 뜻이 담겨져 있습니다."

삭발은 출가 수행자의 모습으로 세속인과 다름을 구분 짓고 또한 세속적의 번뇌를 단절하는 것을 의미하는 것이다. 불교에서는 머리카락을 무명초(無明草)라고 하여 세속적 욕망의 상징으로 보기 때문에 삭발은 세속에서 벗어나 구도의 대열에 들어선 출가자의 정신적 상징이고 청정 수행의 의지를 표현하는 것이었다. 삭발은 불교에 귀의하고 수행자로 거듭나는 중요한 과정이었기 때문에 덕원은 한 번도 이런 식으로 말하는 사람을 본 적도 없었고 삭발에 대해 다른 생각을 한 적도 없었다.

"그래? 그런데 머리를 밀지 않으면 더럽다고 누가 그랬는데? 왜, 부처가 머리 밀라고 하든? 지는 완전 곱슬머리를 하고서는 쫄다구들이 머리 기르는 꼴은 못 보겠나 보지?"

"사숙, 그게 무슨 말씀이십니까?"

"불상을 보면 머리에 소라 껍질을 덕지덕지 붙여놓았잖아. 그거 부처 보고 만든 거 아냐?"

"아, 나발(螺髮)을 말씀하시는 거군요? 그건 일반인과 다른 모습으로

부처께서 갖추신 뛰어난 묘상을 표현한 것으로 삼십이 상 팔십 종호의 길상(吉相)을 표현한 것입니다.”

“내 발이든 네 발이든 간에 하여튼 머리를 길렀으니 그런 모양으로 만든 거 아냐?”

“그건 그렇지만… 말씀이 지나치십니다.”

상빈의 거친 표현에 덕원은 말끝을 흐리며 얼굴을 굳혔다. 아무리 격의없이 말하는 거지만 상빈의 말은 지나친 감이 있었다.

“어쭈? 인상 쓰는 거냐?”

“아미타불, 제가 감히 어찌 그러겠습니까. 다만 불자(佛者)의 신분으로서 그런 말을 듣고 있기 힘듭니다. 삭발은 세속을 떠나 불제자가 되는 것을 나타내는 것으로 그것을 부정하는 것은 불심을 버리는 것과 같습니다.”

“헛, 이것 봐라? 염불하고 있네? 전에 노걸개가 멀쩡한 옷을 기워 넝마를 만들고 다니는 것 봤지? 그게 모두 허식이고 겉치레야. 자기들이 틀을 만들고 그것에만 집착해서는 그 범주를 벗어날 수 없는 법이지. 그런 것에 계속 집착한다면 니들은 결국 고만고만한 중놈과 거지일 수밖에 없을 거야.”

“그게…….”

덕원은 말문이 막혔다. 아무리 정식으로 출가하지는 않았다고 하나 상빈은 분명 혜각 대사의 진전을 이은 자가 아니었는가. 그런 자가 이런 식으로 말하는 것이 이해가 가지 않았다.

하지만 상빈의 거친 표현을 한두 번 들은 게 아닌지라 분명 남다른 뜻을 갖고 있을 거라는 생각이 들었다.

덕원은 불쑥 몸을 고쳐 앉아 양 무릎 위에 두 주먹을 가지런히 올렸

다. 이것은 몸 안의 기운이 밖으로 새어 나가지 않도록 막아주는 금강
권(金剛拳)의 자세로 마음의 평정을 유지시켜 주었다.

그는 진지한 얼굴로 상빈을 올려다보았다.

"여쭐 게 있습니다."

"뭘 말이냐?"

"얼마 전 하신 말씀을 듣고 깨우친 것이 있습니다. 이번 말씀은
형(形)에 집착하지 말라는 말씀이시군요. 하지만 머리를 다시 기르
는 것은 속세에 다시 발을 담그는 것과 마찬가지인지라 쉽게 따르기
는 힘들 것 같습니다. 어찌해야 하겠습니까?"

"음… 그, 그건 말이지……."

덕원은 차분한 목소리로 물었지만 상빈은 당황했다. 아무 생각 없이
한 말이었는데 이렇게까지 진지하게 물어올 줄은 몰랐다.

'우이씨! 이놈은 다 좋은데 너무 진지해서 탈이란 말이야. 어찌 된
놈이 농담이란 걸 몰라.'

덕원의 눈은 무언가를 갈망하는 염원의 빛이 가득했다. 마치 다른
사람의 손에 들려진 곶감을 바라보는 아이 같은 얼굴이다. 며칠 전에
도 저런 표정에 당해 대충 얼버무리느라고 진땀을 흘린 경험이 있는데
이번엔 자세까지 갖춘 것을 보니 본격적으로 물을 태도다.

"하긴 중은 중답고 거지는 거지다워야겠지. 하지만 내 말은 말이다.
너무 모습에 치우치지 말라는, 음… 그러니까 뭐라고 해야 하나? 맞다.
나를 봐라. 내가 언제 나를 꾸미는 것을 보았느냐? 외양에 신경 쓰기보
다는 자신을 가꾸는 것이 중요한 것이다."

처음 불귀곡을 나와서 화려한 옷으로 치장하기 위해 갖은 수단을 썼
던지라 내심 찔리는 것이 있었지만 지금 자신의 행색은 불귀곡에서 빠

져나왔을 때와 크게 다를 것이 없었다.

원래 논리 정연한 것과 거리가 먼 상빈은 나름대로 억지를 쓰는 것이었는데, 상빈을 고승의 곁에서 수행을 하며 깨달음을 얻은 존재로 여기고 있는 덕원은 그 말에 자신도 모르게 고개를 끄덕였다. 결코 흘려들을 말로 여기지 않는 것이다.

그는 말 한마디 한마디를 되씹었다.

"중이면 중다워야 하고 거지면 거지다워야 한다? 모습은 중요하지 않다……?"

가만히 생각하고 있자 문득 떠오르는 것이 있었다.

"혹시 며칠 전에 말씀하신 불자의 마음가짐에 관한 말씀이십니까?"

덕원이 되묻자 할 말이 궁색했던 상빈은 호들갑스럽게 맞장구를 쳤다.

"그래, 그거야. 올바른 마음가짐만 있다면 그깟 계율이 뭐가 대수겠느냐? 소림도 변화가 있어야 해. 음, 내가 나중에 소림에 가면 두발 자유화를 건의해 보마."

"하지만 수행자가 오직 마음만 관하고 계행(戒行)을 닦지 않는다면 어떻게 뜻을 이룰 수 있겠습니까?"

"아, 그건 음……."

상빈은 슬슬 짜증이 치밀기 시작했다.

"그럼 단순히 머리를 밀고 앉아 염불만 외우면 모두 부처가 된다더냐? 머리가 어떻든 간에 마음이 중요한 거야!"

"하지만 마음만 동하여 함부로 행동한다면 아무리 발보리심(發菩提心)을 일으켰다고 해도 묘문(妙門)을 찾는 것은 결코 쉽지 않을 텐데 사숙께선 어찌하여 계율을 지키는 것을 하찮게 여기십니까?"

"……."

덕원이 진지하게 캐물어오자 상빈은 그만 말문이 막히고 말았다. 도대체가 뭔 소리를 지껄이는 건지 알 수가 없었다.

'젠장, 처음부터 말을 못하게 했어야 했는데. 어째 땡초랑 똑같은 소리를 지껄이는 것을 보니 절밥이 사람을 이렇게 만드는가 보군.'

상빈은 머리가 지끈거리는 것이 마치 불귀곡에서 땡초를 대하고 있는 것처럼 답답했다. 그곳에서도 땡초에게 붙잡혀 얼마나 많은 설법들을 들어야만 했는가. 물론 상빈이 혹시라도 소림에 입문할 것을 두려워한 노괴가 끊임없이 방해를 해준 덕에 단 한 번도 끝까지 설법을 들은 적은 없었지만, 일부러 들으라고 하는 것인지 자신이 곁에 없어도 밤낮없이 염불만 읊어대는 통에 짜증이 이만저만한 게 아니었다.

그런데 불귀곡을 벗어나서도 또다시 이런 어지러운 소리를 듣게 될 줄 누가 알았겠는가.

상빈은 빽하고 고함을 내질렀다.

"이놈아! 누가 지키지 말라고 했냐! 하지만 눈이 있다고 꼭 뭘 봐야 하고 귀가 있다고 꼭 들어야 한다고 누가 그러더냐! 그깟 것들 좀 지키면 어떻고 안 지키면 어떻다고 네놈이 나한테 훈계까지 하려 드는 거냐!"

"아니, 그게 아니고 말입니다."

"아니긴 뭐가 아니야! 네놈이 지금 하는 말이 그것이 아니면 뭣이더냐! 그렇게 네놈의 생각이 옳다면 네놈 뜻대로 할 것이지 뭣 하러 묻는 거야!"

상빈은 침까지 튀겨가며 호통을 치고는 휙 하고 바람 소리를 내며 등을 돌려 버렸다. 더 이상 이야기했다간 무식이 들통날 것이 분명했다. 그는 이 참에 다시는 쓸데없는 것을 묻지 못하도록 해야겠다고 생각했다. 앞으로도 이런 일이 계속된다면 지금까지 나름대로 유지해 왔던 사숙으로서의 위신(威信)이 흔들릴 것이 분명했다.

"다시 나에게 무언가를 묻기만 해봐라. 아주 주리(周牢)를 틀어버리고 말 테니까!"

눈까지 부라리며 호통을 친 그는 산비탈을 향해 서둘러 뛰어내려 갔다.

휘잉!

얼마나 급하게 뛰어내려 갔는지 그가 움직인 자리에 돌풍이 몰아친 것처럼 먼지가 자욱하게 일어났는데, 그것만 보더라도 그가 얼마나 당황해 있었는지 알 수 있었다.

"……!"

덕원은 할 말을 잃었다. 설마하니 상빈이 이렇게 화를 내고 갈 줄은 몰랐기 때문에 당황스럽기는 그도 마찬가지였다.

"휴, 내가 불민하여 사숙께서 화가 나셨나 보군."

그는 고개를 돌려 상빈이 뛰어내려 간 산비탈을 바라보았다. 아직도 흙먼지가 가라앉고 있지 않은 것을 보면 단단히 화가 나서 뛰어내려 간 것 같았다.

"도대체 내가 무슨 말을 잘못한 걸까?"

아무리 생각해 보아도 저렇게까지 화를 내는 이유를 알 수가 없었다. 상빈이 한 말은 형식에 얽매이지 말고 마음가짐을 바로하라는 것 같았다. 그것은 바로 무작정 계율(戒律)만을 따르기보다는 수행을 통하여 깨달음을 얻어야 한다는 사교입선(捨敎入禪)을 말하는 것이니, 그가 어찌 그 속뜻을 모르겠는가. 하지만 아무리 그렇다고 해도 두발 자유

화까지 운운한 것은 너무 지나친 감이 있었기에 그에 대해서 물으려
한 것이었다.

"눈이 있다고 꼭 뭘 봐야 하고 귀가 있다고 꼭 들어야 하는 건 아니
다?"

상빈의 호통 소리가 귓가를 맴돌며 떠나지 않았다.

무슨 선문답 같은 게 깊은 뜻을 품고 있는 것 같아 쉽게 잊혀지지 않
았다. 그도 그럴 것이 상빈을 전대 장문인인 혜각 대사의 의발전인이
라고 철석같이 믿고 있는 덕원이니 그의 말을 가볍게 흘려들을 수가
없었다.

결국 덕원은 알 수 없는 상빈의 말을 떠올리며 한동안 자리에서 떠
나지 못했다.

산비탈을 내려온 상빈은 갈 곳이 마땅치 않아 평소 보아뒀던 계곡을
향해 신형을 날렸다.

얼마나 달렸을까?

내력을 운용하여 한참을 달려가자 폭포 소리가 우렁차게 들려왔다.
상빈은 그제야 신형을 멈추고 곰곰이 생각해 보았다. 아무래도 그렇게
화를 내고 온 것이 마음에 걸렸다.

"그놈 표정이 이상하게 변하던데 이거 은근히 걱정되네."

시숙 노릇 하는 것도 결코 쉬운 일이 아니라는 걸 다시 한 번 깨달았
다.

"휴, 내가 다시 그놈하고 진지하게 이야기하면 사람이 아니다. 역시
쓰잘데기없는 말은 안 하는 게 좋아. 노괴랑 땡초가 빽하면 고함을 지
르던 이유가 딴 데 있는 게 아니었군."

혼자 구시렁거리던 그는 나름대로 각오를 다진 후 그제야 주변을 둘러보았다.

폭포의 크기는 얼마 되지 않았지만 낙차가 커서 물소리는 시원하다고 느껴지기보다는 상당히 시끄러웠다.

"그래, 오랜만에 물고기나 잡아먹어 볼까?"

물을 보니 갑자기 회가 동했다.

첨벙!

옷을 입고는 있었지만 어차피 그런 것을 신경 쓰는 위인은 아니었으니 조금의 주저함도 없이 물속으로 몸을 던졌다. 낙차가 커서인지 수심이 제법 깊었고 한낮이었음에도 시린 기운이 전신을 감쌌다.

그는 숨을 깊이 들이마시고는 물속으로 고개를 숙여 억지로 눈을 떴다.

하지만 물살이 거세 제대로 볼 수 없었다.

'젠장, 뭐가 보여야 잡든가 하지.'

옷까지 젖어가며 물속으로 들어왔는데 아무것도 보이지 않자 그는 좀 더 얕은 곳으로 자리를 옮긴 뒤 몸을 세웠다. 그리고는 우수를 들어 올린 뒤 공력을 끌어올려 수면 위를 내려쳤다.

펑!

시퍼런 물줄기가 솟아오르며 허공에 새하얀 빛이 뿌려졌다.

"이야! 멋진데!"

물방울이 햇살에 반짝이며 아름다운 빛깔을 뿌리자 상빈은 자신도 모르게 탄성을 내질렀다. 하지만 그것도 잠시일 뿐 수면 위를 바라본 그는 이내 뾰로통한 얼굴이 되어버리고 말았다.

불귀곡에서 빠져나왔을 때는 이 한 방으로 수많은 물고기들이 수면 위로 떠올랐는데 어찌 된 영문인지 수면 위에는 허연 기포만이 떠다니고 있는 것이다.

그는 다시 일장을 날리기 위해 손을 치켜들었다가 수면 위에 비춰진 자신의 모습에 흠칫 놀라고 말았다.

"헉! 뭐야? 내가 이 꼴로 있었단 말이야?"

원래부터 씻는다는 개념이 없다 보니 그동안 자신의 모습을 제대로 살펴본 적이 없었다. 하지만 직접 자신의 몰골을 보게 되자 이건 개방의 거지들이 형님 하고 절할 정도로 엉망이었다.

"어째 덕원 그 녀석이 틈만 나면 물을 떠다가 닦으려 들더니 이 꼴을 하고 있어서 그랬군."

그는 코를 킁킁거리어 자신의 옷 냄새를 맡아보았다. 그동안은 몰랐는데 지저분하다고 생각해서인지 젖어 있었음에도 불구하고 매캐한 냄새가 코를 찔렀다.

"쩝, 그것참 신기하네. 좀 전까지는 몰랐는데 왜 이렇게 냄새가 나는 거지?"

그는 잠시 동안 수면 위로 비춰진 자신의 몰골을 살펴보았다.

"하, 고민이다. 외양은 중요한 것이 아니라고 해놓고선 냉큼 씻을 수도 없는 노릇이고 그렇다고 그냥 지나치자니 꼴이 말이 아니고."

잠시 고민을 하던 그는 근처의 나무로 다가가 적당한 크기로 나뭇가지를 꺾었다. 몰랐으면 모를까 이 꼴을 하고 있는 것을 알았으니 그냥 있을 수는 없었다.

몸도 회복되었고 어차피 하산을 하려면 씻어야 할 것 같았다.

그는 나뭇가지를 다듬어 손칼을 만든 뒤 산발을 하고 있는 머리와 수염을 다듬고 몸에 덕지덕지 붙어 있는 묵은 때를 벗겨내기 시작했다.

불귀곡을 빠져나온 뒤 두 번째 맞는 환공탈때인 것이다.

그러나 십오 년 묵은 때를 벗겨내었던 첫 번째 환공탈때는 정말 환공한 마음으로 때를 밀었어야 했지만 두 번째 환공탈때는 의외로 간단히 마칠 수 있었다. 이미 한 번 해본 짓이라 손을 놀리는 것도 능숙했지만 첫 번째 환공탈때와는 달리 묵은 때의 양과 질이 확연한 차이를 보인 것이다.

상빈은 연신 콧노래를 불러댔다. 씻는 것이 익숙지 않았지만 전신이 개운한 게 절로 상쾌해졌다. 하지만 그렇게 흥겹게 움직이던 그가 갑자기 손을 멈췄다.

무언가 이질적인 기척이 느껴진 것이다.

으르릉!

얕은 맹수의 울음소리가 들려왔다.

"……?"

상빈은 소리가 나는 쪽으로 고개를 돌렸다가 자신도 모르게 입을 쩌억 벌리고 말았다.

그의 눈에 들어온 것은 집채만한 대호(大虎)였다. 몸집이 자신의 네 배는 되어 보이는 크기도 놀라웠지만 불과 서너 장밖에 떨어지지 않은 바위 위에 웅크리고 있는데도 알아채지 못했다는 것이 더욱 놀라웠다. 대호는 대낮이었음에도 불구하고 붉은빛이 감도는 안광을 번득이고 있는 것이 한눈에 보기에도 보통 호랑이가 아니었다.

'이 산에는 산신이 산다고 하더니 저놈을 보고 한 말이었나 보군.'

그는 덕원이 한 말을 떠올렸다.

인근에 마을이 있음에도 오주산에 사람들의 발길이 끊어진 것은 심한 낙석과 함께 산신이 살고 있기 때문이라고 했다. 낙석 때문에 숱한 사람들이 다쳐서 내려왔고, 사람들은 그것을 산신이 분노하여 낙석을 떨어뜨린 것이라 믿고 있었다.

상빈은 슬쩍 옆으로 움직여 보았다.

크르르!

대호는 또다시 으르렁거리면서 금방이라도 덮칠 듯이 상빈을 노려보고 있었는데 갑자기 두 눈의 안광이 더욱 붉게 빛을 뿌리고 있는 것을 보니 아무래도 화가 나 있는 것 같았다.

사실 대호는 방금 점심을 먹은 뒤라 또다시 사냥할 마음이 없었다. 그저 자신의 샘터에서 알짱거리는 인간을 쫓아버리기 위해 바위 위에 올라가 앉을 정도로 만사가 귀찮았다. 평소라면 자신의 영역에 나타난 존재는 벌써 덮쳐 버렸지 이렇게 한가하게 모습을 드러내지는 않았을 것이다. 그런데 그런 귀찮음이 방금 사라져 버렸다.

가까이 다가와서 보니 저 인간 하나 때문에 자신의 샘터가 완전히 오염되어 있었다.

용서할 수 없었다. 감히 자신의 영역을 오염시킨 인간을 그냥 둘 수 없었다. 대호는 상체를 세운 뒤 앞발을 치켜들어 일단 자신이 올라서 있는 바위를 향하여 내려쳤다. 자신의 위력을 보여주어 겁에 질리게 만들 생각이었다.

펑!

마치 철퇴로 바위를 내려친 것처럼 요란한 소리와 함께 바위 한쪽이 부서져 버렸다. 정말 자신이 생각해도 대단한 위력이었기에 대호는 코를 벌렁거리며 상빈을 바라보았다.

크릉?

자신의 위용에 질려 바닥을 기고 있으리라 생각했는데 뜻밖에도 이 인간은 담담하기만 했다. 아니, 오히려 그의 입가에는 가느다란 회심의 미소가 어려 있기까지 했다.

"이야! 그놈 덩치도 크고 힘도 보통이 아니군. 이거 횡재했는데?"

눈앞에 집채만한 대호가 위협하고 있었음에도 상빈은 태연 방자하기 이를 데 없었다. 호랑이를 본 것은 이번이 처음은 아니었다. 그의 고향마을에선 흑호(黑虎)를 섬기고 일반 호랑이는 경시하는 풍습과 함께 호랑이 고기를 먹으면 용맹해지고 몸이 건강해진다는 소문이 있었다.

마을 사람들은 호랑이가 나타나면 단합하여 잡았는데 돌림병에 의해 마을이 사라지기 전까지 그렇게 잡은 호랑이의 숫자가 두 마리나 되었다.

"음, 호랑이 고기는 좀 노란내가 나기는 하지만 그래도 풀 쪼가리에 비할 바가 아니지."

마을 사람들은 호랑이를 잡으면 뼈와 가죽은 내다 팔았고 고기는 함께 나누어 먹었다. 상빈은 그때 먹었던 호랑이 고기를 떠올리며 자신도 모르게 입을 다셨다.

어흐응?

낮게 터뜨린 대호의 울음소리에 의문이 가득했다. 어째 자신의 위용(威容)을 대하는 자세가 너무나 성의없어 보였다.

겁에 질린 것으로 보기에는 분명 어울리지 않는 표정이었다. 아니, 저런 표정은 자신이 식사 거리를 대하는 모습과 흡사했다. 물론 얼굴 구조가 다르니 상빈과 대호가 같은 표정을 지을 리 만무했지만 대호는 그의 얼굴에서 맛있는 먹잇감을 앞에 두고 어떻게 잡아먹을까 고민을 했던 자신을 떠올릴 수 있었다.

이해가 되지 않았다.

저런 표정은 강한 자가 짓는 표정으로 그것은 분명 자신만이 지어야 하는 표정이었다. 물론 수백 년을 살아왔던 시간만큼 대호는 쇠붙이 냄새를 풍기는 인간은 간혹 상대하기가 쉽지 않다는 것은 알고 있었다. 하지만 저 인간에게선 오물 냄새만 가득할 뿐 결코 쇠붙이를 지니고 있지 않았는데도 저런 건방진 태도를 취하고 있는 것이다.

대호는 그 거대한 몸을 잠시 움츠리는가 싶더니 허공을 향해 번개처럼 뛰어올랐다.

팟!

대호가 움직이자 갑자기 주변에 먹구름이 드리워진 것처럼 그림자가 드리워졌다. 상빈은 입 안 가득하게 고여 있는 침을 삼키다가 손에 쥐고 있던 나무 칼에 내력을 주입했다.

파지직!

나무 칼에 혼원조화신공의 웅장한 기운이 주입되자 마른 나무가 타 들어가는 소리가 들렸다. 상빈은 아차하는 생각을 했지만 결코 내력을 거둬들이지는 않았다.

이미 대호의 몸은 눈앞까지 달려 들어왔기 때문이다.

크엉!

대호는 상빈의 코앞에서 크게 포효하며 아가리를 벌렸다. 이 버릇없는 인간을 단숨에 물어뜯을 생각이었다. 그러나 내력을 끌어올려 준비를 했던 상빈은 조금도 주저하지 않고 대호의 아가리 속으로 나무 칼을 쑤셔 넣었다.

슈욱!

상빈이 도망치기는커녕 오히려 자신의 입을 향하여 공격을 해오자 대호는 크게 당황하여 얼굴을 비틀었다. 비록 쇠붙이를 갖고 있지는 않았지만 상빈의 손에 들려진 작은 나무 칼에 이상한 기운이 어려 있는 것을 느낀 것이다.

파지직!

커다란 주둥이가 옆으로 돌려지자 나무 칼은 대호의 입술을 베고 볼까지 꿰뚫고 지나갔다.

정말 서로에게 아슬아슬하고 위험천만한 순간이 아닐 수 없었다. 만약 대호가 그대로 공격을 했다면 상빈의 칼은 대호의 입을 통해 머리를 꿰뚫고 말았을 것이지만 대호의 아가리에 넣어진 상빈의 팔 또한 무사하지 못했을 것이다.

크어엉!

대호는 주둥이 옆이 베어 나가는 고통에 비명을 지르며 앞발로 상빈의 왼쪽 어깨를 강하게 내려쳐 버렸다.

펑!

일격에 뇌를 꿰뚫으려고 했던 상빈은 미처 피하지 못하고 마치 강한 돌풍에 휘말린 나뭇잎처럼 옆으로 날아가 버렸다.

"쿨럭!"

호신강기를 끌어올렸음에도 어깨로부터 전해져 오는 충격은 엄청났다. 바위를 부숴 버리는 대호의 공격을 받았으니 어깨가 부서져 나가지 않은 것만으로도 감사해야 할 일이었지만 상빈의 생각은 달랐다.

"이런 제길, 감히 고양이새끼 주제에 이 몸을 건드려? 가죽 상할까봐 봐줬더니. 넌 이제 죽었어!"

바닥을 나뒹굴던 상빈은 고함을 내지르며 허공으로 몸을 솟구쳤다. 아무리 방심을 했다고는 해도 자존심이 상했다.

팟!

대호 또한 입에서 시뻘건 선혈을 흘리며 상빈을 향하여 달려들었다. 그리고는 커다란 앞발을 치켜들어 강하게 휘둘렀다.

휘익!

얼마나 강하게 휘둘렀는지 풍압부터 쇄도해 왔다.

대호는 이 일격으로 상빈의 머리통을 부숴 버릴 생각이었기에 호미 같은 발톱을 곤두세운 채 자신의 앞발에서 전해져 올 감촉을 기대하고 있었다.

그러나 그 순간이었다. 상빈의 몸이 대호의 앞발에 사정없이 찢겨 나가려는 찰나 이상한 일이 발생했다. 갑자기 흐릿한 잔영만을 남기고 상빈의 몸이 사라져 버린 것이다. 오랜만에 상빈이 아수라혈천교의 환영신연보를 펼친 것이다.

부웅!

대호의 앞발이 덧없이 허공을 갈랐다. 대호는 갑자기 상빈이 사라지자 그를 찾기 위해 급히 몸을 돌렸는데 이미 대호의 옆구리에 나타난 상빈은 대력금강장을 펼치기 위해 몸을 크게 비틀며 호흡을 가다듬었다.

펑!

대호의 몸이 들썩하더니 북 터지는 소리와 함께 이 장(二丈)거리에 있던 바위까지 날아가 버렸다. 장정의 서너 배만한 대호의 몸을 그곳까지 날려 버린 것을 보면 정말 엄청난 위력이 아닐 수 없었다.

"크큭! 이놈아, 맛이 어떠냐?"

상빈은 입 꼬리를 올리며 크큭거렸다. 동창과의 싸움에서 자존심이 상해 있었는데 공격이 제대로 성공하자 기분이 풀렸다. 물론 동창 삼

영반 정도의 실력이 있었다면 아마도 그가 펼친 대력금강장을 막아낼
수 있었겠지만 대호가 요란한 소리를 내며 날아가 버리자 상쾌한 기분
까지 들었다.

손에서 전해져 오는 감촉과 호쾌한 타격음에 그동안 자신의 마음을
짓누르고 있던 온갖 잡념이 사라져 버리는 것 같았다.

하지만 대호는 역시 영물 중의 영물이었다.

바닥에 누워 꿈틀거리는가 싶더니 그 거대한 체구를 일으켜 세우는
것이었다.

크르릉!

대력금강장에 제대로 격중했으니 내장이 성할 리 없을 텐데도 대호
의 기세는 전보다 더욱 드세졌다. 사람과는 다른 단단한 몸과 전신을
덮고 있는 호피 덕분에 위력이 반감된 것이다.

"뭐야? 그동안 내가 약해졌나?"

대력금강장을 정통으로 맞고도 일어날 줄은 생각도 못한지라 상빈
은 자신의 몸이 전 같지 않아 위력이 떨어진 게 아닐까 하는 생각이 들
었다. 오랜 시간 손을 쓰지 않았기 때문에 아직 근력은 전 같지 않았지
만 공력을 이용해 펼쳤으니 단단한 바위라도 부서져 버려야 정상인데
대호는 거침없이 일어난 것이다.

상빈은 어이없다는 표정으로 잠시 손을 조물락거리다가 대뜸 한 손
을 앞으로 뻗으며 얕은 기합을 내질렀다.

"이얍!"

뻗쳐지는 손을 축으로 하여 나선형 소용돌이가 잠시 휘몰아치다가
갑자기 강맹한 기운이 뻗쳐 나갔다. 바로 상빈의 장기 중 하나인 백보
신권이 펼쳐진 것이다.

내력을 가득 실어 날린 일권은 언뜻 보기에도 전에 못잖은 위력을 갖고 있었다. 대호는 일권이 자신에게 날아오자 재빨리 땅을 박차고 허공으로 뛰어올랐다. 하나 땅을 박차고 뛰어오르는 발이 더딘 것을 보니 방금 전 대력금강장에 당한 후유증이 남아 있는 것 같았다.

콰쾅!

아슬아슬하게 대호를 지나쳐 간 백보신권은 바위에 맞자 단숨에 한 쪽 귀퉁이를 쪼개고 말았다. 역시 혼원조화신공을 운용하여 펼치는 백보신권의 위력은 대단하다고 할 수 있었다.

하지만 상빈은 자신의 몸이 회복되었다고 기뻐할 틈은 없었다. 허공으로 뛰어올랐던 대호가 어느새 몸을 날려 덮쳐 왔기 때문이다.

어흥!

대호의 입에서 우렁찬 일갈이 터져 나왔다. 이것은 지금까지의 울음소리와는 차원이 달랐다. 이 포효에는 울분이 실려 있었다.

파박!

상빈은 또다시 환영신연보를 펼쳐 대호의 배후로 몸을 날렸다. 그리고는 또다시 호흡을 가다듬으며 옆구리를 향해 대력금강장을 날렸다.

하지만 같은 방법에 연속으로 당할 만큼 대호는 어리석지 않았다. 대력금강장을 펼치기 위해서 잠시 주춤하는 사이 대호의 몸은 허공에 떠올라 있었다. 갑자기 상빈의 모습이 사라져 버리자 순간적으로 위험을 감지하고는 주저없이 땅을 박차고 오른 것이다.

슈슛!

상빈은 이미 대호의 몸이 사라져 버린 허공을 향하여 일장을 날렸다. 펼치는 동작이 큰 만큼 거둬들이는 것 또한 쉽지 않았기 때문이다.

"헛! 이놈 정말 보통이 아니네?"

상빈은 비록 헛손질을 했지만 감탄을 금할 수 없었다.

아무리 대력금강장을 펼치는 동작이 크다고 해도 순식간에 허공으로 뛰어오른 대호의 동작은 그 커다란 몸을 생각한다면 정말 놀랄 정도로 기민한 반응이었다.

그러나 놀라운 광경은 그뿐이 아니었다. 허공으로 뛰어올랐던 대호의 몸이 허공에서 뒤틀리는가 싶더니 순식간에 방향을 바꾸고는 상빈을 공격해 온 것이다.

크와웅!

"허엇!"

순간 상빈은 뒤통수가 서늘해지는 것을 느꼈다. 대호의 몸은 순식간에 코앞까지 당도해 있었다. 그의 눈에 핏물을 가득 물고 있는 날카로운 대호의 입이 들어왔다.

"이런 제기랄!"

정말 저 큰 덩치로 이렇게까지 날렵하게 움직일 줄은 생각도 못했다. 대력금강장을 피해낸 몸놀림도 놀라웠지만 허공에서 방향을 바꿔 공격해 온 시간은 정말 순간에 가까웠다.

마침 대력금강장을 펼친 뒤라 상빈의 가슴은 무방비한 상태로 열려 있었고 얼마나 놀랐는지 환영신연보를 펼칠 생각도 못했다. 정말 위기일발의 순간이 아닐 수 없었다.

그는 다급한 김에 자라목을 하고서는 무작정 대호의 품 안으로 뛰어들었다. 내려치는 앞발은 피할 수 있었지만 송곳 같은 이빨을 피하기 위해서는 주둥이 아래로 숨을 수밖에 없었다.

크르릉! 어훙!

가슴에 달라붙어서 물어뜯기는 것은 모면할 수 있었지만 안도의 숨

을 내쉬기는 아직 일렀다. 대호의 앞발이 그의 등을 노리고 날아든 것
이다.

"이크!"

상빈은 황급히 옆으로 몸을 움직여 피했다. 하지만 대호와 밀착된
상태에서 피하는 것은 쉽지 않아 그만 옆구리와 어깨를 연거푸 강타당
하고 말았다.

"으흑!"

상빈이 인상을 찡그리고 휘청거리는 순간 또다시 대호의 앞발이 상
빈의 가슴을 강하게 가격했다.

"끄응!"

상빈은 짤막한 신음과 함께 뒤로 날아가 버렸다. 대호의 동작은 너
무나 민첩하고 거침없어 상빈의 힘으로는 도저히 어쩔 수 없을 것처럼
보였다.

대호는 상빈을 때려눕히고도 분이 풀리지 않는지 두 눈에 불을 켜고
상빈을 향해 다가들었다. 이제 상빈의 목줄기를 물어 감히 자신에게
상처를 입힌 인간의 목숨을 끝장내려는 것이다.

한데 그 순간이었다. 죽은 듯이 바닥에 누워 있던 상빈의 몸이 꿈틀
거리는가 싶더니 부스스 유령처럼 자리에서 일어섰다.

그리고는 목을 갸우뚱 어깨를 들썩, 몸 상태를 확인하는 것이 아닌
가.

큰 상처를 입기는 했어도 호신강기로 몸을 보호하고 있었기 때문에
다행히 뼈가 부스러지진 않은 것 같았다.

"젠장, 이제 호피고 뭐고 다 필요없다. 오늘은 그냥 호랑이고기로 만
족하련다."

일방적으로 당해놓고서도 상빈은 자존심 때문에라도 인정하고 싶지 않았다. 그저 호피가 상할 것 같아 봐주었다고 생각하는 것이다.

어릴 적에 마을 사람들이 호피를 소중하게 다루는 것을 본 적이 있었다. 호골(虎骨)과 간도 약재로 비싸게 팔렸지만 호랑이의 진정한 값어치는 호피에 있다고 해도 과언이 아닌 것이다.

오죽했으면 그 옛날부터 호랑이는 죽어서 가죽을 남긴다는 말이 전해져 내려왔겠는가?

사실 죽은 호랑이가 남기는 게 가죽뿐이겠는가?

노린내는 나지만 육질 좋은 살덩어리, 그리고 갈아서 타박상 등에 바르는 고약으로 만들 수 있는 호골, 생으로 먹으면 용맹심을 안겨준다는 간을 비롯하여 달여 먹거나 말려 먹으면 보신에 도움이 된다고 전해지는 내장까지 호랑이를 분해하면 버릴 것은 하나도 없었으니 옳게 말하면 호랑이는 죽어서 시신을 남긴다고 해야 했다.

하지만 그중 유독 가죽만을 강조한 것은 무엇 때문이겠는가?

바로 그만큼 호피의 값어치가 귀하다는 것을 의미하는 것이었기에 애써 호피를 상하지 않게 하려 했을 뿐이라고 스스로를 위로하는 것이다.

"그래, 껍질 벗기고 가르는 것도 귀찮다. 그냥 통째로 구워주마!"

상빈은 슬그머니 양손을 뒤로하고는 공력을 밀어넣었다. 관음청강수를 펼쳐 대호를 절단낼 생각을 한 것이다

파박!

대호의 몸이 또다시 땅을 박차고 올랐다. 자신의 양발에 걷어차이고서도 상빈이 일어나는 것은 의외이긴 했지만 이미 상처 입은 자였다. 단숨에 목줄기를 물어뜯을 생각으로 빠르게 달려들었다.

크아앙!

날카로운 울음소리와 함께 커다란 송곳니를 드러낸 대호의 주둥이가 상빈의 목줄기를 노리고 날아들었다. 상빈은 내력을 끌어올리고는 대호가 날아드는 것을 기다렸다.

그리고는 대호의 주둥이가 코앞까지 이르렀을 때 불쑥 양손을 앞으로 뻗었다. 관음청강수를 극성까지 끌어올려 수강(手罡)이 일렁이는 손이었다.

"……!"

대호의 붉은 두 눈이 갑자기 희번득이며 커졌다. 상빈의 양손에서 일렁이는 푸른 기운을 본 것이다.

대호는 급히 몸을 멈춰 세우며 고개를 돌렸다. 심상치 않은 기운을 감지한 것이다. 하지만 단단히 준비하고 있던 상빈은 호락호락 놓아주지 않았다.

도망치려고 하자 대뜸 손을 뻗어 대호의 한쪽 볼을 잡아버렸다.

파지지직!

갑자기 고기 타는 냄새와 함께 양손에서 연기가 피어올랐다.

바위조차 두부처럼 구멍을 내는 관음청강수였다. 대호가 아무리 몸이 거대하고 힘이 세다고 해도 볼이 타 들어가며 살 속을 비집고 들어오자 견딜 수가 없었다.

쿠어헝!

살이 타 들어가는 고통에 대호는 비명을 지르며 펄쩍 뛰어올랐다. 그 바람에 상빈은 털 가죽만 움켜쥐고 대호를 놓치고 말았는데, 놀랍게도 상빈의 손에 쥐어져 있는 털 가죽은 노릇노릇하게 구워져 있었다.

관음청강수는 수강(手罡)을 뿜어내는 무공으로 청색으로 유형화된 기는 뜨거운 기운을 내포하고 있어 그 어떤 것도 뚫어버릴 정도로 대단한 위력을 갖고 있었지만 강기(罡氣)는 화공(火功)과는 엄연히 달라 열기로 태워 버리는 무공은 아니었다. 때문에 아예 가죽을 홀라당 태워 버릴 생각으로 관음청강수를 펼친 것과는 달리 살점만 뜯어버렸지만 이것으로도 대호를 물리치기에는 충분했다.

허공으로 솟구쳐 오른 대호는 땅에 내려선 뒤에는 다시 달려들 생각을 안 했다. 아니, 숫제 꼬랑지를 내리고 뒤를 살피는 것이 여차하면 도주할 기색이었다.

대호가 아무리 수백 년을 살아 영물의 반열에 들었다고는 해도 동물의 본성까지 사라진 것은 아니었다. 모든 동물들은 불을 두려워했는데, 대호도 그 범주를 뛰어넘지는 못한 것이다. 하찮게 보았던 인간의 손에서 갑자기 뜨거운 불덩어리가 일렁거리고 있으니 함부로 덤비지를 못했다.

물론 상빈의 손에서 일렁이는 것은 불과는 비교조차 할 수 없는 위력을 가진 강기였지만 어쨌든 불을 두려워해서 섣불리 덤비지 않은 것은 대호에게 있어 참으로 다행한 일이었다.

"어쭈? 이리 안 와? 그럼 내가 갈까?"

상빈은 성큼 한 발을 내디뎠다. 그러자 대호는 움찔하며 뒤로 물러섰다. 상빈은 또다시 한 발을 움직였다. 그러자 대호는 아예 수 장 뒤로 몸을 날려 버렸다.

살점이 떨어져 나간 볼과 대력금강장에 얻어맞은 옆구리에서는 고통이 밀려오고 있었고 인간은 불까지 양손에 들고 있었기 때문에 자신이 불리해 보였다.

본능은 뒤도 돌아보지 말고 도망치라고 경고를 내리고 있었지만 자존심이 대호의 발을 붙잡고 있었다.

수백 년을 살아오도록 언제 도망이라는 것을 쳐본 적이 있었겠는가?

성년이 되어 어미를 떠난 뒤 그런 일은 단 한 번도 없었다. 물론 멋모르고 다른 호랑이의 영역에 들어갔다가 몇 번 꽁지를 내리고 도망친 적은 있었지만 그것은 모두 수백 년 전의 일이었다.

덩치가 커지고 힘을 기른 뒤에는 단연코 그런 일을 해본 적도, 그런 일을 벌일 만한 상황도 발생한 적이 없었다.

그랬기 때문일까? 항상 쫓고 덮치는 일만 반복적으로 하다 보니 계속해서 도망치고 싶은 마음을 애써 무시하고 있었다.

크르릉!

대호는 낮게 으르렁거렸다. 그리고는 갑자기 땅을 박차고 뛰어올랐다.

"그렇지. 그렇게 나와야 나도 편하지."

관음청강수는 위력적인 무공인 반면 신법과 같이 펼치기에는 무리가 있었는데 이렇게 알아서 덤벼주니 반가운 맘이 들었다.

이제 양손을 뻗어 저 커다란 대갈통만 갈기면 끝인 것이다.

"어?"

그때 상빈의 입에서 의아함이 터져 나왔다. 자신을 덮치는 것으로 보기에는 대호의 도약이 상당히 높았기 때문이다. 상빈의 고개가 대호의 움직임을 따라 움직이다가 끝내는 뒤로 돌려졌다. 대호는 상빈을 뛰어넘어 폭포수 가득한 연담(淵潭) 속으로 들어가 버렸다.

첨벙!

거대한 대호의 몸이 물속으로 뛰어들자 마치 해일이 밀려오는 것처럼 주변의 물이 허공으로 솟아올랐다.

"도대체 뭐야? 삶아 먹으라는 거야?"

갑자기 물속으로 뛰어든 까닭을 모르는 상빈의 입에선 허튼소리가 튀어나왔지만 설마하니 대호가 그런 이유로 물속에 뛰어들었겠는가?

오랜 시간 살아온 연륜은 그저 덩치만 불리는 건 아니었다.

대호는 불이 물에 약하다는 것을 알고 있었다.

어흥!

호랑이는 본능적으로 물을 싫어했다. 하지만 이렇게 하면 불을 두려워하지 않아도 된다는 것을 알고 있었기 때문에 대호의 포효에는 또다시 자신감이 가득했다.

그리고 그 포효 소리가 산천을 뒤흔드는 순간이었다. 갑자기 거대한 물줄기가 튀어 오르며 대호의 육중한 체구가 상빈을 향하여 재도약을 했다. 온몸에 물을 묻히고 상빈을 향해 덤벼든 것이다. 하지만 상빈 또한 제대로 준비하고 있었기 때문에 조금도 주저하지 않고 녹광이 번쩍이는 양손을 또다시 앞으로 내밀었다.

그리고는 자신을 한입에 삼키려고 달려드는 대호의 입을 붙잡아 버렸다.

파박!

거대한 대호가 덮쳐 오는 바람에 상빈의 몸이 잠시 허공으로 튕겨져 올랐다. 그러나 양손으로 대호의 주둥이를 붙잡고 있었기 때문에 잠시 튕겨 올랐던 상빈은 그대로 바닥에 내려앉을 수 있었다.

크릉? 크아앙!

입 주위로부터 살점이 떨어져 나가며 고통이 밀려오자 대호는 무언가 잘못되었음을 깨달았다.

불이 꺼지지 않은 것이다. 자신이 뛰어들며 뿌린 물로 인해 인간은 물을 뒤집어썼는데도 양손에서 일렁이는 불꽃은 더욱 찬연한 빛을 뿌리고 있었다.

꺼지지 않는 불이라니 두려운 생각이 전신을 감싸기 시작했다. 그러고 보니 이 인간은 맨손으로 불을 지피고 있었다. 대호는 그제야 도망치지 않은 것을 후회했다.

대호는 이제 복수 따위는 안중에도 없었다. 오로지 도망칠 생각만 가득하여 앞발을 사정없이 휘두르며 또다시 뒷발로 땅을 박차고 솟구쳐 올랐다.

하지만 상빈 또한 같은 방법에 두 번이나 속을 정도로 녹록하지 않았다.

대호가 몸을 솟구쳐 오르자 상빈 또한 똑같이 발을 굴려 뛰어올랐다. 그리고는 잽싸게 몸을 움직여 대호의 등에 올라타 버린 것이다.

이쯤 되자 대호는 정말 목줄이 타는 것만 같았다. 아니, 입 주위부터 타 들어가고 있었으니 정말 목줄이 타는 것이 사실이었다.

대호는 상빈을 떨어뜨리기 위해 요동을 쳤고, 그럴수록 상빈은 떨어지지 않기 위하여 대호의 입 주위를 강하게 움켜쥐게 되었으니 상처는 점점 깊어만 갔다.

더는 참지 못한 대호는 또다시 연담으로 뛰어들었다. 이글거리는 상처를 식히기 위해선 물이 필요했다.

첨벙!

"어푸어푸!"

불을 끄기 위해 물로 뛰어든 것이지만 그 바람에 상빈은 그만 대호를 놓치고 말았다. 급류의 압박에 호흡이 곤란해져 손을 놓치고 만 것이다.

"푸흡! 이런 젠장! 골통에 한 방만 넣어주면 되는데 놓치고 말았네."

수면 위로 고개를 내민 상빈은 아쉬운 듯 말했다. 대호가 바닥 밑으로 가라앉아 버린 것이다. 상빈은 체념하고 뭍으로 올라왔다.

물속에서 대호가 다리라도 물어온다면 보통 낭패가 아니기도 했고, 어차피 호흡이 곤란한 것은 대호도 마찬가지였으니 다시 올라올 것으로 생각했다.

푸아앙!

그때 요란한 물소리와 함께 또다시 대호가 뛰어올랐다. 상빈은 자신의 생각이 옳았다고 생각하고 재차 공격을 가할 준비를 했는데, 대호는 상빈과는 상당히 떨어진 곳으로 올라선 후 뒤도 돌아보지 않고 달리기 시작했다.

자신이 감당할 수 없음을 깨닫고 도주하는 것이었다.

"어? 야, 이 고양이새끼야! 그래도 맹수라는 간판이 있는데 싸우다 말고 도망치기냐!"

상빈은 황급히 관음청강수를 거두고는 궁신탄영의 신법을 펼쳐 대호를 쫓았다.

다 잡아놓은 사냥감이다. 이제 머리통만 갈기면 끝인데 대호는 누가 호랑이 아니랄까 봐 정말 비호(飛虎)처럼 도망쳐서 좀처럼 간격을 줄일 수가 없었다.

우르르! 쾅! 쾅!

가뜩이나 낙석이 많아 산사태가 흔한 곳이었는데, 거대한 대호가 뛰어오르자 여기저기서 돌 무더기가 떨어져 내렸다.

대호는 일부러 낙석이 많은 곳으로만 뛰어다니며 돌덩이를 걷어찼다.

쿠르릉! 콰쾅!

낙석들이 떨어져 내리자 오주산 자락이 크게 들썩였다.

"이런 개자식! 아니, 고양이 자식! 넌 걸리면 죽었어!"

낙석들을 피해 이리저리 몸을 날리며 상빈은 고함을 내질렀다. 낙석들이 앞을 막았지만 이 정도의 낙석은 조금 불편을 안겨줄 뿐 문제도 되지 않았다.

암벽 등반은 상빈의 주특기 아닌가?

불귀곡부터 시작하여 내향산의 천미봉까지 이놈의 돌덩이들은 자신과 무슨 원수라도 졌는지 줄기차게 앞길을 막아댔다. 덕분에 그저 경사만 가파른 이런 곳에서 돌덩이를 피해 오르는 것은 일도 아니었다.

다만 대호에게 당한 상처가 욱신거려 왔고 몸을 회복한 지 얼마되지 않아서인지 움직일수록 숨이 가쁘기는 했다. 하지만 어차피 상처를 입은 것은 대호도 마찬가지였기에 그는 결코 포기할 생각이 없었다.

팟! 팟 팟!

발바닥에 용수철이라도 달고 있는 것인지 상빈은 바닥과 바위들을 차고 넘으며 대호 곁으로 빠르게 달라붙었다.

이렇게 되자 대호는 다급했다. 저 인간은 아무리 생각해도 평범한 인간 같지 않았다. 이대로 가다간 저 인간 같지 않은 자에게 잡힐 것만 같았다.

대호의 머리 속에 자신의 몸이 홀라당 벗겨지는 모습이 스쳐 지나갔다. 사냥꾼의 손에 가죽이 홀라당 벗겨지는 다른 호랑이를 보았을 때는 그저 남의 일인 줄로만 알았는데 막상 자신이 그렇게 될지도 모른다고 생각하자 전신의 털이 곤두서고 말았다.

대호는 꼬랑지에 불이라도 붙은 것처럼 죽어라 내달렸다. 어디로 가야 할지 어떻게 피해야 할지 떠오르지 않았다. 그냥 앞을 가로막는 것이 있으면 나무든 바위든 뛰어넘고 부수면서 내달렸다.

하지만 상처 입은 몸으로 도망치는 것에는 한계가 있었다. 그렇게 되자 이왕지사 이렇게 된 거 한바탕 드잡이질이나 벌일까 하는 생각도 들었다. 그 순간 머리 속에 떠오르는 것이 있었다. 저 인간 같지 않은 인간에게 자신을 대신할 선물을 안겨주는 것이었다. 인간들이 가장 좋아하는 것은 대호가 알기로는 바로 산삼이었고, 대호는 산삼이 묻힌 곳을 많이 알고 있었다.

특히 이곳 오주산 자락에는 일반 산삼보다 더 희귀한 산삼이 자라고 있기 때문에 아마 저 인간이 그것을 보면 자신쯤은 쳐다보지 않으리라는 확신이 들었다.

대호는 살 방도가 떠오르자 갑자기 없던 힘도 생겨났는지 비호(飛虎)라는 말에 걸맞게 산등성이를 뛰어넘어 서북방의 수풀 속으로 들어섰다. 그리고는 잠시 나무들을 헤치고 들어가 커다란 바위 근처에 멈춰 섰다.

“헉! 헉! 이놈의 새끼! 뒈지려면 그냥 뒈지지 사람 정말 고생시키네.”

상빈도 숨이 차는지 양손을 무릎에 댄 채 헉헉거렸다.

혼원조화신공은 전신에 끊임없이 내력을 불어넣어 주는 놀라운 내공심법이었지만 몸을 회복한 지 얼마 되지 않아 무리해서 움직인 까닭에 숨이 턱까지 차올랐다.

“헉헉! 저놈의 새끼, 이젠 또 뭐 하는 거야? 원래 호랑이새끼들은 모두 이러는 거야, 아니면 저놈만 유별난 거야? 도대체 마을 어르신들은 어떻게 호랑이를 잡아오셨던 거지?”

마을 사람들이 잡아온 호랑이와 대호는 그 크기와 살아온 세월만 해도 서너 배는 차이가 났지만 변변한 무공도 모르는 사람들이 호랑이를 잡았다고 생각하자 새삼스럽게 존경의 마음이 들었다.

상빈은 잠시 숨을 고르며 주위를 바라보았다. 도대체 얼마나 달려왔는지 이곳은 바위가 많은 오주산과는 전혀 다른 풍경이었다. 숲이 울창하여 주변은 습하고 커다란 거목 사이에 자리잡고 있는 바위에는 푸른 이끼가 가득했다.

상빈은 다시 대호를 바라보았다. 대호는 자세를 웅크리고 앉아 무슨 신줏단지라도 파헤치는 것처럼 조심스럽게 땅을 파고 있었다.

"뭐 하는 거지? 설마하니 묏자리를 파는 것은 아닐 테고. 도대체 왜 저러는 거야?"

당장에라도 요절을 낸 뒤 호랑이고기로 포식을 하고 싶었지만 하는 짓이 이상해서 가만히 지켜보게 되었다.

잠시 뒤 대호는 바위 주변의 흙과 풀을 정성스럽게 파헤친 뒤 의기양양한 얼굴로 상빈을 바라보았다. 그리고는 앞발로 바닥을 가리키는 것이 아닌가?

크르릉!

아마도 호랑이가 말을 할 줄 안다면 여기를 보라는 뜻일 것이다.

"왜? 어쩌라고?"

퉁명스럽게 말했지만 호기심이 증폭되었다.

상빈은 몸을 앞으로 움직여 대호가 가리킨 쪽으로 다가갔고, 그에 따라 대호는 조심스럽게 뒤로 물러섰다.

"야, 너, 꼼짝 마! 움직이면 죽을 줄 알… 어? 어? 이게 뭐야? 이거 산삼 아냐?"

대호를 향해 주먹을 들어 올리던 상빈이 호들갑스럽게 바닥을 향해 다가섰다.

어릴 적 그가 살던 마을의 사람들은 대부분이 약초꾼이었다.

산삼을 직접 본 적은 없었지만 그 모양새에 대해서는 익히 들어왔기에 잎사귀만 보고서도 단숨에 산삼임을 알아볼 수 있었다.

"심봤다!"

고함을 지르는 상빈은 이제 대호는 안중에도 없었다. 어릴 적 그토록 찾아 헤맬 때는 보이지 않던 산삼을 보게 되었으니 흥분이 고조될 수밖에 없었다.

그는 서둘러 다가가 잎사귀를 살펴보며 재차 자신이 알고 있는 산삼의 모양새와 비교해 보았다.

담황녹색의 자그마한 꽃이 피어 있었고 줄기는 곧고 잎자루가 길었는데 잎몸이 다섯 개로 갈라져 가장자리에는 가는 톱니가 나 있는 것이 다시 확인해 보아도 산삼이 맞는 것 같았다.

"이야, 이거 오늘 운수 대통한 날이네! 산삼을 다 보다니!"

상빈은 조심스럽게 산삼을 캐려다가 문득 떠오르는 생각이 있었다.

"맞아, 산삼은 도망치지 못하잖아? 굳이 이거부터 캘 필요는 없지."

대호가 사람의 말을 알아들었다면 아마도 거품을 물고 쓰러질 만한 말이었다.

상빈은 대호부터 잡은 뒤 산삼을 캐기로 마음먹은 것이다. 이런 것에도 꿩 먹고 알 먹고라는 옛말이 어울릴지는 모르지만 상빈은 정말 오늘 운수 대통한 날로 삼으려고 작정을 한 것이다.

하지만 그가 탐욕스런 얼굴로 고개를 들었을 때는 이미 대호가 사라진 뒤였다. 상빈이 산삼을 살피는 것을 보자마자 대호는 조심스럽게 도주해 버렸는데 산삼에 열중해 있던 상빈은 그것을 모르고 있었다.

"잉? 이놈이 어디로 갔지? 쩝."

아쉬운 생각에 입맛을 다신 그는 잠시 쫓아갈까도 생각해 보았지만 이내 포기해 버렸다. 숨이 차 있었기 때문에 움직이는 것도 귀찮았다.

상빈은 한시 바삐 산삼을 캐고 싶었다.

"도대체 얼마나 오래된 걸까? 그래도 저 고양이 녀석이 알려줄 정도니까 제법 오래된 놈이겠지?"

기대에 찬 그는 살며시 줄기를 붙잡고 아주 조심스럽게 땅을 파헤쳤다. 행여 뿌리가 상할까 공력조차 사용하지 않고 마치 바닥에 떨어진 쌀알을 세듯 주변의 흙을 손끝으로 살살 쳐냈다. 상빈의 손은 뿌리가 모습을 드러내자 차츰 빨라지기 시작했다.

몸통의 반 정도 파헤쳤을까? 갑자기 힘을 주어 뽑으며 괴성을 질렀다.

"이 고양이 새끼! 이딴 걸 산삼이라고 알려주고 가다니!"

그의 손에 들려진 것은 산삼이 맞기는 맞았다. 하지만 잎줄기의 커다란 모양새와는 다르게 그 뿌리가 터무니없이 작았다.

길이는 사람 손바닥만도 되지 않았고 몸통은 엄지손가락 두 개를 겹친 정도의 크기인 것이다.

기대가 컸던 만큼 실망도 엄청났다. 상빈은 길길이 날뛰며 괴성을 질러댔고 그로 인해 주변의 산세들이 하늘로 날아올랐지만 그의 행동은 멈추지 않았다.

아무리 생각해도 밑지는 장사였다. 그 커다란 덩치의 호랑이와 손바닥 정도 크기의 산삼은 비교가 되지 않는 것이다.

그는 한참을 미친 듯이 날뛰다가 뱃속에서 꼬르륵거리는 소리를 듣

고서야 멈췄다. 그리고는 대충 산삼을 흔들어 흙을 털어낸 뒤 품속에
넣었는데 그때 흙이 털어진 산삼의 뿌리에 왕(王) 자 모양의 무늬가 새
겨져 있는 것을 그는 미처 알아보지 못했다.

　상빈은 주린 배를 움켜쥔 채 요깃거리를 찾아 근처를 살피는 한편
대호의 흔적을 찾기 위해 눈에 불을 켜고 주변을 살펴대었다.

■11장■
구출(救出)

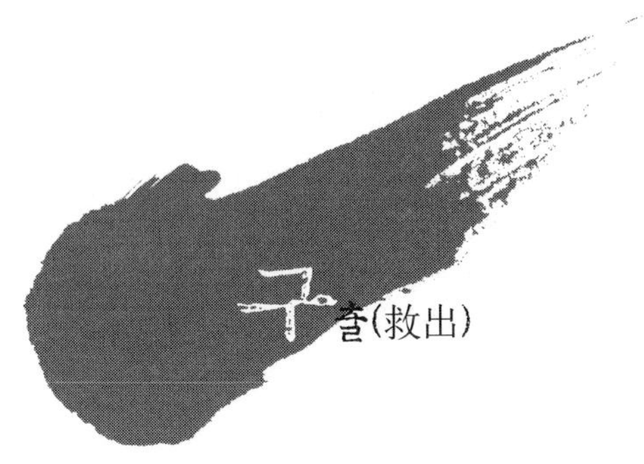

구출(救出)

해가 서산으로 뉘엿뉘엿 넘어가는 저녁 무렵이었다. 초가을이라고는 하나 산중의 밤은 다른 곳보다 빠른지라 몇몇 밤새들은 때도 모르고 재잘거리고 있었다.

두두두두두!

한 마리의 말이 빠른 속도로 숲길을 달리고 있었다.

길 좌우로 즐비한 나무들은 점점 그 수가 줄어들더니 결국에는 앙상한 가지만 남은 나무들만이 펼쳐진 황폐한 곳이 나타났다.

얼마 되지 않는 나무들은 석양을 받는 것조차 힘겨운 듯 기운 채로 버티고 있다가 빠르게 달려오는 말발굽 소리에 전신을 떨며 괴로워했다.

수풀이 끝났으니 여기서부터는 오주산이다. 낙석이 많아 사람들의 발길이 뜸하다고 소문이 난 이곳에 무슨 급한 용무가 있기에 말까지 몰고 오는 것일까?

말 위에는 두 명의 남자가 타고 있었는데 그중 앞에 앉아 있는 자는 상당히 지친 듯 제대로 몸을 가누지 못하였기에 뒤에서 말고삐를 쥐고 있는 자가 한 손으로 그를 부축하지 않았다면 당장에 바닥에 떨어져도 이상하지 않을 정도로 심하게 몸을 숙이고 있었다.

하지만 뒤에서 그를 부축하고 있는 자 또한 상태가 좋지 않은 것은 마찬가지였다. 그의 몸에도 붉게 물든 피가 가득했고 여기저기 찢겨 있는 것을 보면 아마도 큰 싸움을 벌인 듯 보였는데 말을 모는 솜씨가 상당히 뛰어나 능숙한 솜씨로 바위들 사이로 말을 몰고 있었다.

그렇게 한참을 말을 몰던 그가 말을 세운 것은 그로부터 얼마 지나지 않아서였다. 주변의 경관이 바뀌어 수풀은 사라지고 바위만이 가득했는데 뛰어난 솜씨를 가지고 있음에도 더 이상 말을 모는 것은 무리라고 생각했는지 사내는 말을 세웠다.

그리고는 자신이 부축해 왔던 사내에게 말했다.

"이보게, 여기서부터는 걸어야 하네. 견딜 수 있겠는가?"

사내의 목소리에는 염려가 가득했는데 놀랍게도 그는 의창 장송정(長松庭)의 후인 장도명이었다.

그는 자신이 곽중극을 납치하는 바람에 태음장에 잡혀갔던 구칠을 구해서 도주하고 있는 중이었다.

"견디지 못한다고 하면 어떻게 업고라도 갈 텐가?"

태음장에 잡혀가 고문을 당한 구칠의 몸은 정상이 아니었다.

"필요하다면 그래야겠지."

자신의 섣부른 행동에 구칠이 피해를 입었다고 생각하자 미안한 생각이 들었다.

"됐어. 대신 부축 좀 해줘."

구칠의 말에 장도명은 그를 부축해 내렸다.

"미안하네. 자네가 잡혀갈 줄은 생각도 못했네."

"내가 자네 때문에 언젠가 코가 꿰일 줄 알았어. 젠장, 처음 왔을 때 모른 척했어야 했는데……. 뻔히 이리될 줄 알면서 뭐 하려고 도운 건지. 분명히 말하지만 나중에 이 빚은 이자까지 쳐서 받을 테니 단단히 각오 해 둬야 할 거야."

"후후, 그러게. 내가 무슨 일이 있어도 갚을 테니 힘이나 내게. 그래도 곽중극에게 알아낸 것이 있으니 이곳을 벗어나면 태음장은 무사하지 못할 걸세."

"그러면 사하방도 막을 자신이 있나?"

걸음을 옮기던 구칠은 장도명의 말에 돌연 걸음을 멈추며 물었다.

태음장이 문제가 아니었다.

그들의 뒤에는 거대한 사하방이 자리잡고 있었기 때문에 태음장에 위해(危害)를 가하는 것은 사하방과 맞부딪치는 것을 의미했다.

구칠의 물음에 장도명은 잠시 뜸을 들였다가 대답했다.

"방법이 없지는 않을 걸세."

무슨 뜻으로 물었는지 알고 있었지만 확신을 줄 수는 없었다.

자신은 이미 각오가 되어 있었다. 그런 각오가 없었다면 곽중극을 납치해서 누님 내외의 죽음을 캐지는 않았을 것이다. 하지만 그로 인해 구칠까지 위험에 빠지게 할 수는 없었다. 최소한 그가 살 방도는 마련해 줘야만 했다.

그들은 잠시 동안 서로의 눈을 응시했다.

구칠은 그의 눈에서 자신을 걱정하는 마음을 건네받을 수 있었다.

고마운 생각이 들었다.

물론 그 때문에 이런 일이 발생했지만 자신이 그를 도운 이유는 개 방에 진 빚을 갚기 위해서였다. 깊이 관여하지 않을 생각으로 장도명이 무슨 이유로 태음장을 조사하는지, 그의 정체가 무엇인지조차 궁금해하지 않았었다. 그저 떠나가면 그뿐인 사이로 생각하고 일부러 거리를 두었던 것이다. 그런데 그의 생각과 다르게 자신은 태음장에 잡혀갔고, 장도명은 위험을 무릅쓰고 자신을 구하러 왔다.

그리고는 자신을 지켜주려 하는 것이다.

"너는 생각보다 좋은 놈 같다."

그 한마디면 족했다. 더 이상의 말은 필요없는 것이다.

"후후, 아무래도 자네 머리도 다쳤나 보군, 허튼소리를 하는 것을 보니."

장도명은 가볍게 웃어넘기며 구칠의 어깨를 부축하여 발길을 재촉했다. 언제 태음장의 무리들이 나타날지 몰랐으니 한데서 시간을 보내고 있을 수는 없었다.

그렇게 그들은 서로를 의지하여 오주산 깊숙이 몸을 숨기기 시작했고, 서산에 지고 있는 해는 어느덧 빛을 잃고 어둠만이 산천을 뒤덮기 시작했다.

*　　　*　　　*

밤이 깊어가는데도 상빈이 보이지 않자 덕원은 이상한 생각이 들었다. 낮에 사라진 후 아직 돌아오지 않은 것이다.

"화가 났다고 설마 혼자서 마을에 가신 건 아니겠지?"

불안한 생각에 숙소로 삼고 있는 사당을 나와 산비탈을 따라 내려오며 상빈을 찾았다. 하지만 상빈의 모습은 그 어디에서도 보이지 않았다. 밤은 점점 깊어가고, 덕원은 어느덧 산중턱까지 내려오게 되었다.

챙! 챙!

그때였다.

고요한 산중에 날카로운 병장기 소리가 들려왔다.

"뭐지?"

오주산은 사람들의 발길이 드문 곳이다.

지난 두 달 동안 이곳을 찾은 사람이라고는 거의 없었는데 갑자기 병장기 소리가 들리는 것이다.

모습이 보이지 않는 사숙, 그리고 낯선 병장기 소리.

불안한 생각이 든 그는 서둘러 소리가 들려오는 쪽으로 달려갔다.

혹시 사숙이 싸움을 하고 있을지도 모른다고 생각하자 자신도 모르게 발걸음을 재촉할 수밖에 없었다.

잠시 후 소리가 들린 곳으로 다가간 덕원은 황급히 근처의 수풀 속으로 몸을 숨겼다. 맞은편에는 건장한 체구에 병장기를 두르고 있는 일단의 무인들이 누군가를 포위, 공격하고 있었는데 다행히 그들 중 사숙의 모습은 보이지 않았다.

'휴, 다행이다. 그렇지만 저들은 누구지?'

의아한 생각이 들어 자세히 그들을 살펴보자 그중 아는 얼굴이 보였다.

'아니, 저자는?'

덕원의 눈이 둥그렇게 떠졌다. 위태롭게 공격을 받아내고 있는 자는 일전에 함께했던 장도명이었다.

덕원은 잠시 상황을 지켜보았다. 십여 명의 무인이 협공을 취하고 있었지만 대부분 힘에 의지하는 조잡한 무공을 펼치고 있는 것으로 보아 숙련된 무인들은 아닌 것 같았다. 그에 반해 힘겹게 그들의 공격을 받아내고 있는 장도명은 깔끔하고 화려한 검술을 펼치고 있어 얼핏 보기에는 오히려 여유로워 보이기까지 했다.

하지만 문제는 장도명이 아니었다. 그는 등 뒤에 있는 피투성이의 사내를 보호하기 위해서인지 제대로 공격을 펼치지 못하고 있었는데, 그 때문인지 공격보다는 방어에 치중하고 있었다.

더욱이 문제는 싸움을 벌이고 있는 자들이 전부가 아니라는 것이었다. 그들의 뒤쪽에는 사내 삼 인이 서 있었는데 날카로운 눈으로 싸움을 바라보고 있는 것으로 보아 보통 실력이 아닌 것 같았다. 만약 저들까지 합세한다면 장도명은 더욱 궁지에 몰릴 것이 분명했다.

'저들이 누군지도 모르는데 함부로 끼어들 수도 없고, 그렇다고 장 공자의 다급함을 보고 지나칠 수도 없고, 이거 어떻게 해야 하지?'

이러지도 저러지도 못한 채 덕원이 망설이고 있을 때 마침 뒤쪽에 서 있던 사내 중 하나가 큰 소리로 외쳤다.

"홍! 현천보(玄天步)에 오행검(五行劍)이라! 무당과는 무슨 연관이 있는지 모르겠지만 그 정도 실력으로 우리를 건드린 것이라면 후회하게 만들어주마!"

뒤쪽에서 장도명의 내력을 살피고 있었던 진금발이 냉랭하게 외친 것이다.

현천보와 오행검은 강호에 널리 알려진 무당의 무공이었는데, 장도명은 무당의 속가제자였던 조부에게 배운 것이기에 강호 경험이 많은 진금발은 단숨에 그의 내력을 알아낸 것이다.

그는 곁에 있던 총관 양충기와 내당주 호등청에게 눈짓을 하며 느릿하게 앞으로 나섰다. 무당파의 무공을 펼치고 있는 것이 마음에 걸리긴 했으나 그렇다고 물러설 수는 없었다. 자신들이 관과 무림에 드러나서 좋을 것이 없었으니 화근이 될 싹이라면 애초에 잘라 버리는 것이 좋을 것 같았다.

그들은 느릿하게 움직이며 제각각 품속의 무기들을 꺼내 들며 장도명을 압박해 들어갔다. 무거울 정도로 내려앉은 공기가 그들 사이에 가득했으나 거리가 가까워질수록 한껏 잡아당긴 활시위처럼 팽팽해지기 시작했다.

내력을 끌어올린 것만으로 주변의 공기가 감응하는 실력으로 보아 그들은 고수임이 분명했다. 장도명은 그들 하나하나의 실력이 보통이 아님을 한눈에 알 수 있었다. 그는 낮은 목소리로 자신의 등을 맞대고 있는 구칠을 향해 말했다.

"미안하네. 나 때문에⋯⋯. 어쩌면 약속을 지키지 못할지도 모르겠군."

아무래도 구칠을 지켜줄 수 없을 것 같았다.

그의 말을 들은 구칠이 고개를 돌려 장도명을 바라보았다.

진금발을 비롯하여 태음장의 고수들이 나서는 것을 보며 이미 체념하고 있었기에 그는 조금 담담하게 입을 열었다.

"내가⋯ 내가 없으면 저들을 처리할 수 있겠나?"

"⋯⋯."

"어차피 죽는 거라면 혼자서는 외로울 것 같네. 그러니 나는 신경 쓰지 말고 저놈들이나 상대해 보게."

자신이 짐이 되고 있다는 것을 알고 있었기에 구칠은 일말의 망설임도 없이 말했다.

그러나 장도명은 말이 없었다. 자신이 없어서가 아니었다. 구칠이 무슨 뜻으로 그런 말을 하는지 알 수 있었기 때문이다. 장도명은 곁에 있는 구칠에게서 뜨거운 기운이 전해져 오는 것만 같았다.

구칠은 무공을 몰랐다. 개방과 연이 있다고는 하나 백의개(白衣丐)도 되지 못한 평범한 기루의 점원에 불과했는데도 그에게선 의를 숭상하는 개방의 기상이 서려 있는 것 같았다. 지금까지는 그저 기루에서 심부름이나 하며 실없는 소리나 내뱉는 가벼운 자로 생각하고 있었는데, 목숨이 경각에 달한 지금 오히려 자신보다 호기로워 보이는 것이다.

장도명은 한순간 그를 부담스러워했던 자신이 부끄러웠다.

"무슨 소리인가? 아무 걱정 말게."

그는 빠르게 말한 뒤 한 걸음 앞으로 나아갔다.

그동안은 구칠을 보호하기 위해 그의 곁을 떠나지 않았으나 우두머리가 나선 지금은 곁에 두는 것이 더욱 위험할 수 있었다.

그는 구칠에게 전음을 날렸다.

"내가 이들을 상대하는 동안 자네는 틈을 봐서 도주하게."

쉬운 일은 아닐 것이다. 그러나 자신이 목숨을 도외시하고 대항한다면 불가능하지는 않으리라 생각했다. 어차피 진금발은 누님 내외를 살해하도록 시킨 흉수였으니 결코 용서할 수 없었다.

팟!

장도명은 오른발을 힘있게 구르며 흡사 독수리가 먹이를 낚아채듯 진금발을 향해 달려들었다. 그러나 준비를 하고 있던 진금발은 물러나기는커녕 수하들과 함께 허공으로 치솟았다.

진금발과 호등청은 검을 찔러 장도명의 목과 다리를 노렸고, 서생 차림의 양충기는 판관필로 그의 허리를 노렸다.

동시에 공격하여 장도명으로 하여금 스스로 물러서도록 한 것이다. 그러나 장도명은 그들의 뜻대로 움직이지 않았다.

장도명의 검이 돌연 허공에서 떨어지는가 싶더니 자신의 다리를 노리느라 어깨가 숙여진 호등청의 어깨를 향하여 빠르게 찔러 들어갔다.

이렇게 되자 오히려 다급해진 것은 그들이었다. 설마하니 방어조차 하지 않고 공격해 올 줄은 생각도 못한 것이다.

"헛!"

호등청이 다급성을 토해내며 허공에서 몸을 틀자 양충기와 진금발은 동시에 장도명의 검을 막아서기 위해 무기를 아래로 내렸다.

하지만 장도명의 진정한 공격은 그것이 아니었다.

장도명은 검끝을 흔드는가 싶더니 양충기의 손목을 날카롭게 휘둘렀다. 구궁신행검(九宮神行劍) 중 분전입뢰(奔電入雷)라는 일식을 펼친 것이다.

"윽!"

양충기의 입에서 나직한 신음이 뱉어지며 판관필이 바닥으로 떨어져 내렸다. 어둠 속인지라 어느 정도 상처를 입었는지 확인할 수는 없었으나 손목을 움켜쥐고 물러서는 것을 보니 결코 가벼운 상처는 아닌 것 같았다.

"양 총관, 괜찮겠나?"

진금발이 황급히 물었다.

"저는 괜찮습니다. 놈의 검이 매서우니 조심하십시오."

그는 진금발을 향하여 말한 뒤 뒤편에 있는 수하들에게 고함을 내질렀다.

"네놈들은 뭐 하고 있느냐? 구칠이라는 놈을 죽여라!"

양충기는 사하방에서 함께한 다른 무인들보다는 무공이 떨어지는 편이었지만 꾀를 겸비한 인물이었다. 그는 장도명의 정신을 분산시키기 위해 고함을 치는 한편 재빨리 상처를 살폈다.

손등을 크게 베여 피가 흐르고 있었지만 다행히 검을 쥐는 데는 이상이 없을 것 같았다.

장도명의 검이 손목을 노리고 날아드는 순간 스스로 무기를 내던지고 손을 뺐기 때문에 손목이 날아가지는 않을 것이다.

무인이 무기를 버리는 것은 패배를 인정하는 것과 마찬가지로 무공에 대한 자부심이 강한 자들이었다면 결코 무기를 내던지는 행동을 하지는 않았을 것이다.

하지만 양충기는 조금의 주저함도 없이 무기를 놓아버렸으니 만용보다는 실리를 추구할 줄 아는 자였다. 양충기는 소매를 뜯어 상처를 감싼 뒤 다시 땅에 떨어져 있는 판관필을 주워 들고 협공을 펼쳤다.

장도명은 이들의 무공이 대단하다는 것을 알고 있었기 때문에 연신 구궁보(九宮步)를 밟으며 틈을 노렸다. 하지만 처음 구궁신행검을 펼친 이후로는 별다른 공격을 할 수 없었다.

이들의 연수합격이 보통이 아니기도 했지만 구칠이 마음에 걸렸다.

그는 쉴 새 없이 검을 휘두르며 맹공을 퍼붓는 한편 구칠에게로 다가가는 무사들을 향해서도 검을 뿌려 막아섰기 때문에 좀처럼 기선을 잡지 못했다.

장도명은 시간이 흐를수록 초조해졌다.

'이대로 있을수록 불리해질 뿐이다. 차라리 길을 열어 구칠을 도주시키고 이들을 막아서도록 해야겠다.'

그는 거친 기합을 토하며 구칠을 막아서고 있는 무사를 향해 달려들었다.

"어서 도망치도록 하게!"

그는 거세게 검을 휘둘러 길을 터주었는데 그때 커다란 기합 소리가 들리며 등 뒤에서 노도와 같은 힘이 뻗쳐 왔다. 장도명은 위급함을 느끼고는 황급히 몸을 돌리며 검을 휘둘렀다.

챙!

허공에서 불꽃이 튀어 오르며 그와 동시에 양충기의 호통이 내질러졌다.

"뭣 하고 있느냐! 저 구칠이라는 놈을 죽이란 말이다!"

양충기는 자신들의 공격이 또다시 무위로 돌아가자 고함을 지르며 빠르게 손짓했다. 그것은 구칠을 위협하여 장도명의 신경을 분산시키기 위해 고함을 지르는 한편 손짓으로는 틈을 노려 장도명의 배후를 노리도록 시킨 것이다. 그의 지시에 따라 수하들이 그들의 곁을 돌아 구칠을 향해 달려갔다.

"안 돼!"

마침 구칠은 수풀 속으로 몸을 숨기고 있었는데 그의 등을 노리고 날카로운 검이 떨어져 내리는 것이 보였다. 이에 다급해진 장도명은 고함을 내지르며 몸을 날리려 했지만 그 순간 진금발의 검은 그의 허리를 훑고 지나갔다.

"크흑!"

장도명은 신음을 내지르며 황급히 몸을 틀었다.

옆구리에서 피가 솟구치기 시작했다. 고수들의 싸움은 찰나지간에 결판나기 마련이었으니 제아무리 장도명의 신위가 뛰어나다고 해도 다

수의 적을 앞에 두고 정신을 딴 곳에 판 것은 스스로 이러한 결과를 자초한 것과 마찬가지였다.

장도명은 크게 휘청거리는 몸을 억지로 고쳐 세웠다.

허리가 끊어지는 것 같은 고통이 느껴졌지만 이대로 물러설 수는 없었다. 구칠은 몸을 굴려 등 뒤의 검을 피하기는 했지만 목숨이 경각에 달한 상태였다.

장도명은 이를 악물고는 제운종을 펼쳐 구칠에게 다가서려 했는데 등 뒤에서 또다시 인두로 후벼 파는 듯한 고통이 전해져 왔다.

스윽!

장도명의 어깻죽지부터 허리까지 긴 검상이 훑고 지나갔다. 그리고 차가운 검광이 번득임과 동시에 오른쪽 허벅지와 왼쪽 다리에서도 피가 솟아올랐다. 진금발과 호등청의 검이 연이어 그를 베고 지나간 것이다. 결국 장도명은 몇 발자국 움직이지도 못하고 바닥에 쓰러져 버렸다.

너무나 어이없는 결과였다. 무공 실력만으로 따지면 아무리 합공을 당했다고 해도 쉽게 당하지 않았을 텐데 다친 몸으로 구칠을 구하기 위해 무리해서 움직이다 보니 일신의 무공을 제대로 펼쳐 보이지도 못한 채 어이없이 당하고 만 것이다.

"죽이지는 마라! 뒤를 캐야겠다!"

진금발은 고함을 쳐서 장도명의 목을 내려치려는 호등청을 말렸다. 그리고는 구칠에게 달려갔던 수하들에게도 눈짓으로 같은 명령을 내린 뒤 양충기를 바라보았다.

"상처는 괜찮은가?"

"네, 그럭저럭 심하진 않습니다. 그나저나 뭐 하는 놈일까요?"

양충기는 왼손으로 상처를 어루만지며 물었다.

"모르지. 조사를 해봐야겠지만 무당의 무공을 제대로 배운 놈이야."

"네, 보통 날카로운 게 아니더군요."

진금발의 말에 양충기는 자신의 오른손을 들어 보였다.

순간적인 기지(奇智)로 손목이 잘리는 것은 모면했지만 자칫했으면 팔 병신으로 평생을 살 뻔한 것이다.

새삼 그것을 떠올리자 자신도 모르게 진저리가 쳐졌다.

자신들의 합공 속에서도 제법 매섭게 검을 휘두른 자이다. 만약 동료의 위험을 도외시하고 덤볐다면 자신들도 무사하진 못했을 것 같았다. 하지만 이자는 동료를 구하기 위해 검끝을 돌렸고, 그로 인해 생각 외로 쉽게 제압할 수 있었다.

양충기는 그러한 사실 하나만으로 장도명을 애송이로 취급했다.

전장에 선 무인은 정에 이끌려서는 안 되는 법이었다. 가족이 인질로 잡혀 있더라도 칼끝이 흔들리지 않아야 했는데 이자는 그러지 못한 것이다.

"매서운 무공과는 달리 좀 미련한 놈입니다."

그가 한심하다는 듯이 말하자 그의 말에 호등청도 동의한다는 듯이 고개를 끄덕이며 몸을 숙였다.

혈을 짚어 데려가려는 것이다.

하지만 그 순간 어디선가 호통 소리가 터져 나오며 그런 그를 제지했다.

"멈추시오!"

갑자기 수풀이 들썩거리며 한 명의 사내가 조금은 어정쩡한 태도로 뛰어나왔다.

삭발한 머리에 낡은 가사를 걸치고 있으나 장대한 덩치를 가진 자로 바로 그들이 싸우고 있는 것을 지켜보고 있던 덕원이었다.

덕원은 일단 고함을 질러 장도명의 혈을 짚으려는 자를 제지한 뒤 다시 입을 열었다.

"아미타불! 무슨 일인지 모르오나 시주들은 손속을 거두시오!"

장내의 무사들은 갑작스레 나타난 덕원을 보고는 모두 말문을 닫았다. 설마하니 사람이 근처에 있을 줄은 생각도 못한 것이다.

이곳은 사람의 발길이 뜸한 오주산이었으니 그들의 그런 태도는 어찌 보면 당연한 건지도 몰랐다.

그들은 하나같이 의아한 얼굴로 덕원을 바라보았고, 장주 진금발 또한 의아하기는 마찬가지인지라 고개를 갸웃거리며 곁에 있는 양충기에게 물었다.

"양 총관, 혹시 이곳에 사찰이라도 생겼는가?"

"글쎄요, 그런 소문은 못 들었는데요."

양충기는 진금발에게 대답을 한 뒤 다시 덕원에게 말했다.

"이보시오, 스님! 남의 일에 괜한 참견 마시고 그냥 가시오!"

"아미타불. 그럴… 수는… 없군요."

덕원은 이상하게 움찔거리며 잠시 말을 더듬었는데 그런 모습은 마치 겁에 질린 듯이 보였다.

하지만 덕원이 태음장의 무사들 정도로 겁에 질릴 자이던가?

세력이 많이 쇠퇴하였다고는 하지만 무구한 역사를 가진 소림의 나한승이었다. 이보다 더한 수의 무사들이 깔려 있다고 해도 겁에 질려 말을 더듬을 인물은 아닌 것이다.

그렇다면 덕원은 어이해서 이런 행동을 보이는 것일까?

그것은 의외로 간단했다. 바로 상빈 때문이었다.

덕원은 수풀 뒤에서 이들을 살피고 있다가 장도명의 위급한 상황을 보고 도우려 했다. 하지만 그런 그의 귀에 한줄기 전음이 날아들었는데 바로 상빈이 보낸 전음이었다.

상빈은 대호를 놓치고 돌아오는 길에 노루 한 마리를 잡아먹고 밤이 늦도록 퍼질러 자다가 좀 전에 돌아왔다.

그런데 거처에는 덕원의 모습은 보이지 않았고, 예민한 그의 귀에 난데없이 병장기 소리가 들려왔다.

이에 혹시라도 덕원에게 무슨 변고라도 생긴 줄 알고 놀라 달려온 것까지는 덕원이 앞서 했던 행동과 같았다.

그러나 정작 걱정했던 덕원은 한쪽 수풀에서 모습을 감추고 있었고, 싸움을 하고 있는 자들은 모르는 자들이었다.

상빈은 낯선 자들이 싸우고 있자 쾌재를 내질렀다.

자고로 싸움 구경과 불구경만큼 재미있는 것이 있던가? 결코 그런 건 없다는 것이 상빈의 생각이었다.

물론 싸움을 하는 자가 자신과 관계가 있거나 자신의 집이 불타고 있었다면 결코 그런 마음이 들지 않았겠지만, 이들은 자신과 전혀 상관이 없는 자들이다.

그동안 상처를 치료하느라 지루해하던 그는 이 참에 느긋하게 구경이나 하려고 한쪽에 자리까지 잡고 있었다.

한쪽은 저잣거리 불한당처럼 떼거지를 이루고 있었고, 그에 맞선 자는 제법 화려한 검술을 익힌 것 같았으나 혹을 달고 있었으니 언뜻 대등해 보이는 경기였다.

때문에 상빈은 전망 좋은 나무 위에 올라가 아예 자리를 잡고 관전을 하는 한편 장도명을 돕기 위해 움직이려던 덕원에게도 전음을 보내 절대 함부로 나서지 말라고 엄포를 놓았다.

괜스레 덕원이 끼어들어 싸움판을 흐리는 것을 원치 않았다.

더욱이 일 대 다수의 싸움은 상빈이 부족함을 느끼고 있던 부분이기에 이들의 싸움으로 그러한 부분을 깨우칠 수 있다면 이것이야말로 일거양득의 기회라 생각했다.

그러나 기대와는 다르게 싸움은 너무나 흐지부지 끝나 버렸고 덕원 또한 더는 참을 수 없는지 나서게 된 것이다.

상빈은 뛰쳐나가는 덕원에게 전음으로 고함을 내질렀다.

"저런 병신 같은 놈은 그냥 놔둬도 돼. 뭐 하러 참견하는 거야?"

이때는 덕원이 장내를 향하여 멈추라고 고함을 내지른 뒤였다.

덕원은 귀가 쩌렁쩌렁하게 울리며 고막이 터질 것만 같아 잠시 비틀거리며 상빈을 향하여 전음을 보냈다.

"저기 쓰러져 있는 분은 일전에 우리를 도와준 장도명 공자입니다. 구해야 합니다."

덕원의 말에 상빈은 그제야 장도명을 알아보았다. 왠지 낯이 익다고는 생각했지만 원래 한 가지에 정신을 팔면 다른 것에 집중을 못하는 상빈이라 크게 개의치 않고 있었다.

아니, 어쩌면 알아보았으면서도 싸움 구경을 하기 위해 모르는 척하고 있었는지도 모른다. 상빈은 왠지 뚱한 얼굴이 되어 또다시 전음을 보냈다.

"그래서? 저놈 복수인가 뭔가 한다고 나선 놈 아니었나? 그런 놈이 칠칠치 못하게 뭔 짓이래?"

장도명이 펼쳐 보였던 구궁신행검은 무당의 절기라고는 할 수 없었지만 구궁보를 밟으며 펼쳐지는 구궁신행검은 무당의 사대검법(四大劍法)에 비견해도 크게 뒤처지지 않을 정도로 대단한 것이었다.

하지만 그런 검법을 가지고서도 제대로 싸우지 않는 것은 맘에 들지 않았다.

무대도 마련되었고 판돈을 건 관중들이 손에 땀을 쥐고 경기를 지켜보고 있는데, 갑자기 선수 하나가 기권하고 만 것처럼 허무한 일이었다. 상빈은 구궁신행보를 제대로 보고 싶었는데 너무 허무하게 싸움이 끝나 버리자 심통이 나 있었다.

"쉰소리 집어치우고 이왕 참견한 거 다 잡아 패버려!"

덕원이 점잔 빼고 이야기하는 것을 보고 또다시 전음으로 고함을 내질렀다. 이에 깜짝 놀란 덕원은 움찔거리며 말을 더듬게 되었는데 그것을 보고 태음장의 무사들은 덕원이 겁에 질린 것이라 생각한 것이다.

상빈은 계속해서 전음을 날려 싸움을 재촉했다. 이제는 사질을 걱정하는 마음 같은 건 추호도 들지 않았다. 덕원의 실력을 직접 보았기 때문에 저 정도의 무리에게 당할 것으로는 생각되지 않는 것이다.

그의 그런 노력 덕분인지 덕원은 머리를 크게 내저으며 말했다.

"아미타불, 어쩔 수 없군요. 모든 것은 시주들께서 자초하신 일, 빈승의 손속을 원망하지 않길 바랍니다."

덕원은 가볍게 두 손으로 절을 하는 시늉을 했다. 이것은 바로 위타장의 기수식인 영산예불(靈山禮佛)이었는데 이 일초는 적에게 깍듯한 예의를 차리는 한편 불문의 제자로서 예의상 먼저 양보하겠다는 뜻을 지닌 것이었다.

하지만 그의 그런 모습을 본 태음장의 무사들은 크게 비웃었다. 심하게 말을 더듬던 자가 하는 말로는 실로 어울리지 않았다.

"푸하하! 저 중놈이 뭐라는 거야?"

"그러게. 겁이 나서 제대로 서지도 못하는가 보군."

꾀가 많은 양충기조차 덕원의 진면목을 알아보지 못했다. 그는 꾀는 많을지언정 무공이 낮았기 때문에 상대를 파악하는 눈이 없었다.

그가 크게 웃으며 말했다.

"하하하! 이건 절을 한다고 해결될 일이 아니오. 그러니 어서 물러가지 않으면 가만두지 않겠… 소?"

말을 하던 양충기의 언성이 갑자기 높아졌다.

두 손으로 절을 하며 영산예불이라는 일초를 펼치자 덕원의 승포 자락이 부풀어 오르기 시작한 것이다.

이는 진기를 전신으로 유통시켜 근력을 높인 것이었는데, 덕원은 곁에 서 있던 무사를 향해 대뜸 위타장의 일초인 산문호법(山門護法)을 펼쳤다.

퍼벅!

덕원의 양손이 가볍게 뻗쳐지며 상대의 가슴에 닿았는데 놀랍게도 상대는 요란한 소리와 함께 뒤로 나자빠졌다. 초식은 평범해 보였으나 그 초식에 실린 힘은 결코 가볍지 않았다.

"저, 저, 모두 쳐라! 보통 중이 아니다!"

그제야 경각심을 느낀 양충기가 고함을 내질렀다.

이에 태음장의 수하들 중 두 명이 검을 뽑아 들고 덕원에게 내달렸다. 그들은 구칠을 잡기 위해 수풀로 갔던 자들로 동료가 쓰러지는 것을 보고는 앞뒤 분간하지 않고 달려들었다.

이에 덕원은 재차 몸을 움직여 두 손을 좌우로 휘둘러 그들을 공격했는데 이는 항하입해(恒河入海)라는 초식이었다.

퍼! 퍽!

"으아악!"

"크흑!"

또다시 달려들었던 두 명의 무사가 각각 가슴에 일장을 맞고 뒤로 날아가 버렸다. 이에 양충기를 비롯한 진금발 등은 크게 놀라지 않을 수 없었다. 겁 많은 중놈으로 생각했는데 일신의 무공이 보통이 아니었다.

특히 두 명의 무사를 날려 버린 초식은 엄청난 기운을 품고 있어 결코 가볍게 상대할 수 없음을 느꼈다. 그들은 서로에게 눈짓을 한 뒤 동시에 몸을 날렸다. 협공을 가하지 않고선 이길 수 없음을 깨달은 것이다.

장내엔 경기(勁氣)가 휘몰아쳤다.

덕원은 태음장 무사들의 협공을 맞아 비호처럼 움직이며 손과 발로 공격을 퍼부었다.

퍼버벅!

"크아악!"

무공이 약한 일반 무사들은 덕원의 손과 발에 얻어맞을 때마다 제각각 신음을 내지르며 쓰러져 버렸다.

이에 양충기는 판관필을 휘둘러 그의 공격을 제지하는 한편 진금발은 자신이 익힌 하운십이식(霞雲十二式) 중 하류구연(霞溜九淵)이라는 초식으로 그를 공격했다. 또한 호등청은 응비구소(鷹飛九霄)를 펼쳐 그들의 공격을 뒷받침하였는데 그들이 펼쳐 낸 삼식(三式)은 총총한 그물처럼 덕원을 에워쌌다.

그러자 덕원의 몸이 돌연 허공으로 치솟았다. 그리고는 삼 인 중 가장 무공이 뒤처져 보이는 양충기를 향해 발로 공격을 퍼부었다. 덕원의 발이 빠르게 여섯 번을 교차했다.

바로 소림 칠십이절기 중 하나인 여영수형퇴(如影隨形腿)였다.

파바바박!

첫 번째 발이 가슴에 닿는 듯하더니 그 다음 발이 마치 평지를 내달리는 것처럼 양충기의 가슴에 차례로 꽂혔다.

"으윽!"

슈욱!

양충기가 비명을 지르며 나자빠지는 사이 진금발의 검이 섬광을 뿌리며 덕원의 등을 향해 뻗어왔다. 양충기를 공격하느라 노출된 등을 노린 것이다. 덕원과 그들 사이는 실로 가까웠고 진금발이 펼친 분전투심(分電投心)이라는 초식은 그가 익힌 하운십이식의 검초 중 가장 빠른 것이었기에 덕원은 미처 피하지 못하고 검에 꿰뚫릴 것만 같았다.

이에 상빈은 자신도 모르게 앗 하고 경악성을 내뱉었다.

그가 제아무리 막돼먹은 사숙이라고 해도 하나밖에 없는 사질이 위험에 처하자 크게 놀랄 수밖에 없었다.

그는 황급히 바닥으로 뛰어내렸다.

하지만 덕원은 사숙에게 걱정이나 끼치는 그런 불민한 사질이 아니었다. 허공에 떠 있는 덕원의 어깨가 빠르게 뒤틀려지는가 싶더니 돌연 우수를 왼쪽 옆구리 쪽으로 뻗어 자신의 등을 노리고 오는 검끝을 향해 손끝을 튕겼다.

팅! 팅!

손끝에 튕겨진 검이 크게 출렁이며 방향이 바뀌었다. 이에 덕원은 빠르게 땅에 내려선 뒤 다시 연달아 이지(二指)를 내뻗었는데 그와 함께 강맹한 지풍(指風)이 뻗어 나와 진금발은 크게 놀라 뒤로 물러났다. 덕원이 이처럼 손가락을 튕기는 수법은 소림의 지법(指法) 중 하나인 다라엽지(多羅葉指)라는 무공이었는데, 내력을 손끝으로 몰아 공격하는 상승무공 중 하나였지만 자칫 손을 상하게 할 수 있는 무공으로 어지간해서는 펼치지 않는 무공 중 하나였다.

하지만 이때는 덕원도 크게 다급한 마음에 자신도 모르게 다라엽지를 펼친 것으로 운 좋게 다라엽지가 통하였으니 망정이지 잘못했으면 손가락의 마디들이 잘려 나갈 정도로 아슬아슬한 순간이었다.

그러나 그런 것을 모르는 사람들은 덕원의 묘수에 그만 전의를 상실하고 말았고, 곁에서 지켜보던 상빈은 크게 감탄하였다.

'휴, 덕원의 실력이 저 정도로 뛰어났었나? 물 흐르듯이 움직인다고 해도 부족함이 없을 정도로 손과 발을 움직이는 데 조금의 거리낌도 없군.'

나무에서 뛰어내려 왔던 상빈은 자신이 할 일이 없어지자 한쪽에서 그들이 싸우는 모습만 지켜보고 있었는데 보면 볼수록 덕원의 무공에 넋을 놓게 되었다.

물론 덕원이 싸우는 모습을 처음 본 것은 아니었지만 이렇듯 자유자재로 손을 쓰는 모습은 처음이었다.

아주 작정을 했는지 덕원의 손과 발에선 소림 무학의 산실이라 할 수 있는 각종 권법과 각법들이 쏟아져 나오고 있었다.

상빈은 좀 더 자세히 지켜보고 싶은 마음에 또다시 근처의 나무 위로 올라갔다. 가까이 다가가서 흥을 깨기보다는 관전이 용이한 나무

위가 아무래도 살펴보기 좋았기 때문이다.

상빈은 덕원의 동작 하나하나를 뚫어지게 바라보며 생각했다.

'저놈이 우직한 곳이 많더니 무공 하나는 제법 성실하게 배웠군.'

자신이 보기에는 덕원이 마치 춤을 추고 있는 것처럼 보였다.

덕원의 동작은 빠르고 간결했으며 동작 하나하나에 힘이 실려 있어 쓸데없는 동작은 찾을 수가 없었다.

'나도 저렇게 각 동작들을 연계할 수 있어야 할 텐데……'

자신이 익힌 무공에선 찾아볼 수 없는 점들이었기에 부러웠다. 자신에겐 변화 같은 건 있지도 않았다. 오로지 무공의 한 초식들밖에 모르는데 무슨 변화가 있고 연계 동작이 있겠는가.

간단한 투로조차 몰라 그저 손만 내질러 대었던 자신의 행동이 떠오르자 어째 부끄러운 생각조차 들었다.

'흥! 그래도 내가 나섰으면 이놈들은 벌써 다 쓸어버렸지 여태까지 싸우고 있지는 않았다.'

가만히 보다 보니 은근히 심통이 난 그는 애써 자신을 위안하는 것으로 성질을 다스렸다. 사실 그가 나서서 관음청강수를 펼쳐 보였다면 이런 수준의 무사들은 변변한 반항조차 하지 못했을 게 분명했다.

감히 수강이 일렁거리는 손을 보고 덤비는 자가 어디 있겠는가.

하지만 그것은 그저 위안일 뿐 생각하면 할수록 소림 무공에 대한 욕심이 나기 시작했으니, 그가 이런 마음을 품게 된 것을 보면 지난 십오 년 동안 그를 소림 문하로 받아들이기 위해 노력을 아끼지 않았던 혜각 대사의 노력이 헛되지 않았는지도 몰랐다.

물론 스스로 부족함을 느껴 소림 산문을 찾아가도록 만든 수작이었지만 어쨌든 상빈으로 하여금 그런 생각이 들게 만들었으니 혜각의 노력은 반은 성공한 것이라 볼 수 있었다.

하여튼 상빈이 무공에 대해 진중하게 생각하고 있을 때 장내는 이미 정리가 된 듯 보였다. 태음장의 무사들은 전부 바닥에 쓰러져 있었고 혼자 남아 대항하던 진금발 장주도 달마십팔수(達磨十八手) 중 우배산운장(右排山運掌)을 가슴에 맞고 비틀거리며 뒤로 물러나고 있었다.

"크흐윽!"

신음을 내지르던 진금발은 억지로 버티어 서려고 했다. 하지만 내장이 뒤틀린 듯 엄청난 통증을 느끼고는 가슴을 부여잡았다.

실력의 차이가 너무나 명백했다.

저런 고수를 알아보지 못하고 덤빈 것이 후회스럽기까지 했다. 상대의 내력을 제대로 알아봤어야 하는데 아무래도 무당의 무공을 펼치던 장도명을 제압한 뒤 조금 자만에 빠져 있었던 것 같다.

하지만 이대로 물러설 수는 없었다.

그는 바닥에 쓰러져 있는 수하들을 살펴보다가 한쪽에 누워 있는 장도명을 발견했다. 그는 장도명에게 다가가 검을 겨누었다.

"멈춰라! 그렇지 않으면 이놈의 멱줄을 따버리겠다!"

"시주, 멈추십시오!"

덕원은 그를 말렸다.

일단 자신의 위협이 통하자 진금발은 내심 안도하고는 덕원을 향해 물었다.

"네놈의 정체는 뭐냐?"

진금발은 일단 덕원의 정체부터 물었다.

삭발을 한 머리에 소림의 무공을 펼치고 있었으니 소림과 관련이 있으리라 여겨지긴 했다. 하지만 소림의 승려가 이곳 오주산에 무슨 일인지 그것이 궁금했다.

"아미타불, 빈승은 소림에 적을 두고 있는……."

자신을 밝히려던 덕원은 갑자기 깜짝 놀란 듯 몸을 움츠리며 말을 멈췄다. 상빈이 전음으로 고함을 내지른 것이다.

"이놈! 저들의 정체도 모르고 무슨 염불이냐! 그냥 끝내 버려라!"

귀가 쩌렁쩌렁하게 울리자 덕원은 인상을 쓰기는 했지만 자신이 생각해 보아도 섣불리 이름을 밝혀서는 안 될 것 같았다.

그동안 동창이 나타나지 않은 것을 보면 추적을 포기한 것 같았지만 그렇다고 안심할 수도 없었다.

"음, 사정이 있어 법명을 밝힐 수는 없습니다만 더 이상 손을 쓰지 않을 테니 시주께선 그 검을 거두시지요."

덕원은 빨리 끝내라는 상빈의 말이 있었지만 장도명의 상태가 걱정스러워 조심스럽게 말했다. 진금발의 위협이 아니더라도 피를 흘린 채 바닥에 쓰러져 있어 상당히 위태롭게 보였다.

"흥! 더 이상 손을 쓰지 않겠다고? 네놈의 말을 나보고 믿으란 말이냐? 간악한 놈! 잔꾀를 부리는가 본데 안 속는다!"

진금발은 말은 그렇게 하면서도 고민이 되었다.

바닥에는 자신의 수하들이 몽땅 널브러져 있었다. 직접 보지 않았다면 도저히 한 명에게 당한 것으로는 믿기 힘들 정도로 다들 크게 망가져 있었다.

"휴! 시주, 다시 한 번 말씀드리겠습니다. 어서 그 검을 버리시지요. 그렇지 않으면 큰일납니다."

한숨을 내쉰 덕원은 말을 하는 와중에도 심하게 얼굴을 찡그렸다. 귓가에는 계속해서 고함을 내지르는 상빈의 전음이 끊이지 않고 있었

다. 하지만 장도명을 인질로 잡고 있으면 어쩌지 못할 거라는 생각을
한 진금발은 쉽사리 물러서지 않았다.

"이놈은 우리가 이 산을 내려간 뒤에 풀어주겠다. 만약 조금이라도
이상한 행동을 보인다면 이놈의 목숨은 없다."

"……!"

덕원은 더욱 인상만 찡그릴 뿐 별다른 말은 하지 않았다.

"누구 없느냐! 호 당주! 양 총관! 어서 일어나 나를 돕게!"

진금발은 주변에 쓰러져 있는 수하들을 불렀다. 그는 마음이 조급했
다. 위협하고 있는 장도명의 상태가 심각해 보인 것이다. 만약 이자가
죽는다면 더 이상 인질로 사용할 수 없으니 자연 서두를 수밖에 없었
다.

"움직일 수 있는 자는 없는가? 어서 일어나게!"

진금발이 다시 한 번 수하들을 부르자 끄응 하면서 몇몇 무사들이
몸을 일으켰는데 그때 침묵에 잠겨 있던 덕원이 고개를 크게 내저으며
입을 열었다.

"시주께선 쉬운 길을 굳이 돌아가시려 하는군요. 부디 몸조심하십시
오."

뜬금없는 덕원의 말에 진금발은 의아한 생각이 들었다.

"그게 무슨 소리냐? 어? 꼼짝 말아라! 이놈이 죽어도 좋다는 것이
냐?"

자신이 장도명을 위협하고 있는데도 덕원이 몸을 돌려 수풀 속에 쓰
러져 있는 구칠에게로 가자 진금발은 고함을 내질러 덕원을 멈춰 세우
려 했다.

하지만 덕원은 못 들었는지, 아니면 장도명에게선 흥미를 잃었는지

그의 제지를 무시하고는 계속해서 구칠에게로 다가갔다.

"꼼짝 마라! 움직이지 말란 말이다!"

다시 한 번 진금발의 제지가 있었지만 덕원은 뒤도 돌아보지 않았다. 다만 공허하게 하늘을 바라보며 한마디 했을 뿐이다.

"사숙, 그래도 불쌍한 자이니 굳이 살계를 여시진 마십시오."

나직하게 읊조린 것이나 집중해서 그를 바라보고 있던 진금발은 사숙이라고 하는 말을 들을 수 있었다.

"사숙? 사숙이라니? 여기 다른 자가 있단 말인가?"

상빈이 잠시 몸을 드러내긴 했지만 이내 나무 위로 올라가 버려 덕원과 대적하고 있던 진금발은 상빈의 모습을 보지 못했다. 때문에 진금발은 크게 놀라 주변을 살펴보려 하는데 그때 허공에서 파르락 하는 옷자락 소리가 들리더니 뜬금없이 장발 괴인의 모습이 눈앞에서 보이는 것이 아닌가.

"흐업!"

갑자기 허공에서 뚝 하고 사람이 떨어져 내리자 진금발은 너무 놀라 헛바람을 내쉬었다.

그 순간 둔탁한 타격음이 터져 나왔다.

퍽!

덕원이 질질 시간을 끌고 있자 짜증이 치민 상빈은 궁신탄영의 신법을 펼쳐 진금발에게로 떨어져 내린 것이다. 그리고는 앞뒤 재지 않고 강하게 복부를 가격해 버렸다.

평범한 일격이었지만 내력이 충만했기에 한 방으로 족했다. 갑작스런 상빈의 출몰에 전의를 상실해 버린 진금발은 허물어지듯 쓰러져 버렸고, 그것으로 태음장의 무사들은 모두 바닥에 눕게 되었다.

"흐흐. 그래, 덕원아, 좀 어때 보이냐?"

상빈은 쓰러져 있는 장도명을 보면서 음흉한 미소를 짓고 있었다.

그가 장도명을 구한 데는 이유가 있었다. 아무렴 남의 일에 어지간해선 참견을 안 하는 상빈이 이유없이 진금발을 때려눕혔겠는가.

물론 그에 대해 제대로 파악하지 못한 자라면 그저 곤경에 처한 이를 구한 것으로 여겼을 것이고, 상빈의 급한 성격을 알고 있는 덕원은 자신이 시간을 끌었기 때문에 몸소 나선 것으로 생각했다.

바로 좀 전까지만 해도 전음으로 빨리 끝내 버리라고 노래를 불러 댔으니 그런 생각은 어쩌면 당연한지도 몰랐다.

하지만 상빈의 속셈은 다른 곳에 있었으니 장도명을 통해 무공을 배울 방법을 떠올린 것이다.

'흐흐, 이놈을 내 제자로 만들고 덕원에게 가르치도록 하는 거야. 그러면 나는 옆에서 지켜보기만 해도 무공을 배울 수 있겠지?'

자신이 생각해도 정말 묘책이 아닐 수 없었다. 가뜩이나 덕원의 화려한 무공을 봤던지라 무공에 대한 갈증은 더욱 커져만 갔다. 하지만 이 방법을 이용하면 별다른 무리 없이 무공을 익힐 수 있을 거라 생각하자 목에 걸렸던 체중이 단숨에 내려간 느낌이었다.

그는 생각만으로도 기분이 좋아져 입 꼬리를 말아 올린 채 중얼거렸다.

"사부, 사부? 사부!"

자신이 불리어질 호칭이었으니 낯설지 않으려면 귀에 익숙해질 필요가 있었다.

그가 혼자서 실실거리고 있자 장도명을 살피는 데 여념이 없던 덕원이 잠시 고개를 들었다. 웃음을 머금고 있는 상빈과는 달리 덕원의 얼굴은 상당히 굳어 있었다. 장도명의 상처가 여간 위중한 게 아니었기 때문이다.

“사숙!”

“왜?”

덕원은 다급하게 불렀는데 혼자서 상상에 빠져 있던 상빈은 퉁명스럽게 대꾸했다. 한참 사부라는 호칭에 익숙해지기 위해 연습 중인데 갑자기 자신을 부르는 바람에 흥이 깨진 것이다.

“사숙, 도와주십시오. 장 공자가 위급합니다.”

“응, 으응?”

대수롭지 않게 대답했던 상빈은 뒤늦게 덕원이 한 말을 알아듣고는 정말 호들갑스런 반응을 보였다.

하나밖에 없는 제자가 위급하다는데 어찌 놀라지 않겠는가.

당사자 간에 사제의 관계를 맺은 것도 아니고 그저 자신이 즉흥적으로 생각해 낸 것이지만 목숨까지 구해줬는데 거부하지 못할 거라는 것이 그의 생각이었고, 원체가 제 맘대로이다 보니 그런 생각을 떠올린 순간부터 장도명은 자신의 제자로 낙인 찍혀 있었다.

그렇기 때문에 하나밖에 없는 제자의 상세를 살펴보기 위해 그는 호들갑스럽게 자리에 주저앉으며 덕원을 밀쳐 냈다.

“비켜라! 내가 봐야겠다!”

거칠게 덕원을 밀어낸 그는 장도명의 맥문을 짚는 한편 가슴의 베인 상처를 살펴보았다.

“음…….”

“사숙, 어떻습니까? 혈맥을 다쳐 너무 많은 피를 흘렸습니다. 더욱이 진기를 소진한 듯 숨이 고르지 못합니다.”

상빈이 침음성을 내뱉자 덕원은 다급하게 말했다.

"혹시 약 남은 거 있냐?"

급한 마음에 덕원을 밀쳐 내기는 했지만 그가 의술에 대해 알 리가 없었다. 그저 상처를 입으면 혈을 짚고 내력을 이용하여 주변의 조직들을 활성화시켜 새살이 돋는 것을 돕는 방법밖에는 알지 못했다.

하지만 그러한 방법은 몸을 회복시키는 데 도움을 주는 방법이기는 했지만 근본적인 치료 방법은 아니었기에 이만저만 난처한 게 아니었다.

차라리 몰랐으면 모를까 장도명의 숨결이 희미한 것이 안타깝기 그지없었다.

"모두 사용하고 아무것도 없습니다."

"크흠!"

상빈은 다시 신음을 내뱉었다.

"그러나 있다고 해도 지금 장 공자의 상태에는 크게 도움이 되지 못할 것 같습니다."

덕원의 목소리는 잦아들어 갔다.

상빈의 외상을 치료하기 위해 그동안 많은 약초들을 모아놨었지만 대부분 사용하고 남은 것이 없었다. 하지만 있다고 해도 이 정도로 위중하다면 그런 약초로는 치료하지 못할 것이다.

지금 장도명에게 필요한 것은 그런 외상을 치료하는 약초가 아니었다. 흐르는 피야 혈도를 짚고 약초를 바른다면 회복할 수 있겠지만 잦아든 호흡을 되돌리기 위해선 그런 방법으로는 불가능했다.

"이럴 줄 알았으면 그 대호를 잡았어야 했는데……."

상빈은 대호를 놓친 것이 떠올라 또다시 아쉬운 생각이 들었다.

종합 건강 식품이라고 할 수 있는 대호를 눈앞에서 놓쳤으니 어찌 후회가 되지 않겠는가.

'그놈만 잡았으면 내 제자도 살리고 나도 보신을 했을 텐데 기껏 도라지보다 못한 것에 눈이 팔려서 그놈을 놓치고 말았다니.'

상빈은 아쉬운 생각에 혀를 차다가 품속을 뒤져 산삼을 꺼내 들었다.

자그마한 게 별다른 효능은 없어 보였지만 그래도 없는 것보다는 나을 것 같았다.

"우선 이거라도 먹이자."

"사숙, 그것은 무엇인지요?"

"산… 삼!"

"네? 산삼이라고요?"

"그래, 일단 산삼이라고 해두자."

산삼이라고 부르는 게 왠지 부끄러웠다.

"그나저나 이것을 어떻게 먹이지?"

이것이라도 먹일 요량이었는데 막상 먹이려고 하니 방법이 막막했다. 의식이 없는 장도명이 씹어 먹을 리가 만무했고 그렇다고 약탕기가 있어 달여 먹일 수도 없지 않은가.

상빈은 머리를 긁적이다가 덕원에게 산삼을 건넸다.

"네가 먹여!"

"네? 무슨 말씀이신지요?"

"씹어 먹이라고. 설마 나보고 하라는 것이냐?"

아무리 제자로 삼을 생각이었지만 비위가 상해 그런 건 딱 질색이었다. 상빈은 자리를 털고 일어나며 말했다.

"나는 물이나 떠와야겠으니 알아서 해라."

상빈은 신법을 펼쳐 숲속으로 사라져 갔고, 덕원은 잠시 그런 그를 바라보다가 고개를 돌렸다.

"사숙께서도 걱정이 많이 되시나 보군."

말로는 상관없는 자들이라고 그냥 놔두라고 하더니 막상 병자를 접하자 자신보다 더욱 애쓰는 것 같았다. 역시 사숙은 말은 거칠지만 행동은 따듯한 사람이라는 생각이 들었다.

덕원은 고개를 숙여 상빈이 건네주고 간 산삼을 보았다. 오늘 하루 종일 안 보인다 했더니 아마도 이걸 캐느라 그런 것 같았다.

산삼은 작았다. 하지만 의식이 없는 장도명이 이것을 삼키려면 자신이 씹어서 넘겨줘야만 했다.

그는 얼굴을 붉혔다. 아무리 치료를 위해서라지만 자신이 씹던 것을 넘겨주려고 하니 망설여진 것이다.

"아미타불, 내가 무슨 생각을 하는 것이지?"

다급한 장도명을 앞에 두고 쓸데없는 생각을 한 것 같아 스스로를 꾸짖은 그는 작게 불호를 외우며 손끝으로 산삼에 묻어 있는 흙을 털어냈다.

"으응?"

산삼을 털던 그의 손이 돌연 멈춰졌다.

그러더니 무언가 놀라운 것을 본 듯 두 눈이 휘둥그레지는 것이 아닌가.

"이, 이것은?"

덕원은 입을 떡하고 벌리고 말았다. 상빈이 주고 간 산삼은 보통 산삼이 아닌 것이다.

"만년삼황(萬年蔘皇)!"

얼마나 놀랐는지 장도명의 목숨이 경각에 달해 있는 것도 잊고 그는 산삼을 바라보기 시작했다. 조심스럽게 남은 흙을 털어내 보니 유난히 붉은 빛이 감돌고 중간에 왕(王) 자 모양의 홈이 파여 있는 것으로 보아 이것은 만년삼황이 틀림없었다.

이제 덕원은 아예 넋이 나가 버려 석상처럼 굳어버렸다.

사숙이 아무렇지 않게 던지고 간 이 한 뿌리의 산삼은 무림인이라면 꿈속에서라도 그리는 전설의 영초였으니 덕원의 수양이 조금만 부족했다면 아마도 까무러치고 말았을 것이다.

만년삼황은 쉽게 말하면 바로 삼 중의 왕이었다. 모양새는 인간의 형상을 하고 있는 다른 삼들과 크게 다를 바가 없었으나 삼황은 유난히 붉은 몸통에 왕 자 모양의 홈이 새겨져 있는 것이 그 특징이라고 할 수 있었는데, 극양(極陽)의 기운을 가지고 있어 함부로 복용했다간 전신 혈맥이 모두 녹아버리는 것으로 알려져 있었다.

그렇지만 만연삼황을 극음(極陰)의 기운을 가지고 있는 영약과 복용한다면 단숨에 삼갑자의 내공을 얻을 수 있고 임독양맥을 타통함과 동시에 전신 세혈을 뚫어 금강불괴와 만독불침의 경지에 이른다고 전해져 내려오는 희대의 영약이었다.

덕원은 다시 한 번 고개를 내저으며 자신이 잘못 본 것이 아닌가 재차 확인하게 되었다. 하지만 아무리 살펴보아도 자신이 들고 있는 것은 만년삼황이 틀림없었다.

다만 그 크기가 작은 것으로 보아 산삼이 품고 있는 다른 기운은 모두 배출해 버리고 양기만을 흡수하기 시작한 것으로 보였지만 그것만으로도 대단히 귀한 영약임에 틀림없었다.

"도대체 사숙께선 이 귀한 것을 어디서 구한 것일까?"

너무 놀란 덕원은 자신도 모르게 중얼거렸지만 대답을 해줄 자는 자리에 없었고 지금은 그것이 중요한 게 아니었다. 과연 이것을 장도명에게 먹여도 되는지 의문이 든 것이다.

'극양의 기운을 가지고 있어 함부로 먹이면 오히려 독이 될 텐데……'

만년삼황은 영약이기는 하나 그 자체로는 극독과 마찬가지였으니 결코 이것만은 먹일 수가 없었다.

'하지만 사숙께서 그것을 모르고 주시진 않으셨을 텐데……'

자신이 모르는 만년삼황의 복용법이 있으리라 생각한 그는 섣불리 만년삼황을 먹이는 것을 포기하고 장도명의 명문혈에 손을 갖다 대고 진기를 주입했다.

일단 상빈이 올 때까지 더 이상 상태가 안 좋아지는 것을 막기 위해서였다. 잠시 후 진기를 주입하던 덕원은 주위가 시끄러워진 것을 깨닫고는 조심스럽게 주변을 살폈다.

몸을 일으켰던 태음장의 무사들이 구칠에게 걷어차여 쓰러지는 것이 보였다. 아마도 상빈이 사라지고 덕원이 진기를 주입하기 위해 자리에 앉자 그 틈을 노려 도망치려고 한 것 같았다.

"허억! 헉! 대사님, 제발 그 친구를 구해주십시오."

구칠은 비틀거리며 다가와 말했다. 태음장에 잡혀가 고문을 당하기는 했으나 아마 이곳에 있는 자들 중 가장 상처가 적은 자는 그였는지도 몰랐다.

그는 바닥에 떨어진 검을 주워 들고는 덕원의 곁에 서서 경계를 했다. 무공을 몰라 덕원이 하고 있는 것이 정확이 무엇인지는 몰랐지만 장도명을 구하기 위해 애쓰고 있다는 것은 알고 있었다.

그때 어디론가 사라졌던 상빈이 굵은 나무 통에 물을 담아왔는데, 급한 김에 나무 속을 파내어 물통을 만들었는지 제법 많은 양의 물을 가져왔다.

"뭐야? 먹이라는 삼은 먹이지 않고 뭐 하는 거냐?"

상빈은 덕원의 손에 쥐어진 산삼을 보고는 대뜸 소리쳤다.

작지만 명색이 산삼이었다. 더욱이 대호와 싸우면서 가슴과 등 쪽에 상처까지 입고서 얻은 거였는데 그 크기가 작아서 홀대받는 것 같아 화가 치밀어 올랐다.

"그래, 어차피 내 제자가 될 놈인데 내가 챙기지 않으면 누가 챙기겠 냐!"

성질 같아서는 대뜸 덕원의 머리통을 갈겨 버리고 싶었지만 진기를 주입하고 있었기 때문에 차마 건드리지는 못하고 그의 손에서 산삼만 을 낚아챘다.

그리고는 자신이 씹어 먹일 생각으로 산삼을 뿌리째 입에 물고 씹어 대기 시작했다.

"으적으적!"

진물이 배어 나오자 향긋한 향취가 입 안 가득 묻어났다.

'음, 산삼 맛이라는 게 이런 것이었군. 향내가 아주 좋은데?'

약간은 시큼하면서도 떨떠름한 것이 결코 싫지 않았다.

그는 계속해서 산삼을 씹어대다가 으깨놓은 산삼 조각을 꺼내어 장 도명의 입에 넣어주었다. 그리고는 남은 산삼 뿌리를 다시 씹어 먹으 며 장도명에게 물을 먹이려다가 진기를 주입하고 있던 덕원의 얼굴이 백지장처럼 허옇게 질려 있는 것을 보게 되었다.

"……!"

"이놈, 왜 그래? 뭐야? 설마 더럽다고 생각하는 거야?"

상빈은 자신이 씹던 것을 먹였기 때문에 덕원이 저런 표정을 짓는 것이라 생각했다. 하지만 이내 그것이 아니라는 것을 알 수 있었다.

서둘러 진기를 거둔 덕원이 그제야 입을 연 것이다.

"사숙, 어찌 그것을 함부로 먹이십니까?"

내력을 운용한 상태에서 함부로 입을 열었다가는 주화입마에 빠질 수 있었기 때문에 지켜보고 있을 수밖에 없었는데 너무 놀란 나머지 서둘러 진기를 거둘 수밖에 없었다.

"네 이놈! 지금 사람의 목숨이 경각에 달했는데 이것저것 따질 필요가 있느냐! 이거라도 써봐야 할 것 아니냐!"

"그건 아니지만……."

덕원은 말끝을 흐렸다.

틀린 말은 아니었다. 이대로 있다간 장도명의 목숨은 장담할 수 없었으니 마냥 두 손을 놓고 있는 것보다는 위험을 감수하더라도 시도하는 게 좋을 수도 있었다. 그러나 만년삼황의 가치와 위험성에 비하면 성공한다는 보장이 너무나 적었으니 주저하게 된 것이다.

하지만 지금은 별다른 방법이 있는 것이 아니었기에 덕원은 작게 고개를 끄덕인 후 다시 장도명에게 진기를 주입하기 시작했고, 상빈은 씹어 먹던 산삼을 장도명에게 넣어주었다.

"이런 젠장, 네놈하고 이야기하느라 내가 다 먹어버렸잖아!"

진물은 물론 씹어대던 산삼조각까지 이야기하느라 거의 삼켜 버린 것이다.

하지만 진기를 주입하고 있는 덕원은 입을 열지 못했다. 오로지 장도명에게 전 신경을 쏟고 있었다.

그리고 잠시 후, 그들의 노력에 화답이라도 하듯 장도명의 몸에서 반응이 보였다.

지금까지 일방적으로 진기를 받아들이는 것과는 달리 장도명의 단전에서 무언가 뜨거운 기운이 화답하고 있었다.

'아, 만년삼황이 효과가 있었구나.'

덕원은 진기를 조금 더 집어넣으며 장도명의 반응을 살폈다. 만년삼황의 기운은 갑자기 용솟음치듯 뻗쳐 나오며 장도명이 주입한 진기를 밀쳐 냈는데 그 반발력이 상상 이상이었다.

이것은 너무나 강한 기운이었다. 장도명은 주입하던 진기를 되돌린 후 조심스럽게 손을 떼었다.

꺼져 가던 숨을 되돌리기는 했지만 앞으로 무엇을 해야 할지 알지 못했기에 막막했다. 이제는 자신이 어쩌지 못할 정도로 만년삼황의 기운은 커지고 말았다.

덕원은 장도명을 바라보며 급히 상빈을 불렀다.

"사숙, 장 공자를 살펴주십시오."

하지만 상빈에게선 아무런 반응이 없었다.

"사숙, 장 공자의 숨이 돌아왔습니다. 살펴봐 주시지요."

다시 한 번 불렀지만 상빈에게선 여전히 말이 없었다.

덕원은 이상한 생각에 고개를 돌렸다.

그러자 상빈의 모습이 보였는데 가부좌를 틀고 앉은 그의 얼굴은 온통 시뻘겋게 달아올라 있었다.

"아, 만년삼황의 기운 때문에 사숙께서도 운기조식을 하는구나."

무작정 만년삼황을 씹어댔으니 그 기운에 영향을 받는 것은 당연한지도 몰랐다.

덕원은 잠시 상빈과 장도명을 바라보다가 이내 고개를 돌렸다.

상빈의 상태도 걱정이 되었지만 아무래도 장도명이 더욱 위급했기 때문이다. 그는 다시 한 번 명문혈에 장심을 갖다 대었다. 이 기운을 다스리지 못한다면 장도명의 목숨은 장담할 수 없었다.

아무래도 힘든 싸움이 될 것만 같았다.

그때 상빈은 하복부로부터 느껴지는 엄청난 고통에 정신을 차릴 수 없었다.

마치 누군가가 뜨거운 횃불을 뱃속으로 집어넣고 오장육부를 헤집고 다니는 것 같은 느낌이었다. 극양의 기운을 가진 만년삼황의 기운이 전신으로 뻗쳐 나오고 있는 것이다.

"크르륵… 으윽!"

상빈은 가부좌를 틀고 앉아 운기조식을 하면서 입으로는 연신 신음을 토해냈다.

"으윽! 도대체… 왜 이러는 거지?"

자신이 먹은 것이 만년삼황이라는 것을 모르는 그는 알 수 없는 기운에 당황하고 있었다. 영문도 모른 채 갑자기 치솟아오르는 진기를 다스리는 것은 아무리 일신의 내력이 남다르다고 해도 결코 쉬운 일이 아니었다.

상빈은 알 수 없는 기운에 의해 진기가 용솟음치자 일단 혼원조화신공을 운용하여 진기를 억누르려 했다. 하지만 이것은 잘못된 판단이었다. 극양의 기운을 가진 만년삼황의 기운은 억누른다고 눌려지는 것이 아니었다.

혼원조화신공은 반야심공과 수라참마공이라는 서로 다른 기운을 가진 내력을 융화시키는 희대의 내공심법으로 두 기운이 조화롭게 어우러져 있었는데 거기에 극양의 기운을 가진 만년삼황의 기운이 끼어들자 팽팽하게 유지되고 있던 균형이 깨지고 만 것이다.

"크으윽! 흐윽!"

상빈은 가부좌를 튼 자세 그대로 고통에 몸을 비틀었다.

아무리 억누르려고 해도 단전으로부터 치솟은 불길은 사그라지기는커녕 오히려 전신 세맥을 통해 퍼져 나가고 있었다.

"설마… 독초?"

아무래도 산삼이 문제인 것 같았다. 그렇지 않다면 갑작스레 몸이 이상한 반응을 보일 리가 없는 것이다.

'크흐윽! 이놈의 호랑이새끼! 감히 나에게 독초를 주다니……!'

상빈은 까무러칠 것 같은 고통을 참아내며 이를 갈았다.

자신을 살려달라는 듯이 비굴한 모습으로 산삼을 가리키던 대호의 모습이 떠올랐다.

아무래도 제대로 속은 것 같았다.

그렇지 않다면 불귀곡에서 숱한 독충들을 잡아먹은 관계로 독에는 상당한 내성을 가진 자신이 중독될 리는 만무했기 때문이다.

너무 분했다. 하찮은 미물에 속았다고 생각하자 몸속을 헤집고 다니는 불덩이보다 분한 마음이 더욱 그를 괴롭혔다.

그러는 사이에 화염처럼 타오르는 열기는 혈로를 태우며 전신을 맴돌았고 그것들은 급기야 상빈의 중극(中極), 자궁(紫宮), 미려(眉閭)를 지나 임맥(任脈)을 향하여 빠르게 들어갔다.

그러자 상빈의 몸은 마치 날벼락을 맞은 것처럼 허공으로 떠올랐다가 땅에 떨어졌다.

이젠 더 이상 정신을 차릴 수가 없었다. 독기가 혈도를 태워 버리려고 하는 건지 아니면 공력을 흩으리려고 하는 건지 도저히 알 수가 없었다.

얼마 후 상빈은 전신을 태울 것 같은 열기에 완전히 의식을 잃고 말았다. 그의 몸은 썩은 나무가 부러져 나가듯이 머리부터 앞으로 고꾸라졌는데 땀으로 가득했던 얼굴은 이내 흙범벅이 됐다.

상빈이 쓰러져 버리자 덕원을 호위하고 있던 구칠은 크게 당황했다.

어느 정도 몸을 추스른 태음장의 무사들은 호시탐탐 몸을 일으키려고 했는데 믿고 있던 덕원은 장도명을 구하느라 정신이 없었다. 그런데 멀쩡하던 상빈마저 바닥에 쓰러져 버린 것이다.

덕원의 곁을 떠나자니 아무래도 태음장의 무사들이 걱정이 되었고 그렇다고 상빈을 방치하자니 자신들을 구해준 스님에게 미안한 마음이 들었다.

결국 구칠은 발걸음을 옮겨 상빈의 곁으로 다가갔다.

"이보십시오, 괜찮으십니까?"

조심스럽게 불러보았지만 바닥에 얼굴을 묻고 있는 상빈에게선 전혀 반응이 없었다.

"이거참, 어떻게 하지?"

잠시 망설이던 그는 상빈을 일으켜 세우기 위해 그의 어깨를 잡아당겼는데 뜻밖에도 너무나 뜨거워 깜짝 놀라 손을 놓고 말았다. 상빈의 몸은 도저히 사람의 몸이라고는 생각할 수 없을 정도로 뜨거웠다. 눈으로 보기에도 얼굴이 시뻘겋게 달아올라 있었지만 이처럼 뜨거울 줄은 생각도 못했다.

쿵!

구칠이 놓치는 바람에 상빈의 얼굴은 다시 땅바닥에 묻히고 말았다.

"뭘 알아야 돕든가 하지. 이거 괜히 건드렸다가 더 안 좋아지는 건 아닐까?"

안타깝기는 했지만 무인들이 기이한 행동을 할 때는 섣불리 건드려서는 안 된다는 말을 들은 적이 있었다. 구칠은 상빈을 살펴보는 것을 포기하고 덕원의 곁으로 가 그를 지키기로 마음먹었다. 믿을 것은 오로지 그밖에 없었다.

그때였다. 갑자기 상빈의 몸에서 허연 김이 솟아올랐다.

스스스!

마치 팔팔 끓어오르는 용천수를 몸에 끼얹은 듯 상빈의 전신에선 모락모락 김이 솟아오르고 있었다.

"어? 뭐야? 갑자기 왜 저러지?"

구칠의 눈이 휘둥그레지는 와중에 상빈의 몸이 움직였다.

흙바닥에 묻혀 있던 얼굴이 옆으로 돌리려지는가 싶더니 이내 하늘을 보고 누운 것이다.

그는 손바닥을 땅에 대고 큰대 자로 누웠다. 그가 누운 주변에는 연신 김이 솟아올랐지만 얼마 지나지 않아 그러한 것들은 사라졌다.

다만 김은 그의 양손으로 몰려가 마치 젖은 장작개비를 태우는 것처럼 연기가 솟아오르고 있었다.

"휴, 걱정을 했는데 이제는 괜찮은가 보네?"

그 모습을 지켜보던 구칠은 내심 안도했다.

어떤 이유에서인지는 몰랐지만 벌겋게 달아올랐던 얼굴도 가라앉아 있었으니 자신이 걱정을 하지 않아도 될 것 같았다.

그랬다. 구칠의 생각처럼 상빈의 상태는 회복되고 있었다. 만년삼황의 기운에 정신을 잃었던 그는 구칠이 건드리는 바람에 정신을 차릴 수 있었다. 어떤 이유에서인지 인두로 후벼 파던 것 같던 고통이 줄어들어 있었다.

정말 죽지 않은 것이 신기할 정도였는데 이것은 불귀곡에서 독에 노출되어 있는 생활을 한 것이 도움이 되었다. 독무가 가득한 불귀곡에서 매일같이 독충들을 잡아먹다 보니 상빈의 몸에는 많은 독기가 쌓여 있었는데 만년삼황의 기운이 독기를 태우며 사그라진 것이다.

만년삼황이 극양의 기운을 가지고 있다고는 하나 그가 구해온 것은 양기를 모은 지 얼마 되지 않은 작은 크기였다. 더욱이 장도명에게 건네주느라 나눠 먹은 까닭에 그 양도 많지 않았다.

일단 독기를 태우느라 만년삼황의 기운이 주춤거리자 혼원조화신공이 오묘한 작용을 하기 시작했다. 바로 만년삼황의 기운을 융화하기 위하여 움직인 것이다.

스스스!

상빈의 몸에선 연신 김이 솟아올랐다. 혼원조화신공이 만년삼황의 기운을 받아들이는 한편 극양의 기운을 그의 모공을 통하여 배출하기 시작했다. 상빈은 갑자기 화기(火氣)가 수그러들며 갑갑했던 몸이 개운해지자 스스로 몸을 눕히고 만년삼황의 양기를 몰아내기 시작했다.

정말 아쉬운 순간이었다.

희대의 영약이라고 할 수 있는 만년삼황의 기운을 밖으로 몰아내고 있는 것이다. 하지만 제아무리 좋은 영약이라고한들 제대로 된 용법으로 사용하지 않는다면 극독과도 같은 법.

상빈은 목숨을 부지하기 위해 최선을 다하는 것이다.

얼마 지나지 않아 상빈은 내력을 움직일 수 있게 되었다. 그는 큰대자로 누워 바닥에 손을 대고는 운기조식을 했다. 이른바 누운 자세로 하는 와공(臥功)이었다.

그는 혼원조화신공을 운용하는 한편 양손으로는 화기를 몰아내었고, 일단 내력을 조절할 수 있게 되자 몸은 빠르게 안정되었다. 일 다경이 지나지 않은 시간에 만년삼황의 기운을 몰아내게 된 것이다.

"휴, 하마터면 죽을 뻔했네."

상빈은 몸을 일으켜 세웠다. 그런데 그의 몸 동작이 매우 가벼워 보이는 게 죽을 고비를 넘긴 사람이라고는 생각할 수 없을 정도였다.

"으응? 왜 이러지?"

스스로 생각해도 이상한지 주춤거렸다. 그는 빠르게 몸 상태를 살펴보았다.

이상했다. 화기를 다스리느라 몰랐지만 자신이 몸에 전혀 새로운 기운이 자리잡고 있는 것이다.

그의 내력은 반야신공과 수라참마공의 기운이 균형을 잡고 있었는데 지금은 알 수 없는 뜨거운 기운까지 함께하여 세 기운이 융화되어 있었다. 혼원조화신공의 구결에 따라 내력을 운공하는 바람에 만년삼황의 기운이 함께하게 된 것이다.

포용할 수 있는 만큼만 받아들이고 나머지는 배출한 것을 보면 혼원조화신공은 정말 희대의 내공심법이 아닐 수 없었다.

"뭐야, 이거? 내력이 증가했잖아?"

만년삼황의 기운을 모두 흡수했다면 임독양맥을 타통시켜 탈태환골을 이룰 수 있었을 테지만 그것을 모르는 상빈은 내력이 증가해 있는 것으로도 크게 기뻐했다. 그 화기가 강하여 받아들이기가 싶지 않았을 뿐 생각처럼 독초는 아니었다.

"크하하! 덕원아!"

그는 입이 찢어지도록 웃으며 이 기쁘고도 놀라운 상황을 덕원에게 말하려 했다. 하지만 장도명을 구하기 위해 혼신의 힘을 쏟아붓고 있는 덕원에게선 아무런 대꾸도 없었다.

"이런, 저놈도 그걸 먹었지?"

그제야 장도명의 상태를 발견한 상빈은 서둘러 덕원의 곁으로 다가갔다.

"비켜봐라. 내가 살펴야겠다."

상빈의 말에 덕원은 조심스럽게 손을 뗴었다. 그렇지 않아도 더 이상 견딜 수가 없었다.

만년삼황의 기운은 자꾸만 백회혈(百會穴)로 몰리고 있었다. 백회혈은 인체에서 가장 치명적인 사혈(死穴)이다. 때문에 만년삼황의 기운을 백회혈 주위에 있는 임독이맥으로 이끌려고 했으나 뜻대로 움직이지 않는 것이다.

장도명의 몸에서 손을 뗀 덕원은 쓰러지듯 바닥에 누웠다. 전신은 땀으로 범벅이 되어 있었다. 내력의 소모가 너무나 컸다.

"헉헉! 사숙께서는 몸을 회복하셨군요?"

"푸하하! 그뿐인 줄 아느냐? 내력까지 올라갔다!"

상빈은 호탕하게 웃으며 장도명의 몸에 손을 대었다. 한 번 경험해 본 적이 있었기에 장도명의 몸속에 있는 기운을 받아들여 밖으로 배출하려고 한 것이다.

"응?"

그러나 생각처럼 쉽지 않았다. 일단 혼원조화신공을 운용하여 화기를 받아들이려고 했는데 이상하게도 좀처럼 움직이지 않는 것이다.

혼원조화신공은 조화롭게 기운을 추스르는 심공이었기 때문에 따로 흡자결(吸字訣) 등을 운공하지 않아도 기본적으로 타인의 내공을 받아들일 수 있었다. 하지만 장도명의 몸속에 있는 화기는 받아들일 수 없었다. 오히려 반발력이 있어 자꾸만 밀어내려고 하였다.

'이런, 더 이상 화기를 받아들이지 못하는구나.'

일단 균형이 잡히자 혼원조화신공은 더 이상의 화기를 받아들이려 하지 않았다.

상빈은 입술을 질끈 깨물었다.

기분 좋게 등 뒤에 앉았는데 자칫 손도 쓰지 못하고 물러나게 생긴 것이다. 다급했다. 화기는 자꾸만 장도명의 백회혈로 몰리고 있었다.

상빈은 힐끗 덕원을 보았다. 아무래도 다시 자리를 옮겨야만 할 것 같았다. 하지만 바닥에 쓰러져 있는 것을 보니 맡긴다고 크게 달라질 것 같지는 않았다.

'이렇게 되면 어쩔 수 없다. 차라리 백회혈을 뚫어야겠다.'

상빈은 이를 악물었다. 더 이상 시간을 지체했다간 전신 심맥을 다쳐 목숨을 잃을 것이 분명했기에 차라리 백회혈과 함께 임독양맥(任督兩脈)을 뚫어 화기가 움직일 만한 길을 내주는 것이 좋을 것 같았다.

웅웅!

마음을 정한 상빈은 내력을 쏟아 부었다. 그러자 걸치고 있던 옷들이 산산조각나며 부서져 내렸다. 만년삼황의 뜨거운 열기에 의해 반쯤 타 들어갔던 옷들이 내력을 감당하지 못한 것이다.

그러나 그런 것에 신경을 쓸 틈은 없었다.

그는 내력을 쏟아 부어 백회혈을 보호하는 한편 내력의 방향을 염천혈(廉天穴)로 유도하기 시작했다.

화기가 뜻대로 움직이지 않아 내력의 소모는 상당히 컸다. 원하는 곳으로 움직이기 위해선 일일이 혈로를 막아 길을 만들어내야만 했다.

콰광!

염천혈은 쉽게 무너졌다. 화기와 상빈의 내력이 함께하니 버티지 못한 것이다. 상빈은 서둘러 승장혈(承漿穴)과 대추혈(大椎穴)로도 기운을 움직였다.

불귀곡에서 빠져나오기 전에 이미 임독양맥을 타통했던 그는 조금도 주저하지 않고 내력을 움직였고, 그 덕분에 독맥을 거쳐 다시 백회혈로 돌아올 때까지 걸린 시간은 얼마 되지 않았다.

하지만 지금부터가 중요했다. 정수리 부근에 있는 백회혈은 화기가 몰려 있는 것만으로도 다칠 수 있을 정도로 위험한 곳이었다.

'단번에 뚫어야 한다.'

상빈은 스스로에게 다짐을 하고는 백회혈을 보호하고 있던 내력을 거두었다. 그리고 화기의 움직임을 살폈다.

생각대로 화기는 백회혈을 노리고 달려들었고, 기운이 몰리는 것만으로도 장도명의 몸은 크게 들썩였다.

'지금이다!'

상빈은 한 손으로 그의 어깨를 붙잡는 한편 혼신의 힘을 다해 내력을 주입했다.

쾅!

상빈의 내력과 만년삼황의 기운이 합쳐지자 백회혈은 물고가 터져 나가듯이 무너져 내렸다.

'휴, 다행이다. 일단 심맥이 다치는 것은 피한 것 같다.'

상빈은 자신도 모르게 한숨을 내쉬었다.

임독양맥과 함께 백회혈을 열어주었으니 더 이상 화기가 뭉치는 것은 걱정할 필요가 없었다. 모든 혈도를 열어버렸기 때문에 진기가 막힐 리 없었다.

'이 녀석, 운이 좋군. 나중에 이자를 단단히 받아야겠어.'

이대로 목숨을 부지할 수만 있다면 장도명은 고수의 반열에 들 수 있을 것이다. 임독양맥(任督兩脈)의 타통으로 인해 앞으로는 내력을 사용하는 것이 능숙해지기 때문이다.

앞으로 열심히 수련한다면 내력의 소모가 큰 상승무공들도 거침없이 펼칠 수 있을 테니 장도명에겐 보통 횡재가 아니었다.

'그나저나 이 기운은 어떻게 추스르지?'

임독양맥과 백회혈을 뚫은 것으로 일단 다급한 상황은 모면할 수 있었지만 그렇다고 문제가 해결된 것은 아니었다. 이 기운을 다스려야만 장도명을 구할 수 있었다.

하지만 정작 기운을 다스려야 할 장도명은 의식을 잃고 있으니 어쩔 수 없이 상빈은 자신의 내력을 이용하여 기운을 다스릴 수밖에 없었다.

상빈은 계속해서 내력을 주입했다. 자신의 몸으로 화기를 받아들일 수는 없지만 혼원조화신공과 어우러진다면 기운이 감소될 것이라 생각했다.

얼마나 시간이 흘렀는지 그의 얼굴에는 땀이 맺혀 있었고, 평상시와는 다른 진지함이 묻어 있었다.

상빈은 장도명의 몸과 동화되어 있었다.

무념무상(無念無想)!

그는 혼신의 힘을 다하여 기운을 움직여 갔고, 내력이 일주천(一周天)하기를 반복하자 점점 화기가 줄어드는 것을 느낄 수 있었다. 상빈이 주입해 준 혼원조화신공의 내력과 만년삼황의 기운이 어우러지기 시작하는 것이다.

그때였다. 갑자기 장도명의 몸에서 변화가 생기기 시작했다. 단전에서 만년삼황의 기운을 빨아들이는 것이다.

슈우웅!

'왜 이러지?'

상빈은 상황을 지켜보았다. 그러나 한 번 만년삼황의 기운을 받아들이기 시작한 단전은 멈추지 않았다. 급기야 상빈의 내력까지 흡수하기 시작한 것이다.

"헛!"

너무 놀란 상빈은 헛바람까지 내쉬며 황급히 자신이 내력을 거두어들였다. 기껏 고생을 해서 구해주었는데 자신의 내력까지 날로 먹으려 드는 것이다.

상빈은 명문혈에서 손을 떼었고, 그와 동시에 장도명의 몸에선 빛이 나기 시작했다.

"아니, 이게 뭐야?"

알 수 없는 광채에 상빈은 경악을 금치 못했다. 빛은 너무나 찬란해 눈이 부실 정도였다.

그가 놀라는 와중에 광채는 더욱 빛을 발했고, 그와 함께 장도명의 옷이 부서져 내렸다. 또한 큰 상처를 입은 그의 몸도 팽창했다 수축하기를 반복하더니 마침내는 살갗이 갈라지기 시작했다.

온몸에서 뼈마디가 어긋나는 소리가 들리며 갈라진 사이에서는 새 살이 돋아나기 시작했다.

"설마 이것은?"

상빈은 돌처럼 굳어버렸다. 이러한 현상에 관해선 노괴한테 들은 적이 있었다.

그때 곁에서 그들을 바라보고 있던 덕원의 경악에 가까운 탄성이 들려왔다.

"환골탈태!"

그랬다. 장도명은 환골탈태를 하고 있는 중이었다.

무인이라면 누구나 꿈꿔보는 지극한 경지.

환골탈태는 상상을 초월하는 절정의 고수들만이 이룰 수 있다는 경지로 환골탈태하게 되면 신체는 무예에 적합하도록 바뀌고 단전의 크기 또한 바뀌어 그야말로 인간의 경지를 뛰어넘는다고 알려져 있었다.

무림에서 과연 환골탈태를 경험한 자들이 얼마나 있을까?

그야말로 손으로 꼽을 정도로 적었으니 환골탈태는 불가능에 가까운 경지라 할 수 있었다.

하지만 장도명이 어떻게 환골탈태를 하게 된 것일까?

그것은 천운(天運)만은 아니었다. 환골탈태에 필요한 모든 혈도는 열려 있었다. 상빈이 심맥을 다치지 않게 하기 위하여 혈도를 개방해

주었기 때문이다. 다만 생사현관(生死玄關)만이 타통되지 않고 남아 있었는데, 혼원조화신공과 어우러진 만년삼황의 기운이 그 생사현관까지 뚫어버린 것이다.

휘이잉!

어디선가 밤바람이 불어와 주변의 공기를 환기시켜 주었음에도 주변은 마치 시간이 정지한 것처럼 멈춰 있었다. 오로지 밝은 빛을 뿌리고 있는 장도명과 무공을 모르는 구칠만이 입을 뻐금거리며 신기한 듯 바라보고 있었다.

"허헛, 그것참!"

상빈은 긴 탄식을 내뱉었다. 백회혈과 함께 임독양맥을 타통해 주기는 했지만 스스로 생사현관까지 뚫어버릴 줄은 생각도 못했다.

기분이 묘했다. 일단 자신의 노력 덕분에 예비 제자가 목숨을 구했으니 기쁜 마음이 드는 것은 당연했다. 하지만 환골탈태라니 도저히 믿기지 않는 이 상황에 마냥 좋을 수만은 없었다.

환골탈태는 자신조차 꿈도 꾸지 못할 경지이다. 자신이 강해지는 것을 원치 않는 두 늙은이는 임동양맥을 타통해 줄 때도 정말 마지못해서 해주었다. 만약 불귀곡을 빠져나오는데 필요하지 않았다면 결코 타통해 주지 않았을 것을 그는 잘 알고 있었다.

그렇기 때문에 환골탈태에 대해서는 단 한 번도 생각해 본 적이 없었는데, 눈앞에서 새살이 돋아나고 광채가 몰아치는 것을 보니 문득 떠오르는 것이 있었다.

이것이 자신이 먹은 약초 때문에 가능한 일이었다면 자신도 환골탈태할 수 있었다는 것을 뒤늦게 깨달은 것이다.

"이런 제기랄! 이거 정말 환골탈태하는 거야?"

차라리 아니길 바랐다. 만약 그 사실을 알게 되면 너무나 후회스러울 것 같았다.

하지만 그런 바람은 여지없이 무너졌다. 상빈의 속도 모르고 덕원이 감탄을 해온 것이다.

“사숙, 정말 대단하십니다. 장 공자의 목숨을 구했을 뿐 아니라 환골탈태까지 시키시다니…….”

“허걱! 도대체 그 약초가 뭐였기에…….”

뒤늦게 약초의 정체가 궁금해졌다.

“네? 만년삼황 아닙니까? 설마 모르고 복용하신 겁니까?”

“뭐라고? 만년삼황이라고 하면 삼 중의 왕으로 불린다는 녀석을 말하는 거잖아! 그렇게 작은 것이 어떻게……?”

믿지 못하겠다는 표정을 짓던 그도 떠오르는 게 있었다. 얼마 먹지 않았음에도 정신을 놓을 정도의 열기를 품고 있지 않았던가.

이제와 생각해 보니 그것이 극양의 기운을 가진 만년삼황의 기운이었던 것 같았다.

갑자기 어두운 밤하늘이 노랗게 변했다.

“끄으윽! 그것이 만년삼황이었다니!”

“사숙, 왜 그러십니까?”

영초 중의 영초라 할 수 있는 만년삼황을 알아보지 못하고 다른 자에게 먹였다고 생각하니 혈압이 뻗쳐 올랐다.

그것만 있었다면 자신도 환골탈태를 할 수 있었을 것이고, 다른 영초와 곁들인다면 천하제일인(天下第一人)도 꿈꿀 수 있었을 것이다.

원망스러웠다.

그것의 정체를 뒤늦게 밝힌 덕원이 원수처럼 보였다.

"이놈의 자식을……."

콰당!

"사숙, 정신 차리십시오!"

장도명을 구하기 위해 많은 내력을 소비한 까닭에 상빈은 혈압을 이기지 못하고 뒤로 꼬꾸라져 버렸고, 쓰러지는 그의 두 눈에 밝은 광채는 사라져 가며 덕원이 달려오는 것만이 보이고 있었다.

달빛은 찬연하게 오주산을 비추고 있었다.

바위가 많아서일까?

유난히 황폐하게 보이는 오주산의 산세는 멀리서 들려오는 밤새 소리마저 적막하게 만들고 있었다.

휘이잉!

밤바람이 훑고 지나간 자리에 붉은 핏자국이 보였다.

그것은 장도명의 피였다. 그러나 그곳에 장도명은 보이지 않았다.

장도명을 비롯하여 다른 사람들은 모두 상빈이 숙소로 삼고 있는 사당으로 이동해 갔다. 장도명은 아직 의식을 차리지 못했으나 밤이 깊어가고 있었기 때문에 그들을 옮기느라 덕원은 고생을 해야만 했다.

다급한 마음에 손속에 사정을 두지 않은 터라 덕원에게 당한 태음장의 무사들 중 제대로 거동을 할 수 있는 자는 없었다. 덕분에 덕원은 몇 번이나 왕복해 가며 그들을 옮겨야 했고, 그동안 구칠은 검을 움켜쥐고 그들 모두가 옮겨질 때까지 지키고 있었으며, 사당에선 상빈이 그들을 노려보고 있었다.

그렇게 몇 번이나 왕복하며 사람들을 옮기던 덕원이 구칠과 함께 자리를 뜨자 오주산은 다시 평온을 맞는 듯했다. 하지만 그들이 떠나간 뒤 얼마 지나지 않아 놀라운 일이 벌어지기 시작했다.

그들이 있던 곳에서 그리 멀지 않은 곳에 놓여 있는 바위가 흔들거리더니 이내 바닥이 들썩이며 무언가가 뛰쳐나오는 것이 아닌가.

달빛에 비친 모습을 보니 그것은 사람의 모습이었다. 얼굴에는 검은 두건을 두르고 흑색 옷을 입고 있는 그는 조심스럽게 자신이 빠져나온 자리를 흙으로 덮기 시작했다.

잠시 뒤 그는 고개를 돌려 일행이 머물렀던 곳을 바라보았다.

"휴, 환골탈태라니⋯ 도저히 믿을 수가 없군."

그는 좀 전에 벌어진 일들이 믿기지 않는다는 듯 한동안 그들이 떠나간 자리를 지켜보다가 고개를 설레설레 흔들었다. 지금은 이러고 있을 때가 아니기 때문이다. 어서 빨리 동창에 보고해야만 했다.

그는 환은삼영(幻隱三影) 염사비(廉辭費)라는 자로 동창의 명을 받고 이곳을 지키고 있었던 것이다.

상빈의 종적이 오주산으로 향한 것을 알고 동창에선 수많은 무사들을 풀어 오주산 일대를 감시하게 해놓고 상빈이 움직이길 기다렸다. 그들의 목표는 상빈이 아니라 파황마제의 양일소였기 때문이다.

'다친 사람들까지 끌고 간 것을 보면 한동안 움직이진 않겠지.'

염사비는 오늘 일을 보고하기로 마음먹었다.

그가 맡은 임무는 이곳에서 상빈이 움직이기를 기다리는 것이었지만 새로운 자들도 합류했고 더욱이 환골탈태까지 시키는 것을 보았으니 가만있을 수가 없었다. 다만 자신이 자리를 뜨는 사이에 혹시라도 표적이 움직일 것이 걱정되었다.

그렇게 되면 그동안의 수고가 물거품이 되는 것이다.

하지만 이미 보고하기로 마음을 먹은 그는 더 이상 지체하지 않고 몸을 움직였다. 외곽에 대기하고 있는 동료들에게 알린 뒤 해가 뜨기 전에 돌아오려면 서둘러야만 했다.

팟!

염사비의 신형은 어둠 속으로 사라져 갔고, 오주산의 밤은 그렇게 깊어갔다.

■12장■
백두(白頭)

"그러니까 만년삼황은 그냥 먹는 게 아니라 다른 영약과 함께 먹는 거였단 말이지?"

다음날 아침 사당 앞에선 상빈과 덕원이 이야기를 나누고 있었다.

밤새도록 화를 억누르기 위해 안간힘을 쓴 상빈은 새벽녘이 되어서야 체념을 하게 되었다. 어차피 이제 와서 후회한들 엎질러진 물이었으니 원래의 계획대로 장도명을 제자로 받아들여 부려먹기로 마음먹은 것이다. 그렇게 생각하니 조금은 화가 풀렸다. 자신의 제자라면 이 정도는 돼야 말이 된다고 스스로 위안을 한 덕분이었다.

최소한 못난 놈을 제자로 둔 것보다는 편할 것 같았다. 하지만 어찌 된 영문인지 장도명은 아직까지 의식이 없었기 때문에 상빈은 부상당한 태음장의 무사들을 돌보느라 밤을 지새운 덕원을 붙잡고 이것저것 캐묻기 시작했다.

"역시 사숙께선 아무것도 모르고 계셨던 거군요? 어쩐지 이상하다 했습니다."

덕원은 눈살을 찌푸렸다. 요 근래 나름대로 키워 나가던 존경심이 심하게 흔들리는 순간이었다.

처음 상빈이 만년삼황을 꺼내놓을 때는 정말 뒤로 까무러칠 뻔했다. 만년삼황을 보고 놀라기도 했지만 천하에 둘도 없을 영약을 조금도 아끼지 않고 내놓는 모습이 존경스럽기까지 했다.

하지만 모르고 그랬다는 말을 듣고 나니 상빈의 행동이 한편으로는 이해가 되면서도 조금은 실망스러웠다.

"이게 누구 성질 건드리나? 그래, 몰랐다! 그러니까 진즉에 네놈이 말해 줬으면 됐을 거 아냐!"

상빈은 소리를 질러댔다. 억지로 참고 있었는데 또다시 화가 치밀어 올랐다.

"젠장, 어쩐지 그 호랑이새끼가 보통 놈은 아닌 것 같더라. 어이구! 젠장! 무식이 죄다, 무식한 게 죄야!"

굴러온 호박을 걷어차다 못해 자신의 손으로 남의 입에 넣어주었으니 덕원을 탓해서 뭘 하겠는가.

상빈은 한숨을 내쉬었다.

그리고는 사당을 가리키며 말했다.

"그런데 저놈은 왜 아직까지 안 일어나는 거지? 환골탈태를 했으면 날아다녀야 하는 거 아냐?"

"아무래도 상처가 컸으니 시간이 걸리나 봅니다. 하지만 곧 깨어나겠지요."

덕원은 가볍게 대답을 하고는 무언가 생각이 난 듯 말을 돌렸다.

"그런데 사숙, 저들을 어떻게 할까요?"

"누구? 저 떼거지들? 너는 어떻게 하고 싶은데? 저놈들 나쁜 놈들이라며?"

지난밤 태음장에 대해서 구칠이 설명한 것을 들은지라 상빈은 퉁명스러웠다. 남의 일에는 별로 관심도 없었고, 가뜩이나 좁은 사당에 많은 인원이 들어와 있는 것도 마음에 들지 않았다.

"아무래도 크게 다친 사람도 있어서 한동안 같이 지내야 할 것 같습니다."

"뭐라고? 이 좁은 곳에서 저놈들과 함께 지내란 말이야? 이놈이 정말 성불하려고 드네? 그냥 돌려보내. 저런 놈들을 챙겨서 뭣 하려고?"

"어차피 저희도 이곳을 뜰 생각이었으니 오래 걸리지 않을 겁니다. 그냥 며칠만이라도 함께하시지요."

덕원은 손속에 사정을 두지 않은 것이 못내 마음에 걸렸다.

"맞다. 어차피 여기를 뜰 생각이었지?"

그래선 곤란했다. 장도명을 제자로 받아들일 생각을 한 것은 덕원에게 소림 무공을 배우도록 한 뒤 곁에서 훔쳐 배우려고 한 것인데 그러기 위해서는 시간이 필요했다.

상빈은 잠시 동안 궁리를 했다.

그리고는 사뭇 진지하게 덕원을 불렀다.

"덕원아."

나직한 목소리다.

"네, 사숙."

"그 장도명이란 놈 말이다. 내 제자로 받아들여야겠다."

"제자로 거둬들이신다고요?"

"그렇다. 놈은 만년삼황을 먹고 환골탈태까지 하지 않았느냐. 그냥 내버려 두자니 너무 아까운 생각이 든다. 하여 그놈을 거두어 제대로 길러보고 싶다."

"네, 그러시군요. 저도 장 공자와 같은 분을 사제로 둘 수 있다면 기쁠 것 같습니다."

덕원도 상빈의 말에 흔쾌히 동조했다. 굳이 환골탈태를 생각지 않더라도 의창 장송정의 명성과 장도명의 곧은 성품을 보면 부족함이 없었다. 다만 그를 제자로 받아들이는 것에는 문제가 있었다.

"그런데 장 공자가 받아들일지 모르겠습니다."

"왜?"

"의창 장송정은 무당과 깊은 관계를 맺고 있는 곳입니다. 장 공자가 저희 소림과 연을 맺기는 쉽지 않을 겁니다."

"뭐라고? 내가 제자로 받아들이겠다는데도 감히 그놈이 거절할 거라고? 흥! 웃기지 말라고 그래! 그런 소리 못하도록 만들어 줄 테니까!"

상빈은 단호했다. 이건 자신의 계획을 떠나 자존심 문제였다.

"그래도 집안과 문파 간의 관계가 있으니 강압적으로 할 일은 아닌 것 같습니다."

"강압? 뭐가 강압적인데? 그놈의 목숨은 내가 구해줬고, 또한 그놈을 살리기 위해서 만년삼황이라는 천하에서 제일가는 영약을 소비했으니 그놈은 나한테 목숨으로 보답해도 부족할 판이야! 그놈이 엎드려 사정을 해도 시원찮을 판에 정말 웃기는 소리 하고 있군!"

"하지만……."

"됐어! 이제 그놈은 내 제자니까 앞으로는 너도 그렇게 대하도록 해!"

상빈은 더 이상 다른 말을 못하도록 잘라 말한 뒤 마치 방금 생각난 것처럼 말을 덧붙였다.

"그리고 태음장이라는 놈들이 몸을 회복할 때까지는 네가 그놈을 가르치도록 해라."

"제가 가르칩니까?"

보통 한 스승을 섬기는 경우 기본적인 무공은 사형들이 가르치는 경우가 많았다. 하지만 문하의 제자가 많은 경우에나 그랬지, 이렇듯 직전제자를 거두면서 자신에게 가르치라고 하자 조금 의아한 생각이 들었다.

"그래, 그놈이 몇 수 재주를 가지고 있긴 하지만 그래도 너에 비할 바는 아니지. 그러니 너는 성심껏 그놈을 가르치고 이 참에 네 무공을 되돌아보는 것도 좋을 게다."

"알겠습니다."

덕원도 더 이상 다른 말은 하지 않았다. 걱정스러워 한 말일 뿐 장도명을 받아들이는 것을 내심 반기고 있었다. 어쨌든 장도명은 환골탈태까지 한 몸이었으니 사문에 큰 복이라 할 수 있었다.

"사숙과 사제가 함께하면 저희 소림도 옛 명성을 다시 찾을 수 있을 것 같군요."

정사대전 이후 소림은 더 이상 강호무림을 영도하지 못하였다. 소림을 대표하던 고승들이 죽었기 때문이다.

다만 소림사라는 곳이 단순히 무공만 추구하는 곳이 아니었기에 설법과 구도를 추구하며 위안을 삼기는 했으나 아무리 불제자라 해도 과거의 명성까지 잊고 지낼 수는 없었다.

덕원은 이들로 하여금 소림의 명성이 드높아지리라 생각하고는 자신도 모르게 미소를 지었고, 상빈은 그런 덕원을 보며 흡족한 얼굴이 되었다. 이로써 자신에 대해 솔직하게 실토하지 않고도 소림의 무공을 배울 길이 열렸기 때문이다.

그렇게 그들이 서로 다른 생각에 열중하고 있을 때 사당의 문이 열리고 구칠이 나왔다.

"저기… 대사님."

"빈승을 부르신 말이라면 말씀을 거둬주시기 바랍니다. 과한 말씀입니다. 그런데 무슨 일이십니까?"

"도개가 깨어났습니다."

"네?"

"아, 장도명 말입니다. 의식이 돌아오는 것 같습니다."

"그렇습니까? 그렇지 않아도 걱정하고 있었는데 잘되었군요."

그들은 크게 반기며 사당으로 들어갔다.

바닥에 누워 있는 태음장의 무사들과 약간의 거리를 두고 장도명은 따로 누워 있었다. 상빈은 급하게 뛰어들어 온 것과는 달리 사당에 들어서자 느릿하게 몸을 세웠다.

제자로 삼기로 마음먹었으니 좀 더 위품있게 행동하고 싶었다. 사실 장도명과의 첫 대면은 엉망이었다. 나루터에서 시독(屍毒)에 중독되었다고 망신당했던 것을 생각하면 위신이 서지 않았다.

뒤늦게 체면이라는 것을 떠올린 그는 뒷짐을 지고 될 수 있으면 무게있게 보이려 애를 썼다.

"흠, 이놈들, 하나같이 나자빠져서 뭐 하는 거야? 사람이 들어왔으면 최소한 몸을 일으키는 시늉이라도 해야 하는 거 아냐?"

상빈의 말에 옅은 신음을 내지르며 누워 있던 태음장의 무사들이 부랴부랴 몸을 일으켰다.

"니들 아픈 놈들 아니었나? 그렇게 움직이는 걸 보니 다 나았나 본데?"

상빈의 말에 그들은 난처한 얼굴이 되었다. 거동을 못할 정도는 아니었지만 그렇다고 몸이 성한 것도 아니었다. 다만 밤새도록 상빈에게 시달림을 당했기 때문에 고통을 참고 일어난 것뿐이었다.

원래 남한테 시비 걸기를 좋아하는 상빈이었다. 그런데 열이 뻗쳐 있었으니 좋게 놔두지는 않았다. 살기까지 끌어올리고 온갖 험한 소리를 해대었던 터라 태음장의 무사들은 상빈의 눈길만 닿아도 고개를 숙여댔다.

"쯧쯧, 사내녀석들이 눈치나 살피고 있다니……."

가볍게 혀를 찬 그는 장도명을 돌보고 있는 덕원의 곁으로 갔다.

"그래, 좀 어떠냐?"

"글쎄요, 의식이 돌아온 것 같지만……."

덕원이 말을 흐렸다.

장도명은 옅게 눈을 뜨고 있었으나 눈동자에 초점이 없었다.

"아직 깨어나지 않은 거 아냐?"

"그렇습니다. 장 공자, 정신이 드십니까?"

덕원은 낮게 장도명을 불렀다.

"……."

그러나 장도명은 흐릿한 눈으로 사당의 천장만을 응시하고 있었다.

"장 공자, 저 덕원입니다. 제 말이 들리십니까?"

덕원은 재차 불렀지만 장도명은 여전히 반응이 없었다.

"사숙, 어떻게 하지요?"

"음, 나도 환골탈태한 놈은 처음이니 왜 저런지는 모르지. 그나저나 그놈 옷이나 입혀야겠다. 벌거벗은 게 과히 좋은 꼴은 아니구나."

상빈은 지푸라기로 덮여 있는 장도명의 몸을 가리켰다. 그는 알몸이었다. 환골탈태를 하며 발생한 빛에 그가 입고 있던 옷이 먼지처럼 부서져 내렸기 때문이다.

"입힐 옷이 없지 않습니까?"

"없긴 왜 없어, 여기 널린 게 옷인데?"

상빈은 태음장 무사들을 바라봤다.

"네? 저분들 걸 말입니까?"

"그래, 어쨌든 저놈들 때문에 이 꼴이 되었는데 지들도 양심이 있으면 옷을 벗어주겠지."

"그래도 어찌……."

"됐다. 네가 벗어주지 않을 거면 조용히 해라."

덕원의 말을 자르고 상빈이 외쳤다.

"누가 벗을래? 한 놈이 다 벗어도 되고 아니면 나눠서 벗어도 되고! 길게 말하기 싫으니까 빨리 벗어라!"

"헛!"

그의 시선에 따라 무사들이 화들짝 놀라며 고개를 숙였다.

"어쭈? 안 나선다 이거지? 그럼 내가 지목하지! 너! 셋 셀 때까지 빨리 벗어!"

상빈의 말에 지목당한 무사는 얼굴을 심하게 찡그렸다.

"저기… 다 벗어야 합니까?"

"다 벗기 싫으면 옆의 놈하고 나눠서 벗든가."

상빈이 눈을 부라리자 지목당한 자는 마지못해서 옷을 벗었고, 구칠이 그 옷을 받아 장도명에게 입혀주었다.

그런 모습을 흡족하게 바라보던 상빈이 태음장의 무사들 중 하나를 또다시 지목했다. 유독 눈에 띄는 자가 있었다.

"너, 일어나 봐."

그는 태음장의 총관인 양충기였는데 무복을 걸치고 있는 다른 자들과는 달리 소매가 부푼 유복(儒服)을 걸치고 있었다.

"네? 저 말입니까?"

"그래, 너. 일어나서 팔 좀 벌려봐."

양충기는 쭈뼛거리며 일어나 팔을 벌렸다. 그러자 커다란 소매가 아래로 늘어져 마치 포대를 들고 있는 것 같았다.

"좋다. 너도 벗어라."

"이 옷을 말입니까?"

"그래. 대신 네놈한테는 내 옷을 줄 테니 걱정 말아라."

마음에 들었다. 그렇지 않아도 자신이 걸치고 있는 옷은 이미 심하게 상해 있었다. 한중기한테서 뺏어 입은 뒤 많은 일을 겪다 보니 여기저기 뜯겨져 있었다.

"사숙!"

"걱정이라니요? 저를 선택해 주시니 감사할 따름이지요."

"……."

상빈을 말리려던 덕원은 양충기의 말에 할 말을 잃었다. 오히려 반기는 듯한 태도였다.

"이럴 줄 알았으면 좋은 옷을 준비해 두는 건데 죄송스럽군요."

양충기는 얼굴 가득 미소를 머금으며 옷을 벗었다. 그리고는 두 손으로 옷을 받쳐 들고 상빈에게 건넸다.

“…….”

정말 생각지도 못한 반응인지라 상빈은 의아한 눈으로 그를 보았다.

‘이거 미친놈 아냐?’

옷을 빼앗기는데도 이런 태도를 보이다니 어째 제정신이 아닌 것 같았다. 하지만 평소 약삭빠르고 잔꾀가 많은 양충기는 나름대로 상빈의 비위를 맞추고 있는 것이다.

“헤헤, 역시 기골이 장대하고 훤하신 걸 보니 옷이 이제야 주인을 만난 것 같습니다.”

서생처럼 보여야 할 옷이지만 상빈이 입으니 어째 어울리지 않았다. 하지만 양충기는 입에 침을 바르고 칭찬을 늘어놓았고, 상빈은 희한한 듯 그를 지켜보았다.

이런 대접이 싫지는 않았지만 익숙지 않았다.

“꽤나 시끄러운 놈이구나!”

단 한 마디로 아부를 떠는 양충기를 떨쳐 낸 상빈은 다시금 장도명을 보았다.

“흠, 눈은 뜨고 있는데 어째서 일어나지 않는 거지? 그리고 저놈의 머리는 어째서 저렇게 백발인 거지?”

“혹시 극양의 기운을 이기지 못하고 머리가 희어버린 건 아닐까요?”

덕원도 그것을 이상하게 생각하고 있었다. 하지만 환골탈태를 하며 새살까지 돋아난 것을 생각하면 이치에 맞지 않았다.

“모르지. 하여튼 네가 그놈을 돌보고 있어라. 나는 잠시 주변을 둘러보고 와야겠다.”

“네, 알겠습니다.”

대답을 하는 덕원을 뒤로하고 상빈은 서둘러 밖으로 나왔다. 옷도

새로 입었으니 세수나 하고 올 생각이었다. 다만 평소 씻는 것과 거리
가 먼 그는 새옷을 얻은 기념보다는 사실 대호를 찾기 위해서 가는 것
이었다.

"이놈의 고양이새끼, 다시 만나면 만년삼황뿐 아니라 가죽도 벗겨내
야겠다."

상빈은 신법을 펼쳐 몸을 날렸다.

*　　　　*　　　　*

장강이 굽이쳐 이룬 길을 따라 얼마나 많은 마을들이 생겨났을까?

장강은 생명의 근원으로, 삶의 수단으로 많은 사람들을 돌보고 있었
기 때문에 자연 그 주변에는 크고 작은 마을들이 생겨날 수밖에 없었
다.

그들은 장강에 배를 대어 생활을 하거나 물줄기를 이용하여 농사를
지으며 지냈는데 이곳 당가타(唐家坨)라는 마을도 마을 사람들이 대부
분 농민이라는 것은 다른 마을과 다를 바가 없었다.

하지만 이 마을이 다른 강변 마을과 다른 점이 있다면 그것은 마을
외곽 이십여 리 떨어진 곳에 거대한 장원(莊園)이 자리잡고 있다는 것
이었다. 당가타라는 마을 이름에서도 알 수 있듯이 이 마을은 바로 사
천당문을 중심으로 돌아가는 작은 왕국과도 같은 곳이었다.

당가타의 모든 사람들이 당씨는 아니었지만 그들 모두는 사천당문
의 그늘 아래 살고 있는 것을 자랑으로 여겼고 대부분 사천당문과 연
관되는 일을 하고 있었기 때문에 세금 또한 관이 아닌 당문에 내는 형
편이었다. 이 지역에서의 당문의 뜻은 곧 법(法)이라 할 수 있었다.

그런 사천당문의 별실에 당설연을 비롯한 화산의 사형제들이 모여 있었다. 그들은 상빈과 헤어진 뒤 사준현을 치료하기 위해 숨어 지내다가 당설연의 청으로 이곳에 온 지 얼마 되지 않았다.

"사람을 시켜 알아보기는 했지만 덕원 스님의 행방은 아직 찾을 수가 없군요."

당설연은 김이 모락모락 피어오르고 있는 용정차를 바라보며 조심스럽게 입을 열었다. 그녀는 이곳에 온 뒤 가장 먼저 덕원과 상빈을 찾기 위해 애를 썼다. 하지만 그 어디에서도 그들의 행방을 찾을 수 없었기 때문에 마음이 무거웠다.

"혹시… 잘못되시진 않았겠지?"

"서 소저께서 걱정이 많이 되시나 봅니다. 하지만 너무 걱정하지 마십시오. 무소식이 희소식이라 하지 않습니까? 다치셨다고 했으니 아마도 어디선가 정양을 하고 계실 겁니다."

서문민의 질문에 답을 한 것은 당설연이 아니라 그녀의 곁에 있던 준수한 외모의 청년이었다. 그는 당설연과는 사촌 관계인 당종명(唐鐘銘)이라는 자로 당문의 후기지수들 중 발군의 실력을 갖추고 있어 가주를 비롯하여 세가의 모든 사람들의 기대를 한 몸에 받고 있었다.

"그래, 오라버니 말씀처럼 어디 숨어 계실 거야. 너도 알잖아, 그 분들의 무공이 얼마나 대단한지? 절대 쉽게 잡히실 분들이 아니잖아."

"그렇겠죠?"

당설연의 말에 서문민은 애써 수긍하려 했다. 그들의 무공이 뛰어나기는 하지만 상처를 입은 상빈을 업고 제대로 움직이지 못했을 게 뻔했다. 그러나 그런 생각을 애써 머리에서 지웠다.

마음만이라도 무사하다고 여기고 싶은 것이다. 어쩔 수 없는 선택이었다고는 하나 그들을 그렇게 남겨두고 온 것이 계속해서 마음을 괴롭혔다.

"그래, 무사하실 거야. 특히 그자는 누군가에게 당하는 건 너무 안 어울리잖아? 아마 관군들을 너무 호되게 대해서 오히려 덕원 스님이 말리느라 고생했을지도 몰라."

"풋, 그렇긴 해요. 이 대협님은 누군가에게 당하실 분이 아니죠. 전 사실 그분을 처음 뵈었을 때는 잠시 넋을 놓았다니까요. 언니도 기억하죠? 처음 개방의 분들과 그분을 만났던 거."

"그래, 기억하고 있지. 마치 괴물처럼 무지막지하게 힘만 셌었는데 어찌 기억을 못하겠니?"

"괴물? 푸훗! 그렇긴 해요. 고삐 풀린 나귀처럼 변덕이 심했지만 무공만은 대단한 분이셨죠."

"사매, 나귀라니? 왜 하필 나귀야?"

곁에 있던 유진철이 물었다.

"음, 그냥 그분을 보고 있으면 그런 생각이 들던데요? 나귀란 놈이 평상시에는 말을 잘 듣다가도 심통이 나면 아무리 잡아끌어도 움직이지 않고 고집 센 걸 보면 딱 나귀라니까요."

"호호, 문민아, 너 그런 소리를 그분이 들으면 어쩌려고 그러니?"

당설연이 가볍게 웃으며 서문민을 놀렸다.

"어멋! 그럼 큰일나죠. 만약 그분의 귀에 들어갔다간 아무리 제가 여자라고 해도 난리가 날 걸요. 지금 한 말은 모두 비밀이에요. 알았죠?"

"하하하!"

서문민이 입가에 손가락을 갖다 대고는 어깨를 한껏 움츠리자 모두 크게 웃었다.

모두 알고 있었다. 그녀는 자신의 말 때문에 가라앉은 분위기를 띄우기 위해 노력하고 있는 것이다.

그때 다시 서문민이 입을 열었다.

"그래도 조금 멋진 구석이 있긴 해요."

"어머! 애는 못하는 소리가 없네? 너 그런 소리 하다가 어떻게 시집가려고 그러니? 여긴 사형제뿐만 아니라 우리 오라버니도 계신데 창피하지도 않은가 보구나?"

"앗! 너무 나쁜 소리만 한 것 같아서 한 말인데 언니는 왜 그래욧!"

서문민이 눈을 흘기며 말하자 당설연이 입가에 미소를 지으며 말했다.

"글쎄, 나는 그렇게 들리지 않았는데, 과연 사심없이 그런 말을 할수 있을까?"

"아잇! 그러지 마욧! 자꾸 그러면 나 화낼 거예요! 나는 그런 뜻으로 말한 게 아니란 말이에요!"

"호호, 문민아, 내가 보기에 수습하기엔 이미 늦은 것 같아."

"이제 언니랑 말 안 해."

서문민이 입을 삐죽거리며 고개를 돌리자 일행은 또다시 크게 웃음을 터뜨렸다. 그들도 서문민이 어떤 의도로 한 말인 줄은 알고 있었다. 상빈과 함께 생활을 해본 그들이 서문민의 말뜻을 잘못 이해할 리 없었다.

그녀가 아무리 철이 없어도 아무렴 그 성질 괴팍한 자를 흠모하리라고는 여겨지지 않았다. 하지만 상빈에 대해서 알지 못하는 당종명만은 조금 의아해하는 얼굴이 되었다.

그는 잠시 망설이다가 물었다.

"저기 서 소저, 이 대협님에 대해서 말씀해 주시겠습니까? 설연이에게 이야기를 듣기는 했지만 어찌 된 영문인지 이상한 소리만 하는지라 궁금한 게 많습니다."

"오라버니, 제가 한 말은 모두 사실이에요."

"설마 혜각 대사님이 거두신 분이 그러실 리가 있느냐. 내가 너를 모르는 것도 아니고 아무래도 너와 사이가 좋지 않은 것 같은데, 그렇지 않느냐?"

"그래도 제 말은 틀린 게 없어요."

당설연의 말에 당종명은 믿지 못하겠다는 듯 고개를 저었다. 그녀가 말한 대로 믿기에는 아무래도 석연치 않은 구석이 많았다.

당설연이 세가에 돌아온 후 가장 먼저 한 일은 그동안의 일들을 보고하는 것이었고, 그녀는 혈귀린과 무황보전의 일을 설명하면서 상빈에 관해서도 말을 하게 되었는데, 그 대목에서는 말을 하는 것도 불쾌한지 얼굴까지 붉히며 온갖 험담을 내뱉었던 것이다.

하지만 그것이 문제였다. 앞뒤 설명 없는 험담이다 보니 아무래도 설득력이 부족했다. 또한 가주(家主)의 무남독녀라는 신분과 뛰어난 외모 때문에 그녀가 까다로운 면이 많다는 것도 그녀의 말을 전적으로 믿지 못하게 만들었다.

한 번 마음에 들지 않으면 무조건 나쁘게 보는 그녀의 성격을 모두 잘 알고 있었기 때문이다.

"호호, 언니가 뭐라고 했을지 대충 감이 잡히네요. 하지만 그리 틀리진 않을 거예요. 이 대협님은 일반 사람과는 분명 다르거든요."

그동안 상빈과 당설연이 틈만 나면 티격태격해 왔기 때문에 서문민은 그녀가 뭐라고 말했을지 짐작할 수 있었기 때문에 당설연의 편을 들었다. 자신이 봐도 상빈의 태도는 분명 지나친 감이 많았기 때문이다. 아무리 배분이 높고 세상 물정을 모른다고 해도 상빈 때문에 눈살을 찌푸린 경우가 한두 번이 아니었다.

"그래도 설마 그렇겠습니까?"

당종명은 고개를 저으며 다시 물었다.

"언니가 뭐라고 했는데요?"

"그게……."

당종명은 잠시 말을 흐리고는 당설연을 보았다. 차마 자신이 들은 것을 그대로 말하기가 힘들었다.

그러자 당설연이 직접 말했다.

"후안무치에 방종만을 일삼은 파락호라고 했지."

"뭐? 언니! 그건 너무 심했다!"

"얘는, 그게 뭐가 심하니? 오히려 부족한 감이 많지. 난 그런 자를 사숙으로 둔 덕원 스님이 너무 불쌍하더라."

"좀 그런 면이 있기는 하지만 이 대협님께 파락호는 너무 심했다. 어쨌거나 우리는 그분에게 도움을 받았잖아. 그리고 언니에겐 생명의 은인인데 너무 심하지 않아?"

"흥! 너는 아직도 그자가 나를 구하기 위해서 천미봉에서 뛰어내렸다고 생각하니?"

"뭐, 꼭 그런 건 아니지만 그래도 이 대협님이 구해주신 건 사실이잖아. 언니는 그때 경황이 없어서 몰랐겠지만 나는 똑똑히 봤어. 이 대협님이 구름을 뚫고 나타나서 언니를 구하는 것을."

서문민은 천미봉의 일을 떠올렸다. 괴팍하기 그지없는 상빈이었지만 구름을 뚫고 내려와 당설연을 구하던 모습은 너무나 인상적이었기에 그녀의 뇌리에 똑똑히 자리잡고 있었다.

그때 곁에서 그들의 말을 듣고 있던 당종명이 말했다.

"아, 그분께서 설연이를 구해주셨군요?"

당종명은 놀란 얼굴로 당설연을 보았다.

"혹시 다쳤던 것이냐?"

"아니요. 걱정 마세요. 저는 멀쩡해요."

"다행이다. 아무리 무공을 배웠다고는 하지만 여자의 몸으로 혼자서 여행을 떠나다니 너 때문에 많은 사람들이 걱정을 했었다."

"아, 오라버니, 그 이야기는 이제 그만 하세요. 이미 많이 혼났단 말이에요."

당설연의 이번 강호행은 그녀의 독단(獨斷)으로 결정한 것으로 세가에 돌아온 후 상당한 꾸지람을 들어야만 했다. 아무리 무공을 익히고 있다고 하나 혼자서 여행을 하는 것은 상당히 위험한 일이었다.

"네가 인편을 통해서 알려온 행적이 틀리는 바람에 얼마나 많은 사람들이 헛수고를 했는지 아느냐!"

당문에서는 그녀를 보호하기 위해 사람들을 파견했었는데, 그녀가 가르쳐 준 행적이 달라 그녀를 찾지 못하고 있었다.

"제대로 말했으면 당장 쫓아올 게 뻔하니까 그렇지요."

당설연이 미안한 듯 고개를 숙이자 그런 모습에 당종명은 가볍게 고개를 저었다.

"휴, 그래, 그 이야기는 나중에 하도록 하고 서 소저의 말씀을 들어보니 이 대협이라는 분에게 큰 은혜를 입은 것 같은데 너는 어찌 함부로 말을 하는 것이냐? 너와 그분과 어떤 일이 있었는지 모르지만 구명 지은(救命之恩)을 베푸신 분께 그런 태도는 옳지 않다.”

평소 행실이 바르고 강직한 당종명은 그녀를 타일러 가르치려 했다. 이렇게 되자 당설연은 답답함을 느꼈다. 당종명은 자신의 탓으로 여기고 훈계를 하고 있는데 그렇다고 상빈과의 일을 밝히기는 창피했다.

“아휴, 그래요. 제가 잘못했어요. 하지만 오라버니가 직접 그자를 만나보면 제가 왜 그랬는지 알게 되실 거예요.”

당설연은 더 이상 길게 말하기 싫었다. 그녀가 새침한 미소를 짓는 것을 보고는 유진철이 물었다.

“저기… 무황보전에 대해선 별말씀이 없으신지요?”

그는 혈귀린이 알려온 무황보전에 관한 이야기를 당문에서 어떻게 받아들였는지 궁금했다. 그러자 지금까지 가벼웠던 분위기가 다시 가라앉았다. 무황보전과 관련된 이야기는 웃으며 나눌 이야기가 아니었다.

유진철의 물음에 당설연은 고개를 돌려 당종명을 바라보았다. 그동안 세가를 오랫동안 떠나 있기도 했지만 아무래도 당문의 입장을 말하는 것은 여자인 자신보다는 오라버니가 말하는 것이 좋을 것 같았다. 그러자 당종명이 잠시 뜸을 들였다가 입을 열었다.

“그게 워낙 중대한 일이다 보니 섣부른 판단을 내려서는 안 될 것 같습니다. 아무래도 그 사실을 말한 자가 강호의 혈성인 혈귀린이다 보니 진위 여부부터 판단해야 할 것 같습니다. 해서 저희 당문은 금와전장에 대해 조사를 하는 한편 여러분을 공격한 자들의 정체가 과연 동창이었는지부터 파악하기로 했습니다.”

당설연에게 이야기를 전해 듣고 세가에선 오랜 시간 회의를 열었다. 혈귀린의 말이 사실이라면 강호는 삼목회라는 곳에 놀아났다고 할 수 있었으니 보통 일이 아니었다. 그러나 그들은 섣부른 행동은 하지 않기로 결정을 내렸다.

숨겨져 있던 강화의 비사를 아는 것은 독이 될 수도 있기 때문이다. 삼목회라는 곳이 어떤 곳인지 알 수는 없었지만 그곳이 동창과 관련이 되어 있다면 최대한 행동을 조심할 필요가 있었다.

"역시 그렇군요. 저도 쉽게 믿어서는 안 된다고 생각했습니다. 아무래도 저희가 직접 전해 들은 것도 아니고, 혈귀린을 직접 만난 노대 어르신과 이 대협님의 행방 또한 묘연한지라 더욱 신중을 기할 수밖에 없겠지요."

"네. 그렇지만 일단 화산과 소림에 사람을 보내어 이번 일을 알리기로 했습니다. 여러분을 공격한 자들이 동창일지 모르는 상황이기에 아무래도 미리 알려야 할 것 같더군요."

"아, 그랬군요. 그렇지 않아도 사문에 알리려 했는데 정말 감사드립니다."

유진철은 동창과 연관되어 있는 것이 계속 마음에 걸렸다. 동창은 곧 황실을 의미했으니 자신들의 행동으로 인해 사문에 피해가 가지 않을까 걱정을 한 것이다.

"당연한 일을 가지고 별말씀을 다 하십니다. 저희도 여러모로 조사를 하고 있으니 너무 심려치 마시기 바랍니다."

"네, 감사합니다."

"저기… 그런데요. 이상한 게 있어요."

당종명의 말에 유진철이 감사를 표하자 그때까지 그들의 이야기를 듣고 있던 서문민이 물어왔다.

"어떤 점이 궁금하십니까?"

"이곳에 오면서 들었는데 파황마제의 후인이 나타났다고 하던데 사실인가요?"

강호 전체가 파황마제의 후인이 나타났다는 소문에 들썩이고 있었지만 사준현을 치료하기 위해 숨어 있었던 그들은 소문을 들은 지 얼마 되지 않았다.

"네, 그렇다고 하더군요. 무공 실력이 굉장히 뛰어나고 흉포하기가 그지없다더군요."

무림맹의 청룡단이 의도적으로 퍼뜨린 소문이었다. 당종명이 고개를 끄덕이며 말하자 서문민이 재차 물었다.

"그게 이상하지 않으세요? 갑자기 정사대전의 일들이 한 번에 나타나는군요. 아시다시피 혜각 대사님의 진전을 이으신 이 대협님이나 혈귀린이 말한 무황보전, 거기다가 이제는 파황마제의 후인까지. 모두 십오 년이나 종적을 감추었던 일들인데 어떻게 비슷한 시기에 나타나게 된 걸까요?"

서문민의 말에 모두 고개를 끄덕였다. 그렇지 않아도 그 점이 이상했다.

"글쎄요, 우연이라고 생각하기엔 석연치 않은 구석이 많군요. 다만 저희가 판단하기보다는 이 대협님을 찾아서 묻는 것이 더 좋을 것 같습니다."

당종명은 자신의 생각을 말하고는 빙긋 웃었다. 이로써 상빈을 만나야 할 이유가 하나 더 늘어난 것이다.

무공이 뛰어난 자를 만나는 것은 언제나 설레는 일이었다. 특히 당문의 후기지수들 중 발군의 실력을 가진 당종명은 꼭 한 번 상빈을 만나고 싶었다.

이야기가 대충 마무리 지어지자 당설연이 말했다.

"이런, 이야기를 하느라 차가 식었군요. 차를 다시 데워야겠습니다."

당설연은 하녀를 불러 차를 다시 준비하도록 시켰고, 그들은 오랜만에 느긋한 마음으로 차를 마실 수 있었다.

■13장■

하산(下山)

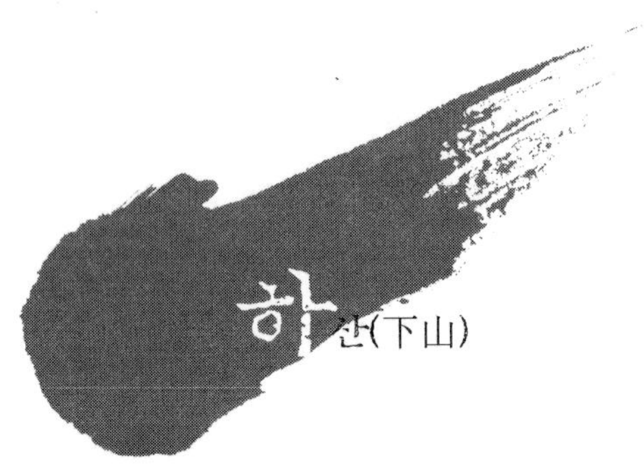

하산(下山)

"젠장, 이놈의 고양이새끼는 어디로 튀었을까? 아무리 찾아도 보이질 않는군."

상빈은 여느 때와 마찬가지로 오주산 일대를 샅샅이 뒤지는 것으로 오전 시간의 대부분을 허비했다. 다시 한 번 대호를 만나기 위해 오주산 구석을 뒤지고 다녔지만 대호의 모습은 보이지 않았다. 상빈에게 호되게 당한 뒤 거처를 옮긴 것이 분명했다.

와장창!

숙소로 돌아가던 상빈은 요란한 소리에 얼굴부터 찡그렸다.

보나마나 새로 얻은 제자 놈의 짓일 게 분명했다. 시끄러운 폭포수 소리를 뚫고 자신의 귀까지 들릴 만한 소음은 아무나 만들어낼 수 없는 일이다.

"저놈의 새끼! 약을 처먹인 게 아깝다! 약이 아까워!"

그렇지 않아도 허탕을 치고 돌아와 기분이 좋지 않았기에 단숨에 달려가 치도곤을 내버리고 싶었다. 그러나 그는 신형을 날리려던 몸을 이내 바로 세웠다.

패서 말을 들을 놈이 아니었다. 괜히 건드려 봤자 골치가 아픈 것은 자신이었으니 이럴 땐 모르는 척 지켜보는 게 가장 좋게 여겨졌다.

"쯧쯧, 역시 약도 먹을 줄 아는 놈이 먹어야지 그렇지 않으니 여러 사람 고생하는군."

안 봐도 눈에 훤했다. 분명 장도명을 달래기 위해 덕원과 태음장의 놈들이 달라붙어 있을 것이다.

"그 귀한 만년삼황을 처먹고 환골탈태를 하면 뭐 해! 머리가 헤까닥 해버렸으니 어디다 써먹냐고!"

의식을 되찾은 장도명은 정상이 아니었다. 아무리 상빈이 내력으로 도와줬다고는 하나 극양의 기운을 가진 만년삼황을 먹었으니 몸에 이상이 온 것은 어찌 보면 당연한 일이었다. 하지만 환골탈태를 한 까닭에 몸은 정상이나 머리가 이상했다.

상빈은 불귀곡에서 온갖 독물들을 섭취하여 내력이 비상식적으로 높았다. 거기에다가 혼원조화신공이라는 절세의 내공심법을 익히고 있었는데 그런 그조차 만년삼황의 기운을 이기지 못하고 주화입마에 빠질 뻔했으니 장도명이 목숨을 부지하고 있는 것은 기적에 가까운 일이었다.

물론 상빈이 씹어 넘겨준 까닭에 그가 섭취한 만년삼황의 양이 얼마 되지 않았고 환골탈태를 통하여 만년삼황의 기운을 흡수할 수 있었기에 가능한 일이었지만 아쉽게도 만년삼황의 기운을 모두 받아들일 수는 없었던 것 같았다.

극양의 기운으로 인해 손상된 머리는 환골탈태로도 회복되지 않았다. 머리는 초로의 늙은이를 연상케 할 정도로 탈색되었으며 하는 짓은 세 살박이 어린아이처럼 철이 없었다.

그 모습에 구칠과 덕원은 안타까움을 감추지 못했고 상빈은 다시 한 번 만년삼황을 아까워해야만 했다. 제자로 삼아 여러 용도로 부려먹으려 했는데 이제는 그것조차 쉽지 않은 것이다.

아니, 오히려 뒤치다꺼리를 해야 했으니 짜증이 이만저만한 게 아니었다. 환골탈태한 후 공력이 비약적으로 증가했기 때문에 장도명이 발작이라도 하면 말릴 수 있는 자가 없었다.

"역시 오늘도 엉망이군. 쯧쯧!"

폭포수 근처의 암벽 위에서 새로 만들어놓은 움막을 바라보던 상빈은 혀를 찼다.

아래에는 시위라도 하는 것인지 커다란 바위를 머리 위로 치켜들고 있는 장도명과 그런 그를 뒤에서 부둥켜안고 있는 덕원의 모습이 보였다. 장도명은 덕원이 매달려 있음에도 전혀 신경을 쓰지 않는 듯 그를 끌고 움막 쪽으로 다가가고 있었고, 그 주변에는 태음장의 무사들이 그를 말리고 있었다.

질질!

하나같이 장도명의 허리와 다리춤을 붙잡고 있는 것이 마치 굴비를 엮어놓은 것 같았다.

"크크! 사형! 사형! 잼있다!"

덕원의 난처한 표정을 즐기고 있는 듯 몇 걸음 움직일 때마다 힐끗거리던 장도명은 어깨를 들썩거리며 웃었다.

"어어! 사제! 조심하게! 그러다가 떨어뜨리면 큰일나네!"

덕원은 머리 위에 올려져 있는 바윗덩어리가 요동을 치자 몸을 움츠리며 말렸지만 그럴수록 장도명은 더욱 몸을 흔들어댔다.

"사형, 우리 돌치기 하자."

"아, 알았네. 그러니 제발 그것 좀 내려놓게."

"진짜? 진짜로 나랑 놀아줄 거야?"

"그래, 놀아줄 테니 어서 내려놓게나."

"히히, 좋아. 원래는 저기다가 던져 버리려 했는데."

장도명이 움막을 바라보며 말했다.

"그래, 알았어. 알았다고. 그러니 어서 그거 내려놓게. 자네 사부님이라도 오신다면 어쩌려고 이러나?"

"사부? 음, 사형, 설마 사부한테 이를 거야?"

장도명은 어깨를 움츠렸다. 철이 없기는 했지만 매에는 장사가 없는 법. 장도명은 상빈을 상당히 두려워했다.

"그래, 안 이를 테니 제발 그것 좀 내려놓게."

"응, 그래서 난 사형이 좋아. 사부는 매번 고함만 지르면서 항상 조용히 하래. 지가 더 시끄러우면서 말이야."

같이 놀아준다는 말에 맑게 웃어 보였으나 그 모습을 바라본 덕원은 진저리를 쳤다. 백발로 저런 미소를 지으면 제대로 쳐다보기 힘들었다. 너무 어울리지 않는 모습이었기에 덕원은 장도명이 백발 성성한 머리로 사형이라고 부를 때면 자신도 모르게 사레가 든 것처럼 놀라곤 했다.

"그… 래, 그러면 돌치기 하자."

덕원은 마지못해 대답을 하고는 한쪽에서 어쩔 줄을 몰라 하고 있는 구칠에게 눈을 흘겼다.

심심해하는 장도명에게 돌치기를 가르친 것은 바로 구칠의 소행이었다. 하긴 구칠도 일이 이렇게 번질 줄은 모르고 가르친 것이었다.

처음엔 그저 작은 돌덩이를 세워놓고 멀리서 다른 돌을 던져 맞추는, 말 그대로 놀이 그 자체였다.

그러나 그러던 놀이가 이처럼 거대한 돌을 들고 설치는 것으로 바뀌게 된 것은 그 놀이에 태음장의 무사가 끼어들면서부터였다. 아니, 정확하게는 태음장의 무사한테 지고 난 뒤부터였다. 상대가 좋지 않았다. 하필이면 비도술을 익힌 자가 애들(?) 장난에 끼어든 것이다.

머리가 나빠지기는 했으나 기억까지 사라지지는 않은 듯 장도명은 태음장의 무사들을 상당히 싫어했는데 그런 태음장의 무사에게 지게 되자 오기가 발동해 버린 것이다.

한 판씩 질 때마다 집어 던지는 돌덩이는 점점 커져만 갔고, 이에 위기감을 느낀 태음장의 무사가 놀이를 포기하려 했을 때는 이미 늦고 말았다. 장도명이 바윗덩이를 집어 들고 던져 버린 것이다.

이 때문에 그들이 거처로 삼고 있던 사당은 박살이 나버렸고 덕분에 장도명을 비롯한 태음장의 무사는 상빈에게 호되게 두들겨 맞아야 했으며 다른 사람들은 이곳에 움막을 지어야만 했다.

하여튼 덕원이 놀아준다는 말에 장도명은 들고 있던 바위를 내려놓으려 했다. 하지만 갑자기 들고 있던 바위가 천근만근 무거워져 자신도 모르게 휘청거리고 말았다.

"어? 어?"

"어? 조심해!"

덕원은 장도명이 비틀거리는 모습에 고함을 내지르며 고개를 들었다.

“앗! 사숙!”

어디선가 나타난 상빈이 장도명이 들고 있는 바위 위에 올라가 있었다.

“덕원, 이놈! 내가 이 자식하고 놀아주지 말랬지? 가르치라는 무공은 가르치지 않고 뭐, 돌치기?”

“아니, 사숙! 그게 말입니다!”

“됐어! 너도 이놈 닮아가는 거냐? 사형이라는 놈이 정신이 오락가락하는 놈을 붙잡고 뭐 하는 거냐! 모두 물러나라!”

상빈은 주변의 사람들을 모두 물리고 장도명이 치켜들고 있는 바위 위에서 천근추를 시전했다.

우드득!

그렇지 않아도 무거운 바위를 들고 있는데 그 위에서 상빈이 천근추까지 시전하자 뼈 관절에서 비명 소리가 들려왔다.

“사부, 사부 나빠! 어서 내려와!”

“네 이놈, 좀 전에 뭐라고 했어? 감히 위대하신 사부를 보고 지는 더 시끄럽다고? 그리고 사형한테 무공을 배우라고 했더니 감히 돌치기를 하려고 해? 이놈아, 네놈이 돌을 치면 그건 동족상잔이야.”

상빈은 공력을 더욱 끌어올려 무게를 더했다. 사실 어지간했으면 장도명을 상대하지 않으려 했다. 귀찮기도 했지만 어떻게 보면 장도명이 이렇게 된 것은 자신 때문이었다.

목숨을 구하기 위해서였다지만 만년삼황을 먹고 멀쩡했던 놈이 이지경이 되어버렸으니 마음이 무거웠다. 그러나 겁도 없이 자신을 비하하는 말을 떠벌리는 것은 도저히 묵과할 수 없는 일이었다.

상빈은 계속해서 공력을 끌어올렸다. 환골탈태한 덕에 공력이 크게 중가한 장도명은 깔린다고 죽을 놈도 아니었으며 이쯤은 충분히 견뎌 낼 것이라는 생각에 마음껏 깔아뭉개 버렸다.

하지만 아무리 머리가 나빠졌다고 해도 무거운 바위를 계속해서 들고 있을 만큼 미련하진 않았는지 씩씩거리며 바위를 받쳐 들고 있던 장도명은 바위를 던져 버렸다.

"잇! 잇! 나 안 해!"

휘익!

상빈을 태우고 있던 커다란 바위는 움막을 향해 날아들었다. 공력을 끌어올려 대항하던 장도명이 혼신의 힘을 다해 던져 버린 것이다.

"어! 안 돼!"

"움막은 안 돼!"

가장 먼저 고함을 지른 것은 태음장의 무사들이었다. 움막이 부서지면 그것을 다시 짓는 것은 그들의 몫이었으니 이러한 반응은 당연한 것이었다.

어쩔 수 없이 붙잡혀 있는 것도 서러운데 허구한 날 쥐어터지고 거기다가 노가다까지 뛰는 것은 정말 못할 짓이었다.

콰쾅!

그들의 처절한 울부짖음 때문인지 날아가던 바위는 움막에도 미치지 못하고 떨어져 버렸다. 바위 위에 올라가 있던 상빈이 대력금강장으로 바위를 때려 버린 것이다.

"이런 개자식! 그래, 돌치기 한번 하자! 네놈이 동족상잔을 할지 아니면 이산가족 찾기를 할지 오늘 한번 제대로 놀아보자!"

상빈은 조각난 바윗조각을 주워 들고 장도명을 향해 달려들었다.

"힝! 사부 미워!"

험악한 상빈의 얼굴을 보고 장도명은 울음을 터뜨렸다. 그러나 백발 성성한 머리에 눈물이라니, 보면 볼수록 어울리지 않는 광경인지라 달 려들던 상빈도 어이가 없어 멈칫거렸다.

"에이! 저놈 좀 눈에 안 보이는 곳으로 데리고 가! 밥 먹으러 왔는데 비위 상해서 안 되겠다!"

쿵!

상빈은 손에 들고 있는 바윗조각을 근처 바닥에 집어 던졌다.

"에휴, 어떻게 저놈을 원상태로 되돌릴 수 없으려나?"

안타까웠다. 저 꼴을 하고 있으니 목숨을 구해준 자신의 선행은 티 도 안 나고 있었다. 더욱이 장도명을 제자로 받아들여 덕원을 통해 무 공을 배우게 하려고 했는데 계획에 큰 차질이 생겼다.

"젠장, 뭐 좀 제대로 해보려고 하면 어째 꼭 이러는 거야. 불귀곡을 빠져나오고 지금까지 맘대로 되는 게 하나도 없네, 하나도 없어."

그가 불만 가득한 얼굴로 투덜거리고 있는데 덕원이 그에게 다가왔 다.

"그놈 좀 안 보이는 곳으로 데리고 가라니까 왜?"

"드릴 말씀이 있습니다."

덕원은 사뭇 진지해 보였다. 의아한 생각이 든 상빈은 흘깃거리며 그의 얼굴을 살핀 후 턱짓으로 움막 안을 가리킨 후 성큼거리며 안으 로 들어섰다. 그 뒤를 따라오지 않으려 드는 장도명을 달래며 덕원이 들어왔다.

"그래, 무슨 말인데?"

한쪽 바닥에 자리를 잡고 앉은 상빈이 되묻자 장도명은 어깨를 움찔 거렸지만 덕원은 그의 손을 붙잡고 토닥이면서 대답했다.

"저들에게 이상한 소리를 들었습니다."

"저놈들? 그래 무슨 소릴 했는데 그러느냐?"

"아무래도 강호에 일이 생긴 것 같습니다."

"무슨 일인데?"

"파황마제의 후인이 나타났다고 합니다."

"뭐? 파황마제의 후인?"

감짝 놀란 그는 고함을 지르며 자리에서 일어났다. 파황마제의 후인이라니 말 같지도 않은 소리였다. 노괴가 후인이 없어 자신을 받아들이기 위해 땡초와 끊임없이 실랑이를 벌인 것을 자그마치 십오 년이나 봐왔는데 어떻게 그런 소문이 나돌았는지 궁금했다.

"누가? 도대체 어떤 놈이 그래?"

상빈의 목소리는 격앙되어 있었다.

"그게… 저들 중에 양충기라는 자가 있지 않습니까? 그자에게 요즘 강호가 어떻게 돌아가는지를 물었는데 그런 이야기를 했습니다. 파황마제의 후인이 나타나는 바람에 이곳 운남엔 많은 강호의 고수들이 나타났다고 합니다."

"양충기라면 그 실없는 녀석?"

상빈은 자신이 걸치고 있는 서생 옷을 가리키며 물었다. 양충기는 태음장의 총관으로 자신에게 옷을 주고도 얼굴 가득 미소를 잃지 않던 자였다.

"네, 그렇습니다."

"좋다, 그놈을 불러와라."

궁금했다. 강호의 일에는 별로 관심이 없었지만 노괴와 연관된 일이라면 결코 흘려들을 수 없었다.

덕원이 그를 부르자 잠시 후 양충기는 얼굴 가득 비굴한 웃음을 안고 움막 안으로 들어왔다.

"부르셨습니까?"

"그래, 내가 궁금한 게 있는데, 파황마제의 후인이 나타났다고?"

"아, 그 일 때문에 그러셨군요? 네, 그렇다고 합니다."

"좋아, 그것에 대해 자세히 말해 봐라."

"그런데 저도 소문으로만 들었기 때문에 자세히 알지는 못합니다만… 알겠습니다. 나름대로 말씀 올리겠습니다."

양충기는 말끝을 흐리다가 상빈의 눈 꼬리가 치켜떠지는 것을 보고는 냉큼 말을 이었다.

"파황마제의 후인이 나타났다는 소문이 돈 것은 두 달이 조금 넘었습니다. 그가 어디서 나타났고 또한 무슨 일을 했는지는 제대로 전해지지 않았지만 마인(魔人)의 후예답게 나타나자마자 많은 악행을 저질러 관의 추적을 받은 것 같습니다."

"마인?"

상빈의 눈꺼풀이 꿈틀거렸다.

"네, 지금 운남에는 관군뿐 아니라 무림맹의 고수들까지 파견되어 그자를 찾고 있습니다."

"잠깐. 그렇게 앞뒤 다 자르고 말을 하면 이해하기 힘들잖아. 그가 무슨 일을 저질렀고, 어째서 관군에게 쫓기는지를 말해야 할 것 아냐."

"글쎄요, 그것까지는 알려지지 않다 보니……."

양충기는 고개를 저었다. 아는 것이 없었다.

파황마제의 후인이 나타났다는 소문만 무성했지 그에 대한 정보는 알려져 있지 않았기 때문이다. 소문의 근원지는 청룡단이었지만 그들은 상빈에 대해서는 알지 못하고 있었다.

혈귀린에게 쏠린 강호의 이목을 다른 곳으로 돌릴 필요가 있었던 그들은 의도적으로 소문을 흘리기는 했지만 그저 동창에 심어둔 간자를 통해서 전해 들은 것밖에는 아는 것이 없었다. 때문에 강호에는 파황마제의 후인이 나타났다는 놀라운 소문이 나도는 것과는 달리 조용하기 그지없었는데 그것이 오히려 강호인들을 불안하게 만들었다.

정사대전 당시 파황마제 양일소가 보여주었던 놀라운 신위는 정파인들에게 있어 아직 공포로 남아 있었다.

"끄응!"

양충기에게 그러한 소문을 들은 상빈은 앓는 소리를 냈다.

어찌 된 영문인지는 모르겠지만 양충기가 말하는 자는 자신이 분명했다. 노괴가 다른 제자를 둔 적이 없으니 달리 생각할 필요도 없겠지만 나타났다는 시기와 장소로 미루어보아 동창과 다투었을 때 정체가 드러난 것이 분명했다.

'하긴 반월파를 그렇게 날렸으니 알려지는 것이 당연한지도 모르겠군. 입 싼 놈들!'

그는 힐긋 덕원을 바라보았다. 아직은 아무것도 모르고 있지만 만약 자신이 노괴와 연관되어 있다는 것을 알게 되면 어떤 표정을 지을지 궁금했다.

'꽉 막힌 녀석이니 지금처럼 대하지는 않겠지.'

그는 다시 양충기를 향해 물었다.

"그래, 네가 아는 것은 겨우 그뿐이냐?"

"네, 죄송스럽게도 별로 알고 있지는 않습니다. 저희도 나름대로 강호의 일에 관심을 두고 있지만 워낙 뜬금없는 소문인지라……."

"됐다. 물러가라."

상빈은 양충기를 물렸다. 더 이상 아는 것이 없어 보이기도 했지만 연신 미소를 짓고 비위를 맞추려고 드는 게 보기 싫었다.

그 말에 양충기는 크게 몸을 숙이며 물러섰고, 상빈은 무언가를 생각하려다가 급히 그를 불러 세웠다.

"아차! 너희 소굴이 이 근처라고 했던가?"

"산을 내려가 마을 두 개만 지나면 저희 태음장이 나옵니다."

"좋다, 이만 하산하도록 하자. 다른 자들에게도 전해라. 일단 니들 소굴에서 신세 좀 져야겠다."

모르면 몰랐을까 자신에 관한 소문이 돌고 있다는데 가만히 있을 수가 없었다. 어차피 몸도 회복되었으니 더 이상 이곳에 있을 이유도 없었다. 상빈은 양충기가 나가는 것을 보고는 덕원에게 말했다.

"덕원아, 어차피 떠날 생각이었으니 괜찮겠지? 잠시 강호 사정에 대해서 알아본 뒤 소림으로 가자."

"네, 그렇게 하시지요."

"그나저나 대호를 잡아서 껍질을 벗기려고 했는데 아쉽게 됐군."

상빈은 바깥을 바라보며 중얼거렸다.

겨울이 오기 전에 떠나러 했던 오주산을 뜻하지 않은 이유로 앞당기게 된 것이다.

그는 마음이 설레는 것을 느꼈다. 불귀곡을 처음 나왔을 때 느꼈던 감정과는 달랐다.

그 당시 느꼈던 감정이 해방감이라면 지금 느끼는 감정은 묵은 체증이 내려가는 느낌이었다.

동창엔 갚아줄 것이 아주 많았다. 상빈은 피투성이가 되어 오주산으로 도주해 왔던 때를 떠올리며 묘한 미소를 짓기 시작했다.

■14장■
사하방의 인물들

일행이 회음곡에 도착한 것은 자정을 얼마 남겨두지 않은 늦은 밤이었다. 만물이 휴식을 취할 시간이었건만 회음곡은 오히려 활기가 넘치고 있었다.

지금이 가장 바쁠 때였다.

거리엔 호객꾼들이 분주히 오가고 있었고, 기녀들이 추파를 던지며 사람들을 유혹하는 모습이 보였다.

"다 왔습니다. 이곳이 학경의 자랑인 회음곡입니다."

구칠은 감회가 새로웠다.

처음 태음장의 무리에게 잡혀갈 때만 해도 다시 살아서 이 거리를 밟을 수 있을 거라고는 생각도 못했기에 그의 목소리는 들떠 있었다. 하지만 그런 것은 태음장의 무리 또한 마찬가지였는지 그들의 얼굴도 하나같이 들떠 있었다.

“흠, 자랑할 것이 없나 보군. 기껏 유곽 거리가 이 고을의 자랑이라는 것을 보니.”

상빈은 시끌벅적한 거리가 마음에 들지 않았다.

사람을 대하는 것에 서툰 그였기에 이렇게 많은 사람들이 모여 있는 것은 낯설기만 했고, 그런 심정은 덕원도 마찬가지였는지 그도 눈살을 찌푸리고 있었다.

“자자, 여기서 이러지 말고 안으로 드시지요. 그간 제대로 된 음식조차 드시지 못하셨을 텐데 이곳에 있는 회음정은 음식 솜씨가 상당히 뛰어납니다.”

“그래?”

호객꾼이었던 구칠이 마치 손님을 접대하듯 일행을 안내하자 그렇지 않아도 산나물에 질려 있던 상빈은 군말없이 그의 뒤를 따랐다.

그런데 한참을 걸어 들어가자 이상한 점이 있었다.

자신들을 보고는 기녀와 호객꾼들이 하나같이 고개를 조아리며 물러서는 것이다.

“야, 쟤들 왜 그래?”

“그게 원래 이 거리에선 태음장 분들을 함부로 대하지 못합니다.”

“뭐야? 그럼 이놈들 때문에 다들 저런단 말이야?”

상빈이 뒤따라오는 태음장의 무리를 가리키며 말하자 구칠이 가볍게 고개를 끄덕였다.

“이거 순 나쁜 놈들이었잖아?”

상빈은 성큼성큼 다가가 장주 진금발의 머리통을 향해 손을 휘둘렀다.

휘잉!

바람을 가르는 소리가 요란하게 들렸다.

그가 입고 있는 옷은 양충기에게서 빼앗아 입은 것으로 소매가 유난히 커다란 서생복이었다. 때문에 가볍게 휘두른 것만으로도 요란한 소리를 낼 수 있었는데 진금발은 갑작스런 상빈의 공격을 가볍게 고개를 숙여 피해냈다.

덕원에게 제대로 손도 못 쓰고 당했다고는 하나 그도 무공을 익히고 있었으니 눈앞에서 펄럭이는 손을 피하지 못할 정도는 아니었다. 하지만 본능적으로 공격을 피해낸 그는 결코 기쁜 얼굴이 아니었다. 하얗게 질린 것이 오히려 후회스러워 보였다.

"어쭈? 피했어?"

"아, 아니, 제가 일부러 그런 것은 아니었습니다."

붕!

상빈의 손이 다시 허공을 갈랐다. 이번엔 작정을 하고 휘둘렀는지 바람 소리가 더욱 컸다.

진금발은 뒤늦은 후회를 했다.

그냥 맞고 끝났으면 될 일을 피하는 바람에 공격이 거세진 것이다. 그는 기겁을 하고 물러섰다. 머리로는 피해선 안 된다고 생각되었지만 몸이 말을 듣지 않았다.

상빈의 성격을 보아 맞지 않으면 계속해서 난리를 칠 것 같았다. 하지만 그렇다고 잠자코 얻어맞기에는 동작이 너무나 컸다. 그냥 맞았다가는 소란은 끝낼 수 있겠지만 자칫 인생도 끝날 판인 것이다.

"어쭈? 또 피했단 말이지?"

상빈은 또다시 헛손질을 하게 되자 짜증이 치밀어 올랐다. 이젠 자존심 문제였다.

불귀곡을 빠져나온 후 싸움을 할 때마다 번번이 헛손질을 하는 바람
에 얼마나 많은 고생을 했던가.

한 방이면 끝낼 수 있음에도 제대로 맞힐 수 없다는 것은 그가 안고
있는 가장 큰 문제점이자 불안감이었기 때문에 상빈은 눈에 불을 켜고
손을 휘둘렀다.

붕! 붕!

먹이를 노리는 한 마리 수리처럼 상빈의 손은 빠르게 그를 노리고
날아들었지만 그때마다 진금발은 몸을 움직여 상빈의 공격을 피해냈
다.

빠르기는 했지만 단조로운 공격이었기에 진금발이 작정을 하고 피
해내자 좀처럼 맞힐 수가 없었다. 그는 보법과 신법까지 펼치며 피하
고 있는 것이다. 또한 펄럭이는 소매가 공격의 방향을 미리 말해 주고
있었으니 피하기가 한결 수월했다.

'제기랄, 환영신연보만 펼치면 단번에 잡을 수 있을 텐데…….'

보법까지 펼치는 진금발을 그냥 잡기란 요원한 일이다. 물론 환영신
연보를 펼친다면 단번에 잡을 수 있겠지만 덕원이 곁에 있으니 그럴
수도 없었다. 아무리 화가 났다고 해도 덕원 앞에서 아수라혈천교의
절기인 환영신연보를 펼칠 수는 없었다.

상빈은 이를 악물었다.

"이 쥐새끼 같은 놈! 넌 죽었어!"

더 이상 시간을 끌 수 없었다. 그는 고함을 내지르더니 갑자기 행동
이 변했다. 멈춰 서는가 싶더니 돌연 팔을 오므리며 내력을 끌어올리
는 것이다.

웅웅!

주변에서 회오리가 일기 시작했다. 얼마나 화가 났는지 내력을 극성으로 끌어올리는 바람에 주변 공기가 비명을 질러댔다.

"사숙, 그것은 안 됩니다!"

덕원이 고함을 질렀다.

"닥쳐라! 내 저놈의 뼈를 추려내고 말 테다."

상빈이 무엇을 준비하는지 알아챈 그는 대경실색할 수밖에 없었다. 가볍게 양발을 벌린 채로 내력을 끌어 모으는 저 자세는 바로 백보신권인 것이다.

그때 덕원의 눈에 도망치는 진금발의 모습이 보였다. 그도 심상치 않은 기운을 느꼈는지 신법까지 펼쳐 도주하기 시작했는데 하필이면 구경을 하고 있는 사람들 틈으로 도망치고 있었다.

"모, 모두 피하시오!"

큰일이었다. 이대로 백보신권이 펼쳐진다면 주변 사람들도 크게 다칠 것이 분명했다. 덕원은 사람들에게 고함을 지르며 출수를 하는 상빈에게 몸을 날렸다. 그러나 이미 상빈의 손은 허공을 격하고 있었다. 덕원은 더는 생각할 겨를이 없었다. 그는 상빈의 어깨를 향하여 일장을 후려쳤다.

불민한 일이었지만 공격의 방향을 바꾸기 위해서는 다른 방법이 없었다.

퍽!

상빈은 갑작스런 덕원의 공격에 몸을 크게 비틀었다. 덕분에 백보신권은 크게 방향이 틀어져 근처의 벽을 때리고 말았다.

콰앙!

마치 폭탄이 터지는 것 같은 소리가 들리며 이 장 높이의 담벼락이 와르르 무너져 내렸다.

"허억!"

도망치기에 급급하던 진금발은 자신도 모르게 멈춰 서서 입을 쩌억 벌리고 말았다. 담벼락이 무너지며 파편과 흙먼지가 날아들었지만 입을 다물 수가 없었다.

"정말… 내 뼈를 추릴 생각이었어!"

어이가 없었다. 괴팍한 성질인 것은 알고 있었기에 공격을 피한 대가로 호되게 맞을 거라 생각했는데 이건 정말로 패 죽일 기세다.

진금발은 등골이 서늘해지다 못해 오금이 저렸다. 펄럭이는 소매 덕분에 공격을 피해내기는 했지만 이 정도의 무공을 펼치는 고수가 작정을 하고 공격해 온다면 막을 자신이 없는 것이다.

웅성웅성!

갑자기 주변이 소란스러워졌다.

넋을 놓고 있던 사람들이 그제야 정신을 차렸는데 사람들은 하나같이 믿지 못하겠다는 얼굴로 무너져 내린 담벼락을 보고 있었다.

그때였다. 누군가 외치는 소리가 들려왔다.

"이런 놀라운 위력이라니… 하마터면 다 죽을 뻔했어!"

비교적 짧은 말이었지만 그 말이 전해주는 충격은 결코 짧지 않았다. 진금발의 주위에 있던 사람들이 기겁을 하고는 도망치기 시작한 것이다.

우르르!

갑자기 그의 주변에 있던 사람들이 썰물 빠지듯이 사라졌다.

"……!"

뒤늦게 자신들이 위험에 처해 있었다는 것을 깨닫고는 너나 할 것

없이 도망쳐 버렸다. 이렇게 되자 진금발은 안절부절못하게 되었다. 그는 사람들의 뒤로 숨기 위해 움직였고, 그때마다 사람들이 기겁을 하고 도망을 쳐대는 바람에 주변은 아수라장이 되고 말았다.

"나를 도, 도와라!"

진금발은 도망치는 사람들 속에서 자신들의 수하들을 발견하고는 도움을 요청했다. 하지만 하나같이 안면 몰수를 하고 도망칠 뿐 나서는 자가 없었다. 아니, 오히려 노골적으로 인상을 쓰는 자도 있었다.

"너 이놈들, 나중에 두고 보자."

"장주, 우리 뒤에 숨는다고 일이 해결되겠습니까? 차라리 도망치십시오."

무리 뒤에 있던 양충기가 말했다. 함께 있어봐야 득이 될 것도 없는데 미련스럽게 자신들의 뒤에 숨으려 드는 진금발이 한심스러워 보였다.

듣고 보니 그 말이 옳았다. 이들 전부가 덤빈다고 해도 막지 못할 것이 분명했으니 뒤도 돌아보지 않고 도망치는 것이 상책인 것이다.

진금발은 사람들의 뒤를 따라다니는 것을 멈추고는 자리를 뜨려고 했다. 하지만 그는 그러지 못했다. 갑자기 파앙 하는 요란한 충격음과 함께 그의 곁으로 낯익은 물체가 굴러왔기 때문이다.

"허억!"

그는 또다시 숨 넘어가는 소리를 냈다. 바닥을 구르며 다가온 물체는 낯이 익어도 너무 익었다. 낡은 승포 자락을 걸치고 반질거리는 머리를 하고 있었으니 깊게 생각할 필요도 없었다. 바로 덕원이었던 것이다.

그때 한쪽에서 기괴한 음성이 울려 퍼졌다.

“크으으하!”

상빈의 음성이었다. 그는 반쯤 이성을 잃었다. 붉게 충혈된 눈으로 버티고 서서 덕원에게 얻어맞은 어깨를 가볍게 흔들어 푸는 모습은 마치 지옥의 야차와 같았다.

꿀꺽!

‘난 죽었다!’

그는 자신의 상황을 직시할 수 있었다.

바닥에 나뒹굴고 있는 덕원의 모습을 보니 더 이상 살 가망은 없을 것 같았다.

사제까지 때려눕힐 정도이니 자신을 살려둘 리 있겠는가.

‘도, 도망쳐야 해!’

그는 등을 돌려 도주하려 했다. 하지만 그걸 두고 보고 있을 상빈이 아니었다. 진금발이 등을 돌리는 순간 상빈의 몸이 갑자기 쏘아져 나왔다.

파박!

픽!

궁신탄영의 신법으로 몸을 날린 상빈이 기세까지 실어 진금발의 등을 걷어차 버렸다.

“으윽!”

진금발은 등허리부터 느껴지는 강렬한 고통에 앞으로 꼬꾸라지고 말았는데 이것은 시작에 불과한 것이었다.

상빈의 화는 이 정도로 풀릴 리 없었다.

파바박! 픽! 픽!

“윽!윽! 으억! 윽!”

진금발은 정신이 없었다.

발길질은 조금의 사정도 두지 않고 그의 몸 위로 쏟아져 들어왔다. 닥치는 대로 걷어차고 밟고. 때리는 자나 맞는 자나 서로 정신이 없기는 마찬가지였다.

"크허헉! 살려주십시오!"

"왜? 또 피해보지? 응? 자, 피해봐! 이것도 피해보라니까!"

진금발이 몸을 웅크리면 웅크리는 대로, 뒤틀면 뒤트는 대로 그의 발길질은 거침없이 쏟아져 들어왔다.

그러나 반항도 해야 재미가 있는 법.

제풀에 지쳤는지 약간의 시간이 지나자 걷어차는 그의 동작이 한풀 꺾이기 시작했다.

어느 정도 화도 풀었지만 묵묵히 지켜보고 있는 덕원의 눈길이 여간 거북한 게 아니었다. 덕원은 복부를 얻어맞고 바닥을 뒹군 뒤 자리에서 일어나지 않고 있었다.

사실 덕원이 그를 공격한 이유를 왜 모르겠는가. 홧김에 덕원까지 눕혀 버렸지만 만약 덕원이 제지하지 않았다면 아마도 많은 사람이 다쳤을 것이다. 하지만 그는 진금발을 때리는 것을 멈추지 않았다. 일을 이 지경까지 만들어놓았으니 이제 와서 멈추기도 상당히 어색했다.

그는 곁눈질로 덕원을 바라보았다.

'어서 말리지 않고 뭐 하는 거야?'

이쯤에서 끝내고 싶었는데 덕원이 나서질 않고 있었다.

평상시라면 몇 번이라도 말렸겠지만 지금은 그러질 못했다. 어쩔 수 없는 상황이었다고는 하나 사숙의 어깨를 공격한 것이 죄스러워 감히 나서질 못한 것이다.

그는 그저 사숙이 진정하기만을 바랐다. 이렇게 되자 상빈의 마음은 다급해졌다. 죽여 버리겠다고 말을 하긴 했지만 그게 어디 진심이었겠는가. 그저 홧김에 한 말이었는데 이러다간 정말 사람을 잡을 것만 같았다.

그는 덕원을 포기한 채 주변을 둘러보았다. 다른 누군가라도 자신을 말려주길 바랐다. 하지만 그의 시선을 받은 자들은 하나같이 흠칫 놀라 고개만 숙일 뿐 누구도 말려주질 않았다.

'에이! 의리라고는 쥐뿔도 없는 놈들!'

장주가 거의 초죽음이 되어 있는데도 태음장의 무리들은 자기들만 살자고 모른 척하고 있었다.

이젠 어쩔 수 없었다. 겸연쩍기는 하겠지만 그냥 멈출 수밖에 없었다. 상빈은 아쉬운 생각에 주변을 둘러보며 발을 거두려 했다.

그런데 그때였다. 한쪽에서 그들을 지켜보고 있던 장도명이 나서는 것이 보였다.

'옳지! 네놈이 말리려는구나!'

처음 만났을 때는 물에 빠진 상인들 편을 들어 자신과 다툼을 벌일 정도로 정의감에 불타던 그였다. 비록 만년삼황을 먹고 머리가 이상해지기는 했지만 아직 그런 마음까지 사라지지는 않은 것 같았다.

상빈은 장도명을 만난 이후 처음으로 그가 반가워 보였다. 하지만 그런 상빈의 생각은 오래가지 않았다.

"크크, 나도 이놈이 싫었어! 죽어라! 이 나쁜 놈아!"

퍼버벅!

"……!"

그의 생각과는 달라도 너무 달랐다. 장도명의 정의감은 백발이 되

며 사라져 버렸는지 상빈보다 더욱 거세게 진금발을 걷어차기 시작했
다.

"뭐 하는 거냐?"

"응? 사부, 나도 이놈이 싫어! 그러니까 나도 때릴게."

"……!"

정말 말문이 막혔다.

장도명이 이들에 대해 적대심을 갖고 있는 것은 알고 있었다. 틈만
나면 태음장의 무리에게 시비를 걸곤 했는데 그때마다 덕원이 말렸기
때문에 지금까지는 별다른 문제가 발생하지 않았다.

"야! 이 미친놈아! 여기서 너까지 이러면 어떻게 해?"

"왜? 사부도 이놈 싫잖아!"

"내가 이놈을 싫어하는 거랑 너랑 무슨 상관이야! 당장 멈추지 못
해!"

"시로! 나도 할꼬얌!"

"이놈! 당장 멈추지 못해! 내력까지 끌어올리고 차면 어떻게 하라는
거야? 당장 멈춰!"

상빈은 장도명을 밀쳐 냈다. 방금 전까지 죽여 버리겠다고 길길이
날뛰던 것과는 전혀 다른 모습이었다. 핑곗거리가 생긴 김에 냉큼 물
러서는 것이다.

"뭣들 하는 거야, 빨리 이놈 챙기지 않고!"

상빈은 태음장의 무리에게 호통을 치고 덕원의 곁으로 갔다.

"당장 일어나거라. 이번만은 봐주도록 하겠지만 다시 한 번 내 몸에
손을 대었다가는 아무리 네놈이라 해도 용서치 않겠다."

체면상 한소리 하기는 했지만 그냥 있기가 너무 민망했다. 그는 서

둘러 자리를 떴다. 하지만 어디로 가야 하는지 그가 어떻게 알겠는가.

이내 걸음을 멈춘 그는 일행이 움직일 때까지 사람들의 따가운 시선을 받으며 기다릴 수밖에 없었다.

*　　　*　　　*

한편 상빈이 회음곡 거리에서 소란을 피우고 있을 때 태음장에서는 커다란 술판이 벌어지고 있었다.

장주를 비롯하여 태음장의 무사들이 한꺼번에 사라졌는데 누가 술판을 벌이고 있는 것일까?

술판을 벌이고 있는 이들은 물론 태음장에 속한 자들이 아니었다. 남은 자들이라고 해봐야 무공도 제대로 모르는 수하들과 하인들 뿐이었으니 아무리 장주가 자리를 비웠다고 해도 그런 자들이 대놓고 술판을 벌일 리는 없는 것이다.

쌀쌀한 날씨임에도 불구하고 대청마루에 차려져 있는 술상엔 음식들이 가득했다. 산해진미(山海珍味)까지는 아니더라도 맛깔스러워 보이는 음식들은 보는 것만으로도 군침을 돌게 만들었는데 상다리가 휘어질 정도로 차려진 것을 보니 주방에서 일하는 찬모들이 고생깨나 했을 것 같았다.

"하하하, 그냥 우리가 이곳에서 지내는 것은 어떨까요?"

한 사내가 호탕하게 웃고 있었다. 그는 술을 마신 게 아니라 술독에 얼굴이라도 담갔는지 텁수룩한 수염 가득 술을 묻힌 채 입을 움직일 때마다 옷을 젖히고 있었다.

"나형(羅兄)께서도 그런 생각을 하고 계셨군요. 저도 이곳이 마음에

듭니다. 이 참에 방주께 청하여 이곳을 얻도록 할까요? 그런데 이곳에 거주했다간 회음곡의 계집들 때문에 코피깨나 쏟아야 할 겁니다."

맞은편에 앉아 있던 중년의 사내도 술에 취해 있는 것은 마찬가지인지 붉게 달아오른 얼굴로 침까지 튀겨가며 동조를 했다. 그들은 지난 며칠 동안 인근의 기루를 오가며 술판을 벌여왔다. 그러자 근처에 앉아 있던 자들이 왁자지껄 웃음을 터뜨렸는데, 그들 모두 거나하게 취한 얼굴이었다.

"크크, 그건 담형(曇兄)에게나 해당되는 일이지 나는 상관없소이다. 하여튼 이런 노른자위를 진금발 같은 자가 관리하고 있었다니 모르면 몰랐을까 그냥 두기 아깝군요."

텁수룩한 수염을 한 사내는 장원을 둘러보며 말했다.

그는 비천응뢰(飛天膺雷) 나우뢰(羅雨雷)라는 자로 귀주 일대에서 악명을 떨치고 있는 고수였다. 커다란 덩치에 벼락같은 패력도를 다루는 거한이지만 체구에 어울리지 않게 뛰어난 신법을 갖고 있는 자로 귀주 일대에서는 몇 손가락 안에 꼽히는 절정고수였다. 하지만 성미가 포악하고 손속이 잔인하여 명성보다는 쌓아놓은 원한이 많은 자였다.

"진금발이 생각보다 수단이 좋은 것 같습니다. 매번 기대 이상의 상납액을 보내왔다는 것도 이해가 가는군요."

나우뢰의 말에 다시 맞은편에 앉아 있던 문사 차림의 사내가 대답했다. 그는 무정혈검(無情血劍) 담대천(曇戴天)이라는 자였는데 별호 그대로 상당히 잔인한 성격을 갖고 있어 일단 검을 뽑으면 아녀자는 물론 어린아이까지 베어버리는 것으로 알려져 있었다.

하나 그러한 것은 검을 뽑았을 때의 이야기인지 들리는 소문과는 달리 평상시에는 유약한 문사처럼 행동하고 있었으니 진정한 그의 본모습을 본 자는 그리 많지 않았다.

하지만 좌중에 있던 자들 중 그를 업신여기는 사람은 단 한 명도 없었다. 일단 싸움이 벌어지면 미친 듯이 피를 뿌리는 그의 모습을 모두 알고 있었기 때문이다.

"그게 진금발의 수완 때문이오, 다 자리 탓이지? 이런 곳에 자리를 잡으면 나도 그럴 수 있을 것 같소."

나우뢰는 별거 아니라는 투로 말했다.

그 말에 좌중에 있던 자들 모두가 고개를 끄덕였는데 이들 또한 나우뢰와 담대천에 뒤지지 않을 정도로 강호에 악명을 날리는 자들이었다.

나우뢰의 곁에 앉은 체구가 우람하고 전신에 붉은 장포를 걸친 자는 화령천관(火靈天官) 적충(狄衝)으로 남녕(南寧) 일대에선 거의 지옥의 염라대왕처럼 무서운 명성을 떨치고 있는 자였고, 담대천의 곁에 앉아 있는 청의인들은 규염사객(叫髥四客)이라고 불리는 자들로 그중 첫째 홍종북(弘終北)은 광서(廣西) 지방에도 열 손가락 안에 꼽히는 쾌검(快劍)의 달인(達人)이었다. 하지만 번개처럼 빠른 쾌검을 구사하는 홍종복의 진정한 무서움은 네 형제들이 함께 펼치는 검진에 있었는데, 이들이 함께 펼치는 검진은 바람처럼 빠르고 사나워 검진이 발동되면 그 어떤 고수도 쉽게 빠져나가지 못하는 것으로 정평이 나 있었다.

"그나저나 진금발 그자는 도대체 어찌 된 자가 기별도 없이 이렇게 장원을 비워두는지 모르겠소. 혹시 무슨 사단이라도 난 게 아닐까요?"

"모르지요. 그러나 사단이 났든 나지 않았든 더 이상 장주 짓은 하지 못할게요."

담대천의 말에 나우뢰가 대답을 했는데 그는 자리가 불편했는지 한쪽 무릎을 고쳐 앉으며 말했다. 그 바람에 곁에 앉은 적충을 건드리게 되어 적충은 마시던 술을 흘리고 말았는데 이에 적충은 정색을 하며 고함을 질렀다.

"에잇! 잘 좀 앉으시오! 이게 뭐요!"

적충은 바지에 묻은 술을 훔쳤다. 하지만 나우뢰는 아랑곳 않는 모습이었다.

"흐흐, 그게 내 탓이오, 자리도 넓은데 바짝 다가앉은 사람 잘못이지?"

"그럼 당신이 저쪽으로 앉으면 되지 않소!"

"불편한 사람이 옮기면 될 걸 내가 왜 움직이오!"

"흥! 그런다고 내가 움직일 것 같소? 내가 먼저 앉았으니 당신이 저리 가시오!"

"방석은 내가 옮겨놓지 않았소? 왜 내가 앉으려고 하는데 먼저 앉아놓고선 그러는 거요? 그렇게 내가 좋소?"

"뭐요?"

"푸하하!"

나우뢰의 말에 좌중의 사람들이 또다시 웃음을 터뜨렸다. 이들은 서로 간에 경쟁하는 마음이 강해서 조금도 양보를 하지 않으려 들었다. 둘 다 도(刀)를 무기로 사용하고 강호의 명성 또한 비슷하여 우월을 가리기 힘들었기 때문이다.

"그만들 하십시오. 자주 만나는 것도 아닌데 왜 그리 다투시는 겁니까? 앞으로의 일이나 생각해 봅시다."

홍종복이 나서서 그들을 말렸다.

그러자 얼굴을 붉히고 한바탕 다툼을 벌일 것 같던 그들이 마지못해 고개를 돌리는 것으로 보아 이들은 홍종복을 어려워하는 것 같았다. 또한 깔깔거리고 웃어대던 담대천까지 정색을 하고 멈추는 것은 상당히 의아한 일이었다.

홍종복이 쾌검의 달인이고 규염사객과 함께 있다고는 하나 이들 또한 그들 못지 않은 실력과 명성을 갖고 있는 자들이었으니 이런 모습은 자존심 강한 그들의 모습과는 어울리지 않았다.

그러나 그것은 진심에서 우러난 행동은 아니었다. 사하방에 몸을 의탁하고 있는 처지였기에 마지못해 홍종복의 말을 들어주고 있는 것이지 그를 어려워하는 것은 아니었다.

사하방 내에서 규염사객의 위치는 결코 낮지 않았고, 특히 홍종복에 대한 방주의 신임이 대단하여 대외(對外)적인 일은 그가 총괄하고 있었으니 체면을 봐주고 있는 것이라고 해야 옳았다.

하여튼 분위기가 다소 가라앉자 홍종복은 생각해 두었던 말을 꺼냈다.

"진 장주에게 무슨 일이 발생한 것인지 확인을 해야겠지만 언제까지 여기서 시간을 보낼 수만은 없습니다. 그러니 내일은 이곳에 수하들을 남겨놓고 돌아가야겠습니다."

"서두를 필요가 뭐가 있소? 쉬는 셈치고 좀 더 있다가 갑시다."

홍종복의 말에 나우뢰가 아쉬운 표정을 지었다. 사하방에 몸을 의탁한 후 오랜만의 외출인지라 돌아가기가 싫었다. 사천의 신흥 방파인 추산파(推山派)의 제자를 죽인 후 잠시 피해 있으려고 한 것이 결국엔 한 해가 넘도록 사하방에 신세를 지게 되었다. 그러던 차에 외출을 했으니 선뜻 돌아가고 싶은 마음이 들지 않았다.

처음부터 이곳이 마음에 들었던 것은 아니다. 만약 사하방에 신세를 지지 않았다면 결코 이곳에 오지는 않았을 것이다. 지금 운남은 그 어느 때보다 강호의 이목을 사고 있는 곳이니 쫓기는 신분으로 이곳에 오는 것은 결코 반가운 일이 아니었다.

그러나 갑자기 태음장과 연락이 끊긴 사하방에선 이곳의 상황을 조사할 필요가 있었고, 나름대로 대비를 하기 위해 규염사객의 통솔 아래 많은 수의 무사들을 파견하게 되었는데 그때 나우뢰를 비롯한 담대천, 적충 등이 함께하게 되었다.

그런데 그렇게 오기 싫었던 운남행이 생각 외로 괜찮았다.

우려했던 것과는 달리 태음장에는 별다른 이상이 없었고, 태음장에서 관리한다는 회음곡에는 수많은 기루들이 즐비하였으니 마음에 드는 것은 당연한 일이었다. 물론 장주 진금발을 비롯한 수하들이 연락이 없는 것은 변고가 생겼다는 것을 의미하는 것이지만 그것은 자신이 관여할 일이 아니었다. 그저 아무런 사고 없이 즐기다가 돌아가면 된다고 생각한 것이다.

"그럼 수하들과 함께 이곳에 계시겠습니까?"

나우뢰의 말에 홍종복이 잠시 생각을 하다가 말했다.

수하들만 두고 가기가 마음에 걸렸는데 나우뢰가 함께한다면 마음이 놓일 것만 같았다.

"나만 말이오? 담형과 적형은?"

"이분들은 저와 함께 가서야 합니다. 요즘 용천보와 사이가 좋지 않아 도움이 필요합니다."

몸을 의탁하고 있기는 마찬가지지만 담대천과 적충은 사하방에서 돈을 받고 일을 도와주고 있었기 때문에 나우뢰처럼 자유롭지 못했다. 사하방에 문제가 생기면 도우러 가야만 했다.

그러자 혼자 있기는 싫었는지 나우뢰가 정색을 했다.

"아니오. 나 혼자 여기 있어서 무슨 재미가 있겠소. 나도 함께 가겠소."

"그럼 그렇게 하십시오. 모두 내일 돌아가는 것으로 알겠습니다."

홍종복은 고개를 끄덕였다.

나우뢰가 이곳을 돌봐주길 원했지만 그렇다고 아쉬운 소리를 하는 성격은 아니었다.

"마시고들 계십시오. 저는 한 바퀴 둘러보고 오겠습니다."

그는 자리에서 일어나 대청마루를 내려왔다.

내일 이곳을 떠나려면 아무래도 수하들에게 당부를 할 필요가 있었다. 그는 천천히 걸음을 옮겼고, 일행은 그런 그를 바라보다가 이내 술상에 차려진 음식을 향해 고개를 돌렸다.

흥이 깨지기는 했지만 내일 떠난다고 하니 오늘은 실컷 마셔볼 요량이었다.

*   *   *

한편 태음장에서 술판이 벌어지고 있을 때 상빈은 얼굴을 굳힌 채 걸음을 옮기고 있었는데 분위기가 심상치 않았다.

도대체 무슨 일일까? 설마하니 염치와는 거리가 먼 그가 좀 전의 일로 미안해하고 있는 것일까?

반쯤 의식을 잃은 진금발이 수하에게 업혀오고 있으니 언뜻 보기에는 미안해서 그러는 것 같기도 했다. 하지만 그건 겉으로 드러난 모양새일 뿐 그런 것에 연연할 상빈이 아니었다.

그저 만신창이가 된 진금발을 보고 조금 심했다고 생각했을 뿐 이미 그의 머리 속에선 진금발이라는 존재가 지워진 지 오래였다.

그렇다면 도대체 무슨 일로 양심이 조금이라도 있는 자라면 으레 미안해할 만한 상황조차 잊고서 이렇게 분위기를 잡고 있는 것일까?

그것은 다름 아닌 덕원 때문이었다. 사숙의 어이없는 행동에 크게 실망한 덕원이 참다못해 한소리를 했기 때문이다.

이것은 참 놀라운 일이 아닐 수 없었다.

그동안 상빈을 전대 장문인인 혜각 대사의 진전을 이은 자라 하여 항시 떠받들기만 하던 모습과는 크게 다른 모습이었으니 상빈은 자신도 모르게 위기감을 느끼게 된 것이다.

그러나 실상 상빈이 얼굴을 굳히고 있던 것과는 달리 덕원이 심한 소리를 한 것은 아니었다. 미련할 정도로 고지식한 덕원이 심한 말을 할 리도 없었고, 행여 심한 말을 했다고 해서 가만히 있을 그는 더욱 아니었다.

그저 '실망했습니다' 라고 말했을 뿐이다. 하지만 상빈에겐 그 어떤 말보다 충격으로 다가왔다. 자꾸 귓가에 맴도는 것이 잊혀지질 않는 것이다.

차라리 심한 말을 했다면 한 대 쥐어 패버리고 말았을 텐데 이건 그럴 수도 없으니 뭐라고 할 말이 선뜻 떠오르지 않았다.

이렇게 되자 그들 사이엔 전에 없던 벽이 생긴 것만 같았다. 그들은 묵묵히 걸음을 옮겼고 덕분에 그를 안내하고 있는 양충기는 죽을 맛이었다.

장주 진금발이 호되게 당하는 것을 보았으니 자연 위축될 수밖에 없었는데 그나마 상빈과 덕원이 한껏 분위기를 잡고 있으니 도무지 불안이 가시지 않았다.

그는 걸음을 재촉하여 그들 앞으로 나섰다.

곁에 있다간 자칫 고래 싸움에 새우 등 터질 일이 생길 것만 같았던 것이다.

하지만 생각과는 달리 앞으로 나서니 더욱 마음을 놓을 수가 없었다.

등 뒤에 상빈을 달고 가는 게 더욱 신경이 쓰이는 것이다. 차라리 눈에 보이는 게 마음이 편할 것 같았다.

"시장하셨지요? 이제 다 와갑니다."

그는 걸음을 늦추며 괜스레 말을 걸어보았다. 그러나 상빈은 말이 없었다. 그저 슬쩍 고개를 돌려 뒤에 따라오고 있는 덕원을 바라볼 뿐이다.

상빈은 다른 생각을 하고 있었다.

'아무래도 실수를 했나 보군.'

어울리지는 않았으나 그는 자신의 행동을 후회하고 있었다. 아무래도 덕원이 의심을 하고 있는 것 같았다.

'하긴 그렇게 헛손질을 했으니 실망하는 건 당연하겠지.'

아무리 사정을 봐주었다고는 해도 어이없는 헛손질을 해댔으니 자신을 고수라고 생각하고 있던 덕원이 의심을 하는 것이 당연해 보였다.

'에휴, 괜한 짓을 해서 이게 무슨 망신이람?'

괜스레 머리통을 갈기려고 했던 것부터가 화근이었다. 그동안 사숙의 위엄과 체통을 살리기 위해 나름대로 노력을 아끼지 않고 있었는데 그 모든 것이 한순간에 무너지고 만 것이다.

그는 자신이 너무 조급했다는 생각이 들었다. 굳이 무공까지 펼치지 않더라도 자신의 몸놀림이라면 충분히 잡을 수 있었음에도 흥분하는 바람에 제대로 움직이지 못했다.

'저놈보다 실력이 뛰어난 애들도 상대했었는데.'

상빈은 불귀곡을 빠져나온 뒤 상대했던 무인들을 떠올렸다. 그간 몇 번의 싸움을 겪은 뒤 나름대로 자신의 문제점을 파악하고 있었음에도 어이없는 실수를 하고 말았으니 후회막급이었다.

'젠장, 저놈을 너무 봐줬어.'

그는 고개를 돌려 진금발을 바라보았다.

만신창이가 되어 제대로 의식조차 차리고 있지 못했지만 이 모든 것이 진금발 탓으로만 여겨지고 있었기에 미안한 마음은 전혀 들지 않았다. 만약 처음부터 제대로 상대했다면 이렇게까지 되진 않았을 거라는 것을 그는 알고 있었다.

화를 내기는 했지만 그렇다고 진금발을 다치게 할 생각은 없었다. 때문에 처음 몇 번은 손속에 사정을 두고 휘둘렀었고, 그러는 동안에 진금발은 상빈의 커다란 소매를 보고 움직임을 간파할 수 있었다.

그런 까닭에 상빈이 진심으로 진금발을 상대할 때는 이미 그의 움직임에 익숙해져 버린 진금발은 아슬아슬하게 그의 손을 벗어날 수 있었던 것이다.

또한 진금발은 신법과 보법까지 사용하지 않았던가. 그런 그를 쉽게 잡지 못하는 것은 어찌 보면 당연한 일인지도 몰랐다. 아무리 몸놀림이 뛰어나다고 해도 신법을 펼치는 자를 상대하는 것은 쉽지 않은 일이기 때문이다.

물론 상빈은 희대의 보법이라고 불리는 환영신연보를 터득하고 있었지만 덕원을 곁에 두고는 결코 사용할 수 없는 일이었으니 결국엔 백보신권까지 펼치게 된 것이었다.

그러나 그런 사실은 자신만의 사정이었으니 상빈은 강호출두 이래 처음으로 난감함을 느꼈다.

‘뭐라고 해야 좋을까?’

뭔가 변명이라도 해야겠는데 마땅히 할 말이 없었다.

“흠흠, 덕원아.”

그는 슬쩍 말을 붙여보았다.

“……”

상빈의 부름에 덕원이 고개를 들었으나 대답은 없었다.

평상시라면 ‘네, 사숙’ 하고 대답했을 덕원이 아무런 대꾸가 없는 것을 보면 실망이 큰 것 같았다.

“흠흠, 그게 말이다.”

“……”

어색한 마음에 헛기침까지 하며 불러보았지만 덕원은 여전히 말이 없다.

‘이게 감히 말을 씹네?’

은근히 화가 났다. 평상시 같았다면 머리통을 갈겨 버렸을 테지만 한 짓이 있다 보니 그럴 수는 없고 한껏 목소리를 낮추고 다시 말을 붙였다.

“실망이 컸나 보구나.”

“경솔하셨습니다.”

그때서야 덕원이 입을 열었다.

“그래, 나도 후회하고 있다.”

“……!”

“내가 실수를 한 것 같구나. 하지만 놈을 다치지 않게 하려고 사정을 봐줬던 거다.”

“그런 분이 백보신권을 펼치셨습니까?”

상빈이 변명하려는 것을 보고 덕원이 똑바로 바라보며 말했다.

“그거야 그저 겁을 주려 한 것이지.”

상빈은 일단 자신이 봐주면서 상대했음을 강조하기 시작했다. 그러나 덕원의 반응은 냉담했다.

“무슨 말씀이십니까? 백보신권은 저희 소림의 자랑이자 중원 최고의 절기(絶技) 중 하나입니다. 그런데 그런 무공을 그저 겁을 주려고 사용하신단 말입니까? 그러다가 사람들이 맞았다면 어쩌시려고 그러셨습니까?”

“그러니까 그저 겁만 주려고 했다니까.”

“그런 분이 그렇게 공력을 끌어올리셨습니까? 저는 도저히 사숙의 말씀을 믿을 수가 없군요.”

“허허, 그거참.”

덕원의 태도가 의외로 난감하였기 때문에 가뜩이나 할 말이 없던 상빈은 어색한 너털웃음만 터뜨렸다.

사실 작정하고 내력을 끌어올렸으니 겁만 주려고 했다는 말은 자신이 생각해도 억지가 심했다. 하지만 그렇다고 해서 물러설 그도 아니었다. 오로지 밀어붙이는 것만이 그의 장기이자 특기 아니던가.

특히 이처럼 말이 막힐 때는 특기가 주효했다.

“네가 나를 아주 우습게 보는구나.”

“……..”

“내가 아무려면 일초지적(一招之敵)도 안 되는 저깟 놈을 상대하려고 백보신권까지 펼치려 들었겠느냐! 오로지 겁만 주고 끝내려 했는데 네놈이 괜히 밀치는 바람에 내력을 거두지 못한 게 아니냐!"

상빈은 오히려 호통을 내질렀다.

그러나 덕원은 여전히 믿지 못하겠다는 얼굴이었다. 다른 것은 몰라도 소림 무공에 정통한 덕원의 눈을 속이기란 쉽지 않은 일이었다. 이건 윽박지른다고 덮어질 문제가 아니었다.

하지만 상빈은 아랑곳하지 않았다. 어차피 다른 방도가 있는 것도 아니었으니 자신의 최대 강점인 뻔뻔함을 주 무기로 덕원을 설득하기 시작했다.

"왜, 믿기지 않느냐?"

"쉽게 믿기지 않는 것은 사실입니다."

"그것 봐라. 그것만 봐도 네놈이 나를 얼마나 우습게 보고 있었는지 알 수 있지 않느냐."

"억지가 심하십니다."

덕원의 저항이 의외로 완강했다.

평상시라면 이 정도로 언성을 높이면 꼬리를 내렸을 텐데 오늘은 꿈쩍도 안 하는 것이다.

"억지?"

"그렇습니다. 그렇지 않아도 사숙께선 본사의 절기들을 너무 남발하시는 것 같습니다."

덕원은 이 참에 그간 못했던 말들을 모두 하려고 했다.

절기란 말 그대로 한 문파를 대표하는 무공을 말하는 것이다. 때문에 절기를 함부로 펼쳐서는 곤란했다. 아무리 뛰어난 위력을 갖고 있는 무공이라고 해도 자주 사용하다 보면 파해법이 나올 수 있었고, 절기가 노출되는 문파는 강호에서 힘을 잃게 되기 때문이다.

하나 아는 무공이라고는 소림과 아수라혈천교의 절기밖에 없는 상빈에겐 정말 답답한 소리가 아닐 수 없었다.

'젠장, 누군 그거만 펼치고 싶어서 그러냐? 그나저나 이놈 말하는 게 조금 이상하네? 내가 헛손질을 한 것보다는 백보신권을 펼친 것에 화가 난 모양인데?'

덕원이 하는 말을 듣고 있다 보니 자신의 걱정과는 다른 것 같았다.

"그럼 네가 화가 난 것이 백보신권을 펼쳤기 때문이냐?"

"당연하지 않습니까? 도대체 제 말을 어떻게 생각하신 겁니까?"

덕원이 정색을 했다. 하나 상빈의 얼굴은 활짝 펴졌다. 자신이 우려했던 것과는 상관없는 일이었으니 기쁘기까지 했다.

"하하, 그랬구나. 그런 거였어."

"사숙?"

갑자기 웃음을 터뜨리는 사숙의 모습에 덕원은 의아한 얼굴이 되었다. 그러나 일단 걸리는 것이 없어지자 상빈은 본래의 뻔뻔한 얼굴로 돌아왔다.

"알았다. 내 앞으로는 조심하도록 하마."

"정말이십니까?"

"허허, 그놈 참, 알았다고 하지 않느냐."

상빈은 더 이상 말하기 싫은 듯 짧게 잘라 말했다.

그러나 덕원은 여기서 물러설 수 없었다.

그간 말을 안 해서 그렇지 사숙 때문에 곤란한 적이 한두 번이 아니었기에 하나하나 짚고 넘어갈 생각인 것이다.

"사람을 대할 때는 좀 더 신중해지셨으면 좋겠습니다."

"뭐라고? 지금 나를 가르치려는 거냐?"

"그건 아닙니다만……."

덕원은 독하게 말하리라 마음먹었지만 상빈의 눈꺼풀이 흔들리는 것을 보고는 슬쩍 말꼬리를 돌렸다.

"그럼 갑자기 그런 이야기를 하는 이유는 뭐냐?"

"그건… 저… 그게……."

덕원은 무슨 말인가를 하려 했으나 상빈의 눈과 마주치자 고개를 떨구었다.

"휴, 아닙니다. 제가 괜한 말을 한 것 같습니다."

할 말이 많았지만 이쯤에서 그만두는 것이 좋을 것 같았다. 겁도 났지만 주변엔 태음장의 무리도 함께하고 있으니 아무래도 자리가 좋지 않았다.

그런 덕원의 모습에 상빈이 다가왔다. 그리고는 그의 어깨 위에 손을 올렸다.

움찔!

"사, 사숙!"

덕원은 기겁을 하고 몸을 움츠렸다.

사숙의 성격에 가만히 있는 것이 이상하다 싶었는데 바로 응징을 가하려 드는 것만 같았다. 그러나 덕원은 진금발처럼 피하려 들지는 않았다. 한 대 맞는 것이 피하는 것보다 편하다는 것을 이미 알고 있었기 때문이다.

그는 긴장한 얼굴로 상빈의 손을 바라보았다.

스르륵!

그러나 생각과는 달리 어깨에 올려진 손은 가볍게 아래를 향해 떨어져 내렸다.

투툭!

"……?"

"다 안다, 네가 무슨 말을 하려고 했는지. 앞으로는 조심하마."

"네?"

화를 낼 줄 알았는데 정말 의외의 말이었다.

덕원은 깜짝 놀라 고개를 쳐들었다. 사숙의 입에서 이런 말이 나올 줄은 생각지도 못한 것이다.

상빈은 어색한 미소를 지으며 다시 한 번 덕원의 어깨를 두드린 후 성큼거리며 앞으로 나갔다. 억지로 미소 짓고 있기가 힘들었다.

사실 자신을 가르치려 드는 덕원의 모습에 기분이 좋지는 않았지만 내색하진 않았다.

자신을 바라보는 덕원의 눈길이 전 같지 않음을 느꼈기 때문이다.

전에는 자신이 무슨 말을 하든 어떻게 행동을 하든 참견을 하지 않았는데 오늘은 아니었던 것이다.

'앞으로 조심해야겠군.'

덕원이 어떤 표정을 짓고 있는지 궁금했지만 애써 눌러 참으며 양충기에게 말했다.

"아직 멀었느냐? 이러다가 굶어 죽겠다."

잠시 후 일행은 태음장에 당도하게 되었다. 이미 시간은 해시를 넘어 늦은 밤인지라 주위엔 칠흑 같은 어둠만이 가득했지만 이곳만은 그런 주변과 달랐다.

높게 솟아오른 담장 너머로 불빛이 아른거리는 것으로 보아 아마도 곳곳에 화톳불이라도 지펴놓은 것만 같았다.

"여기냐?"

"네, 오시느라 수고하셨습니다."

상빈의 물음에 양충기가 서둘러 대답을 했다.

"그래, 배고파 돌아가시는 줄 알았다. 들어가자마자 밥부터 준비해라."

"네, 너무 걱정하지 마십시오."

그렇지 않아도 배가 고프기는 그 또한 마찬가지였기에 식사부터 준비하리라 생각하고 있었다.

하지만 그들이 정문으로 다가서고 있을 때 덕원이 걸음을 멈추며 상빈을 불렀다.

"사숙, 꼭 이곳에 머물러야겠습니까?"

그는 태음장에 머무는 것이 마음에 들지 않은 것 같았다.

"여기까지 와놓고 뜬금없이 무슨 소리냐?"

"아무래도 사람들의 눈도 있고……."

그는 양충기를 바라보며 잠시 말을 멈추었다. 그리고는 낮은 목소리로 다시 말을 이었다.

"저희가 이곳에 머문 것이 알려지면 강호에 좋지 않은 소문이 날지도 모릅니다."

"왜?"

"저는 이곳이 사하방에 속해 있는 것이 마음에 걸립니다."

당사자들을 곁에 두고 말하는 게 쉽지 않았기에 그의 행동은 조심스러웠다.

"그러니까 사하방이 흑도니까 이곳에 머물지 않는 게 좋다는 말이냐?"

“네, 아무래도 그러는 게 좋을 것 같습니다.”

“놀고 있네. 여태까지 저놈들하고 잘만 있어 놓고선 무슨 소리야?”

“그거와는 다르지 않습니까?”

“다르긴 뭐가 달라? 헛소리 그만 하고 어서 가자.”

상빈은 일언지하에 거절을 하고는 걸음을 옮겼다.

그러나 덕원은 움직이지 않았다. 사실 그가 갑자기 이런 말을 꺼낸 것은 상빈 때문이었다. 오는 길에 그 난리를 피웠으니 분명 내일 아침이면 자신들에 대하여 온갖 소문이 난무할 것이 분명했다.

“사숙, 그러지 말고 근처의 객점으로 옮기시지요.”

“됐다니깐! 공짜 밥 놔두고 뭐 하러 그러냐니까!”

아무래도 이들과 머물렀다간 무슨 사고를 칠 것만 같아 두려운 생각이 들었다. 차라리 자신이 모시는 게 편할 것 같은 생각이 든 것이다.

하지만 한번 마음을 굳힌 상빈이 바꿀 리 없었다.

“근주자적 근묵자흑(近朱者赤 近墨者黑)이라는 말도 있지 않느냐? 가까이 하면 닮는 법이다. 그러니 좋은 일 한다고 생각하고 이곳에 머물도록 하자.”

“네? 아니, 그러니까 더욱 머물면 안 되지 않습니까?”

덕원은 이해가 되지 않았다.

상빈의 말은 주사(朱砂)를 가까이 하게 되면 붉게 되고 묵을 가까이 하게 되면 검게 된다는 말로 주위 환경의 중요성을 나타내는 말이었으니 그 말대로 해석하면 오히려 머물면 안 되기 때문이다.

하지만 상빈은 역시 달라도 무언가 달랐다.

“설마 이런 놈들 때문에 우리가 바뀐다고 생각하는 건 아니겠지? 우리랑 함께하다 보면 이놈들이 바뀔 테니 두고 보라고. 사마와 흑도라고 해서 무조건 배척하기보다는 곁에 두고 가르칠 생각을 해야지. 네가 무얼 걱정하는지 알겠지만 걱정 마라. 내가 이곳을 떠날 때까지 이놈들 정신 상태를 싹 뜯어 고쳐 놓을 테니.”

상빈의 말에 곁에서 그들의 말을 듣고 있던 양충기는 자신도 모르게 어깨를 늘어뜨렸다. 다른 곳으로 옮기자던 덕원의 말에 자신도 모르게 쾌재를 부르고 있었던 터였기에 실망이 컸다.

그때 그런 그를 상빈이 불렀다.

“이 문 안 열고 뭐 해? 안 들어갈 거야?”

상빈은 굳게 닫혀 있는 정문을 가리켰다.

■15장■
들썩이는 태음장

*끼*이익!

수하들에게 내일 일을 지시하기 위해 장원을 둘러보던 홍종복은 요란한 소리를 내며 정문이 열리는 것을 보았다. 그리고 일단의 무리가 떼를 지어 정문으로 들어서는 게 아닌가.

'누구지?'

때마침 달빛이 구름 사이로 숨어 있어 무리들을 살피기 힘들었지만 근처에 매달아놓은 횃불로 무리들을 볼 수 있었는데, 이상하게도 정문을 지키던 수하들이 몸을 굽혀 인사를 하는 것이다.

'혹시 진금발이 돌아왔나?'

수하들이 반기는 것을 보면 아무래도 자신의 추측이 맞을 것 같았다. 그러나 확인을 할 수 없었기 때문에 서둘러 걸음을 옮기는데 무리 속에서 누군가가 자신을 부르는 소리가 들려왔다.

"혹시 홍 수관(修觀)님 아니십니까?"

수관은 한때 염매에 관여했던 홍종복의 직책으로, 지금은 각주를 맡고 있으니 홍종복은 자신을 부른 자가 오래전부터 자신을 알고 있는 자라는 것을 알 수 있었다.

그는 소리가 들려오는 쪽을 바라보고는 이내 자신의 생각이 옳다는 것을 알 수 있었다.

황급히 앞으로 나서는 자는 자신도 알고 있는 양충기였다. 양충기와는 함께 일을 한 적이 있었다.

"자네 양충기 아닌가? 도대체 어디 갔었나? 걱정했다네."

"양 수관님께서 어떻게 여기에……?"

"갑자기 소식이 끊어지는 바람에 방주님께서 걱정이 크셨다네. 그래, 도대체 무슨 일이 있었나?"

"그게… 말입니다. 다른 형제 분들도 오신 건가요?"

양충기는 대답은 하지 않고 다른 소리를 했다.

"같이 왔네. 그런데 어딜 갔다 왔는가? 그동안 얼마나 걱정을 했는지 아는가?"

"흑흑!"

양충기는 갑자기 감정이 복받쳐 오르는지 흐느껴 울기 시작했다. 규염사객이 함께 있다고 하자 안도가 되었기 때문이다. 직접적으로 목숨의 위협을 받지는 않았으나 좀 전만 해도 장주 진금발이 개처럼 두들겨 맞는 것을 보았으니 그가 느낀 공포는 말로 표현 못할 정도였다.

그가 어깨까지 들썩이며 흐느끼자, 그런 모습을 보고 있는 홍종복은 의아함을 감추지 못했다.

"자네 갑자기 왜 그러는가?"

그가 아는 양충기와는 너무나 다른 모습이었다. 평소 잔꾀가 많고 약삭빠른 면이 있어 아부가 심하긴 했지만 그래도 이건 너무 심했다.

단순하게 자신을 반기는 것이 아니라는 건 한눈에 알 수 있었다.

그는 유심히 양충기를 바라보았고, 이내 이상한 점을 눈치 챌 수 있었다. 자꾸만 뒤를 살피는 것이다.

홍종복이 그의 시선을 따라 뒤를 바라보자 낯선 자들이 보였다. 못마땅한 얼굴로 자신을 바라보고 있는 서생과 낡은 가사를 입은 승려, 그리고 서 있기조차 힘든지 바닥에 쭈그려 앉아 있는 백발 노인이 보였다.

"저분들은 누구신가?"

"그게… 저… 희를 도와주신 분들이십니다."

양충기는 말을 더듬었다.

"그런가?"

홍종복은 별스럽지 않게 대답했지만 양충기의 말을 곧이곧대로 받아들이지는 않았다. 만약 그 말이 사실이라면 양충기가 이런 행동을 할 리 없는 것이다.

'이들이 누군데 양충기가 이리 어려워하는 거지?'

궁금한 것은 많았지만 내색하진 않았다.

그는 잠시 주변을 살펴보다가 상빈과 눈이 마주치자 정중히 포권지례를 하며 먼저 말을 건넸다.

"처음 뵙겠습니다. 저는 홍종복이라고 합니다. 저희 식구들에게 도움을 주신 점 감사드립니다."

홍종복은 최대한 예의를 지켜 말했다. 양충기의 태도를 보고 나름대로 조심을 하는 것이다.

“…….”

그러나 그들은 말이 없었다. 상빈은 원래 사람을 대하는 것이 서툴렀고, 덕원은 사숙이 인사를 하길 기다리고 있었던 것이다. 사숙과 함께 있으면서 감히 자신이 먼저 인사를 나눌 수는 없었기 때문인데, 덕분에 그들은 상당히 어색하게 서로를 바라보게 되었다.

이에 홍종복의 얼굴이 조금 일그러졌다. 자신은 예의를 갖추어 인사를 했음에도 상대방에게선 아무런 화답이 없으니 자신을 무시하는 것 같았다.

이때 더는 안 되겠는지 덕원이 나섰다.

“인사가 늦었습니다. 저는 덕원이라고 하고, 이쪽은 저의 사숙과 사제입니다.”

덕원은 우선 상빈을 가리킨 뒤 바닥에 쪼그리고 앉아 홍종복을 올려다보고 있는 장도명을 가리켰다.

그러자 상빈이 마지못해 입을 열었다.

“이상빈이라고 하오.”

“네, 반갑습니다. 저희 식구들에게 도움을 주셨다…….”

홍종복은 일단 방을 대신하여 인사를 하려 했다.

그러나 그건 홍종복의 마음일 뿐 상빈의 마음은 아니었으니 갑자기 상빈이 손을 들어 그의 말을 막았다.

“자, 인사는 나중에 하고 일단 요기부터 하는 게 어때?”

누구의 말이라고 거역하겠는가.

양충기는 수하들에게 음식을 준비하라고 시킨 뒤 상빈 등을 내실로 안내했다. 하지만 얼굴을 찡그리고 있는 홍종복에게 말을 전하는 걸 잊지 않았다.

"홍 수관님, 일단 참으셔야 합니다. 자세한 이야기는 호 당주에게 들으십시오."

양충기는 빠르게 말한 후 상빈에게 돌아갔고, 홍종복은 무시를 당했다는 생각에 기분이 나쁘기는 했지만 일단 호등청에게 전후 사정을 듣기로 마음먹었다.

안으로 들어서자 태음장의 전경이 들어왔다. 비록 어둠 때문에 횃불과 등불에 비친 일부분만을 볼 수 있었지만 밖에서 본 모습과는 달랐다. 밖에서는 높게 둘러쳐져 있는 담장 위로 솟아오른 지붕들만이 보여 내부를 알 수 없었지만 안에 들어서고 보니 생각 외로 넓었다.

특히 눈에 띄는 것은 이삼층의 누각(樓閣)들이 늘어서 있는 모습이었는데, 등불에 비춰진 처마의 모습은 공을 많이 들였다는 것을 한눈에 알 수 있게 해주었다. 추녀 끝에서 휘어져 들어간 서까래와 화려한 문양이 새겨진 부연(附椽)이 지붕의 선과 아름다움을 살리고 있는 것이다.

상빈은 눈을 크게 뜨고 주변을 바라보다가 나직하게 중얼거렸다.

"흠, 생각 외로 집이 크군. 제대로 꾸미고 지냈는데?"

"그렇군요. 작은 장원인 줄 알았는데 생각보다는 큰 것 같습니다."

덕원이 대답을 하자 상빈은 고개를 끄덕였다.

"그래, 나는 이렇게 큰 집은 처음이야. 사실 내가 어릴 적 살던 마을은 다들 가난해서 기와를 올린 집도 얼마 없었거든."

덕원이 입을 크게 벌렸다.

"아, 그러셨습니까? 고향이 어디셨는데요?"

지금까지 상빈은 자신의 과거에 대해 말을 한 적이 없었기에 덕원은 귀를 쫑긋 세웠다.

"정확히는 모르겠지만 이곳에서 그리 멀지 않을 거야. 사실 어릴 적에 고향을 떠났기 때문에 마을 이름만 알지 어디에 붙어 있는지는 나도 잘 모르거든. 영암(永岩)이라고 알아?"

"글쎄요. 저는 모르겠습니다. 이곳 운남이었나요?"

"그래, 산이 많은 곳이었는데 주변의 산들에 화전(火田)을 일구며 지내고는 했지."

상빈은 그럴 줄 알았다는 얼굴로 말했다. 워낙 작은 마을이었기에 알지 못하는 게 당연하다고 생각했다.

그는 고개를 돌려 뒤를 따라오는 양충기에게 물었다.

"넌 알아?"

갑작스런 상빈의 질문에 양충기가 당황한 얼굴이 되었다. 그는 다른 생각을 하고 있었기 때문에 그들의 대화를 듣지 못했다.

뜻밖에 홍종복을 만나게 되자 머리가 복잡했다. 지금까지는 상빈과 덕원의 무위에 눌려 당하고만 있었지만 홍종복을 만나게 되자 앞으로 어떻게 처신할 것인지 염두를 굴리게 된 것이다.

한마디로 규염사객과 상빈을 두고 저울질을 하게 된 것이다.

그러나 그런 생각은 이내 지워 버렸다. 저울질이란 상대가 어느 정도 비슷해야 하는 법인데, 이건 언뜻 생각해도 싸움이 되질 않을 것 같았다. 아무리 규염사객의 실력이 뛰어나다고는 해도 이들은 차원이 달랐다.

상빈을 제쳐 두고 덕원만 하더라도 자신들이 다 달려들어도 상대가 안 될 정도의 고수였고, 또한 장도명도 있지 않은가?

규염사객을 믿고 어떻게 해보겠다는 생각은 안 하는 게 좋을 것 같았다.

그때 상빈이 다시금 물어왔다.

"야, 말하는 거 못 들었어? 영암이라는 작은 마을인데 혹시 어디 있는지 알아?"

"아, 네. 그게 그러니까……."

양충기는 말을 더듬었다. 어디선가 들어본 이름이었다. 하지만 갑작스럽게 질문을 받게 되자 선뜻 떠오르지 않았다.

"들어본 것 같은데 잘 생각이 나지 않는군요. 제가 알아보고 말씀드리겠습니다."

양충기의 말에 상빈이 고개를 끄덕이자 덕원이 다시 물어왔다.

"그런데 아까 그분은 누구신가요?"

홍종복이라는 이름을 어디선가 들어본 것 같았다. 시숙 때문에 제대로 인사를 못한 게 마음에 걸렸던 것이다. 아마 크게 자존심이 상했을 것이다.

"규염사객 중 첫째이십니다."

"아, 어쩐지 이름이 낯설지 않다고 생각했습니다."

덕원은 그제야 이름을 떠올리고 자신들이 큰 실수를 했다고 생각했다. 규염사객이라면 흑도치고는 꽤 좋은 평가를 받는 무인이었기 때문이다.

"그런데 그런 분이 이곳엔 어쩐 일인가요? 제가 알기로는 태음장에 몸담으실 분은 아닌 거로 알고 있는데요."

"본 방에서 오셨습니다. 아마도 저희가 걱정이 되었나 봅니다."

굳어 있던 양충기의 얼굴이 조금 풀렸다.

그나마 믿고 의지할 상대라고는 홍종복밖에 없었는데 이들에게 무시당하는 것을 보고 내색은 안 했지만 기분이 상당히 좋지 않았다. 그러던 차에 덕원이 그를 알아보는 것을 보니 자신도 모르게 기분이 좋아지는 것이다.

"그렇군요. 하긴 많은 분들이 장원을 떠나게 되셨으니 그럴 만도 하군요."

덕원은 가볍게 고개를 끄덕였지만 재빨리 상빈에게 전음을 보냈다.

"사숙, 아무래도 사하방에서 고수들을 보낸 것 같습니다. 그냥 근처의 객점을 이용하시지요?"

"……."

걱정이 되어 전음을 보냈지만 상빈은 듣는 둥 마는 둥이다. 귀가 간지럽다는 듯이 귀를 후벼 파고 있을 뿐이다.

안 되겠는지 덕원은 전음 대신 입을 열었다.

"사숙!"

"아, 그놈 참. 그만 해라, 같은 말 하는 거 은근히 짜증난다."

상빈은 눈을 부라렸다.

애초에 그런 것이 두려웠다면 이곳에 오지도 않았을 것이다. 또한 고수들이 와 있다는 말에 상빈이 은근히 쾌재를 부르고 있다는 걸 덕원은 알지 못했다.

'이거 잘하면 싸움 구경을 할 수 있겠군.'

일전에 덕원이 싸우는 광경을 보고서 많은 것을 느끼지 않았던가? 상빈은 입가에 묘한 미소까지 지으며 즐거워하고 있었다.

그가 그런 생각을 하고 있을 때 갑자기 횡 하는 바람 소리와 함께 무언가가 그의 곁을 스쳐 지나갔다. 잠자코 그들의 뒤를 따라오고 있던 장도명이 무언가를 보고 몸을 날린 것이다.

“장 공자!”

“사제!”

양충기와 덕원이 동시에 그를 불렀지만 이미 장도명의 몸은 저만치 사라져 버렸다.

“저놈 왜 저래?”

“모르겠습니다.”

상빈이 물어왔지만 덕원이라 해서 알 리가 없었다. 그들은 이유를 물어보기 위해 구칠에게로 고개를 돌렸고, 그들의 시선을 받은 구칠은 조심스럽게 입을 열었다.

“아무래도 음식 냄새를 맡은 것 같습니다.”

“뭐? 음식 냄새?”

“네, 진즉부터 배가 고프다고 하더니 갑자기 코를 벌름거리며 뛰어가 버렸습니다.”

“이런 젠장, 이 녀석이 내 밥까지 다 처먹는 거 아냐?”

머리가 나빠지고 난 후 유난히 식탐을 밝히는 장도명이었다. 이대로 뒀다간 자신이 먹을 밥마저 빼앗길 것 같아 상빈은 자신도 모르게 눈에 불을 켰다.

“안 돼, 그놈 잡아!”

상빈은 고함을 내지르며 장도명을 쫓았다. 사부인 자신을 제쳐 두고 겁도 없이 밥상머리에 달려들다니. 이건 아무리 봐주려 해도 용서가 안 되는 일이었다.

하지만 장원은 넓었고, 도대체 장도명이 어디로 사라졌는지를 알 수가 없어 잠시 멈춰 설 수밖에 없었는데, 그때 내원 쪽에서 요란한 소음이 들려왔다.

와장창!

"이놈! 이거 밥상을 엎었나 보다!"

이 순간 상빈은 걱정이라는 것을 하게 되었다.

사하방의 고수가 있다는 말에도 콧방귀만 뀌던 그가 안절부절못하고 있는 것이다.

그 순간 상빈은 몸을 작게 움츠렸다. 그리고는 한 마리 새처럼 허공을 날았다. 소리가 들려온 쪽은 작은 장원 내부의 작은 돌담 뒤였으니 단숨에 뛰어넘어 장도명을 잡아챌 요량인 것이다.

"이놈의 자… 시익?"

괴성 같은 호통을 내지르며 몸을 날렸던 상빈이 순간적으로 바람 빠지는 소리를 냈다.

돌담을 뛰어넘자 여기저기 등불을 환하게 밝힌 내원의 모습이 보였고, 상빈은 커다란 상을 덮치다시피 한 장도명의 모습도 확인할 수 있었다.

하나 이건 장도명을 치도곤 낼 상황이 아니었다. 장도명의 주변에서 날이 시퍼렇게 선 검과 도가 위협을 가하고 있었기 때문이다.

"뭐가 어떻게 된 거야?"

상빈은 장내의 상황을 파악하기 힘들었다. 차려진 음식들을 거덜 내는 것은 생각한 것과 그리 큰 차이는 없었지만 이건 음식뿐만 아니라 날선 도, 검을 병풍으로 삼고 눈총까지 먹고 있는 것이다.

"웬 놈이냐?"

커다란 도를 든 사내가 상빈이 나타난 것을 보고 고함을 질렀다.

바로 비천응뢰 나우뢰였는데, 그의 얼굴은 조금 질려 있었다. 아니, 그뿐만 아니라 주변에 있는 자들 또한 마찬가지였다. 하나같이 긴장한 모습이 역력했다.

그들이 술을 마시기 시작한 지 제법 시간이 지났지만 상다리가 휘도록 음식들을 준비시켜 놓았기에 술상엔 여전히 많은 음식이 남아 있었다. 하나 갑자기 달려든 정체불명의 노인은 걸신이라도 든 것처럼 음식들을 초토화시키고 있었다.

그러나 단순하게 음식을 먹는 것만으로 강호에서 악명을 떨치던 그들을 긴장시킬 순 없었을 것이다. 그들은 술상을 덮쳐 왔던 노인의 움직임에 기겁을 하고 말았다.

'제운종!'

하나같이 장도명의 신법을 알아보았다. 무당이 자랑하는 제운종의 움직임을 몰라볼 만큼 눈이 어두운 자는 이곳에 단 한 명도 없었다.

'무당의 도인인가?'

처음엔 모두 무당이라는 이름에 긴장하게 되었다. 정사대전 이후 힘이 줄어들었다고는 하나 무당은 여전히 구대방파 중 수위에 속하는 곳이었으니 흑도에 속한 이들의 경원의 대상인 것은 여전했다.

하지만 그것도 잠시, 그들은 놀라운 사실을 알 수 있었다. 자신들이 휘두른 검을 뚫고 장도명이 술상을 덮쳤다는 사실이었다. 그들은 분명 정체불명의 물체를 향하여 검을 휘둘렀다. 아무리 술에 취해 있다고는 하지만 하나같이 검과 도로 이름을 떨치는 자들이었으니 반격 한 번 못하고 급습을 허용할 정도로 어리석진 않았다.

하지만 백발의 노인은 너무나 간단하게 자신들의 공격을 피해내고는 술상을 덮쳤다. 그 동작이 얼마나 재빨랐는지 그들은 자신들이 헛손질을 했다는 것조차 뒤늦게 깨달았다.

그들은 자신들이 취했다고 생각했다. 그렇지 않다면 그렇게 빠르게 자신들의 검을 뚫고 지나가는 건 불가능에 가까웠기 때문이다.

그들은 각자의 무기로 장도명을 위협하며 서둘러 내력을 운기했다.

내력을 이용하여 취기를 몰아내었고, 그러던 찰나에 상빈이 나타나자 나우뢰가 고함을 질러 상대를 경계했던 것이다.

한데 그런 모습을 보고 어이가 없는 것은 상빈 또한 마찬가지였다. 아무리 배가 고파도 그렇지 칼을 빼어 든 무리 앞에서 거지처럼 음식을 주워 먹고 있는 걸 보니 눈이 돌아갈 정도로 화가 치밀어 올랐다.

"저런 놈을 제자라고 두고 있으니, 내가 생각해도 참 한심하다."

먹여놓은 만년삼황이 아까웠다.

살려놓은 죄로, 제자로 거둬들인 죄로 맡아두고 있지만 이건 심해도 너무 심했다. 성질 같아선 어디 야산에다가 팽개쳐 버리고 싶었지만 그러자니 마음에 걸렸다. 영민했던 장도명을 저리 만든 건 만년삼황을 잘못 먹인 자신의 탓이 컸기 때문이다.

"휴~ 무슨 일이 있어도 저놈을 고쳐야지 안 되겠어. 저놈 때문에 내 머리가 다 지끈거리네."

상빈은 자신의 제자를 위협하고 있는 검들은 눈에 들어오지 않는 듯 연신 자기만의 생각에 빠져 있었다.

그 순간 덕원과 양충기가 도착했는지 뒤에서 인기척이 느껴졌다.

"이게 어찌 된 일입니까?"

덕원은 바짝 긴장한 얼굴로 물어왔다.

"보면 모르냐? 밥 먹고 있잖아."

"그게 아니라, 저자들은 누구인데 사제에게 검을 거누고 있는 겁니까?"

"몰라, 아마도 밥 주인이겠지. 지들 밥 빼앗겼다고 저러나 본데?"

상빈은 대수롭지 않게 이야기했다.

사실 아무리 밉다고 해도 장도명이 위협받고 있으니 걱정이 안 되는 건 아니었다. 다만 머리가 나빠졌다고는 하나 환골탈태까지 한 몸이었고, 일신에 익혔던 무공은 고스란히 남아 있었으니 쉽게 당할 것 같지는 않았다.

그들이 이야기를 주고받고 있을 때 또다시 나우뢰가 벼락같은 호통을 내질렀다.

"네놈들은 뭐 하는 놈들이기에 이런 행패를 부리느냐?"

그는 새로운 침입자를 바짝 경계하고 있었다.

"아~ 그놈 참, 야밤에 시끄럽게 고함을 지르기는. 귀찮다. 네놈이 말해라."

상빈은 귀를 후비적거리며 양충기에게 말했다. 그러자 곁에서 안절부절못하고 있던 양충기가 황급히 나섰다.

"사하방에서 오신 분들이십니까?"

"그렇다, 너희는 누구냐?"

"네, 저는 양충기라고 이곳 태음장의 총……."

"잠깐~!"

양충기가 말하고 있는데 상빈이 갑자기 말을 잘랐다.

그리고는 양충기를 노려보며 말했다.

"말이 상당히 짧다. 여기 너한테 막말 들을 사람만 있는 거 아니거든? 말 가려서 해라."

상빈은 손톱 끝에 묻어 나온 귓밥을 털어내며 말했다.

사하방에서 고수가 왔다고 하더니 이들 같았다. 그렇지 않아도 덕원에게 그 소리를 듣고는 일부러 시비를 만들어서라도 덕원과 싸움을 시키려 했었는데, 장도명 덕분에 굳이 일을 꾸미지 않아도 될 듯싶었다.

"뭐라고?"

이런 상황에선 살짝 찔러주기만 해도 바로 반응이 오는 것이었다. 나우뢰는 유생 차림의 청년이 거만하게 말하는 것을 보고는 눈을 치켜 떴다.

"가까이서 말한 것도 못 듣는 걸 보면 덩치는 산만한 놈이 귓구멍은 작은가 보군."

"이놈이! 죽으려고 환장을 했구나!"

나우뢰는 장도명을 향해 겨누고 있던 패력도를 거두어 상빈을 가리 켰다. 당장에라도 달려들 태세였다. 그러나 상빈의 마음을 모르는 양 충기와 덕원은 황급히 그들을 말렸다.

"잠시만 기다리십시오. 저는 이곳 태음장의 총관 양충기입니다. 서 로 귀한 손님들이신데 제발 이쯤에서 멈춰주십시오."

양충기는 양쪽을 말리는 듯 말하긴 했지만 오로지 나우뢰만을 바라 보고 있었다.

상빈이 자신의 말을 들을 리 없기도 했지만 무슨 일이 있어도 사하 방의 고수와 상빈이 싸우게 해서는 안 되었다. 사하방에서 규염사객 말고도 많은 고수들을 보낸 것 같았지만 술에 취한 것 같았으니 그들 이 이길 가능성은 없어 보였다.

"뭐야? 결국엔 저놈들도 손님이었잖아. 그런데 무슨 자기 집처럼 큰 소리야? 역시 무식한 놈들이 입만 살았다니까."

"뭣이라! 내 네놈의 입을 갈라놓고 말겠다."

더는 참지 못하겠는지 나우뢰가 몸을 날려 상빈에게 달려들었는데 덩치가 크다 보니 마치 성난 황소가 달려드는 것 같았다. 하지만 그런

모양새와는 달리 나우뢰의 몸놀림은 상당히 뛰어났다. 성난 황소보다
는 마치 초원을 질주하는 야생마처럼 전신이 가볍고 힘에 넘쳐 보였다.

부웅!

나우뢰의 패력도가 요란한 소리를 내며 허공을 갈랐다. 하나 미리
준비하고 있었던 상빈은 가볍게 몸을 빼내 덕원의 뒤로 숨어버렸다.
처음부터 자신이 싸울 생각은 없었기 때문이다. 그리고는 덕원을 향해
넌지시 말했다.

"내가 저놈을 상대하면 오늘 시체 하나 치워야 할 텐데… 어쩔 테
냐? 내가 할까? 네가 할래?"

상빈이 이렇게까지 말하며 물러서니 덕원은 가만히 있을 수가 없
었다. 그는 자신을 노리고 날아드는, 아니, 좀 더 정확하게는 자신의
뒤로 몸을 감춘 상빈을 노리고 날아드는 패력도의 검면을 선천나한십
팔수의 선원적화세(仙猿摘花勢)를 펼쳐 밀쳐 내며 연속해서 투천환일
세(偸天換日勢) 이초식을 펼쳐 냈다.

휘잉, 팡~!

간결한 초식이었지만 실로 적절한 공격이었다.

두꺼운 바위라도 박살 내버릴 정도로 강맹하게 내려쳐 오던 패력도
의 옆면을 정확하게 가격하여 밀쳐 냄과 동시에 틈을 노려 상대의 옆
구리에 일격을 가하는 것이다.

하나 덕원을 상대하는 나우뢰는 태음장의 무사들과는 질적으로 달
랐다. 자신의 패력도가 튕겨지며 허리에 허점이 노출되자 바로 몸을
빼 물러섰기 때문이다.

획~!

아슬아슬하게 허리를 스치고 지나간 덕원의 손이 힘있게 거두어지

자 나우뢰는 자신도 모르게 식은땀을 흘렸다. 가볍게 내지른 것 같았지만 패력도에서 전해져 오는 압박이 상당하였다. 상대는 상당한 고수였다.

그는 힐끗 등 뒤에 서 있는 동료들을 바라본 뒤 입을 열었다.

"너희는 도대체 누구냐?"

보통이 아닌 것 같았지만 자신들의 수가 더 많은 걸 믿었다.

"그놈, 무식한 거야? 아니면 무시하는 거야? 계속해서 말이 짧네?"

한바탕 싸우길 원했는데 상대가 꼬리를 내리고 물러서는 것 같자 상빈은 또다시 성미를 돋웠다. 하나 나우뢰는 아무런 반응을 보이지 않았다. 불같은 성미를 갖고 있기는 했지만 함부로 몸을 놀릴 정도로 어리석진 않았다.

이때 덕원이 합장을 하며 입을 열었다.

"아미타불, 빈승은 소림의 덕원이라고 합니다. 그리고 이분들은 저의 사숙님과 사제이옵니다."

"헛! 소림!"

덕원의 말에 장내의 인물들이 하나같이 헛바람을 내뱉었다. 태산북두의 소림은 정도 무림의 대들보 같은 곳이 아닌가.

그들은 상당히 놀란 얼굴이 되었다.

어쩐지 무공 실력이 보통이 아니라 생각했는데 소림승이라면 이해가 되었다.

나우뢰는 양손으로 거머쥐고 있던 패력도를 거둬들이며 말했다.

"이거 몰라뵙고 결례를 끼치고 말았군요."

상대가 소림의 승려인 것을 알았으니 함부로 대할 수가 없었다.

"아미타불, 아닙니다. 결례라면 저희가 끼쳤습니다. 사제가 몸이 좋지 않아 실수를 하고 말았군요. 너그럽게 봐주시기 바랍니다.”

“아이고 아닙니다. 사제 분께서 말조심하라고 말씀해 주시지 않았다면 아마도 더 큰 결례를 했을 겁니다.”

나우뢰는 겸연쩍은 듯 뒷머리를 긁적거렸다. 나름대로 예를 갖추려드는 것이다. 하지만 그 말을 들은 상빈의 얼굴이 심하게 일그러졌다.

상빈은 크게 덕원을 불렀다.

“덕원아.”

“네, 사숙.”

“지금 저자가 나를 네 사제라고 생각하는 거 맞지?”

곁에 있는 덕원에게 하는 말인데도 그의 목소리는 유난히 컸다. 들으라고 하는 말이었다.

상빈의 말에 덕원은 대답 대신 고개를 들어 나우뢰를 바라보았다. 사숙과 사제라고 소개했던 말에 상빈을 사제라고 생각했었는지 그는 당황한 얼굴이 되었다.

“아마도 사제의 머리가 희어서 착각을 하신 것 같습니다.”

“흥, 아무리 그렇다고 해도 나를 저런 놈보다 못하다고 생각하다니.”

꼬투리를 잡으려 했던 상빈은 기분이 나쁜지 장도명을 턱짓으로 가리켰다. 곁에서 싸움이 일어날 뻔했음에도 장도명은 오로지 음식만을 집어 먹고 있었다.

꼬로록~!

그걸 보고 있자니 갑자기 시장기가 돌았다. 그러고 보니 꽤나 배가 고팠다.

“내 입으로 말하기 싫으니까 네가 알아서 말해라. 그리고 나중에 저놈의 머리를 밀어버려라. 감히 사부보다 늙어 보이다니⋯⋯."

상빈은 말을 하며 단숨에 장도명의 곁으로 뛰어올랐다. 그대로 두었다가는 음식에 입도 못 될 것 같았다.

"이놈아! 그만 처먹고 저리 못 가?!"

퍽~!

상빈은 거세게 장도명을 걷어찼다.

남은 음식만이라도 사수하려면 일단 장도명부터 쫓아내야 했다. 하지만 장도명은 꿈쩍도 하지 않았다. 아무리 환골탈태를 한 몸이라 해도 안 아플 리 없을 텐데 조금이라도 더 먹으려고 참고 버티는 것이다.

"이런 거지 같은 놈을 봤나. 비켜? 저리 안 가?"

상빈은 내력을 끌어올렸다. 하지만 차마 내력을 이용해서 걷어차지는 못했다. 덕원이 와서 말린 것이다.

"사숙, 그냥 놔두시지요. 얼마나 배가 고팠으면 저러겠습니까?"

"뭐? 그럼 누군 입이고 누군 주둥아리냐! 지 배 고프다고 감히 사부의 밥을 넘봐!"

상빈은 괴성을 질렀다. 감히 자신은 입도 대지 못했는데 녀석이 거덜을 내버렸던 것이다. 용서가 안 되는 행위다. 감히 사부의 밥을 노리다니, 불쌍하다고 매번 봐주기만 하니까 버릇이 없어지는 거라는 생각이 들었다.

"내가 오늘 저놈의 버릇을 고치지 않으면 사람이 아니다."

이때부터 상빈과 덕원의 몸싸움이 벌어지고 말았다. 음식 때문에 제자를 잡아 패는 추태만은 막기 위해 덕원이 거의 매달리다시피 해서 상빈을 말리는 것이다. 하지만 제아무리 덕원이라고 해도 몸싸움으로는 상빈을 말릴 수가 없었다.

혼원조화신공을 운용하고 있는 상빈은 덕원의 힘으로 감당하기에는 너무나 강했다.

"사제, 제발 이제 그만 먹게. 어서!"

덕원은 간절히 장도명을 불렀다. 그러나 장도명은 여전히 움직이지 않았고, 상빈은 허리춤을 붙잡고 있는 덕원을 끌고 그의 뒤에 서서 손을 들어 올렸다.

일장에 머리를 부서 버릴 태세다.

"사숙, 제발 참으십시오."

덕원의 절규하는 목소리가 들려왔지만 이미 눈이 뒤집힌 상빈에게는 아무런 소리도 들려오지 않았다. 아니, 듣지 않으려 들었다.

덕원은 자신도 모르게 두 눈을 질끈 감아버렸고, 곁에서 그런 모습을 지켜보고 있던 사하방의 인물들도 하나같이 눈살을 찌푸렸다. 상빈의 손에 엄청난 힘이 실려 있다는 걸 모두 알 수 있었다.

슈웅!

절체절명의 순간이었다. 이대로 있다간 장도명은 목숨을 잃거나 크게 다칠 게 분명했다. 하나 바로 그 순간, 놀라운 일이 벌어졌다. 빠른 속도로 장도명의 뒤통수를 노리고 떨어져 내리던 상빈의 손이 허공에서 우뚝 멈춰 버린 것이다. 힘이 실린 손을 도중에 세우기란 쉽지 않은 일이었지만 상빈은 거짓말처럼 힘을 풀고 손을 멈추었다.

무슨 일일까? 도대체 무엇이 노기에 찬 상빈을 멈추게 한 것일까?

그것은 바로 뒤늦게 자리를 찾은 홍종복의 한마디 때문이었다.

"시장하셨지요? 새로 상을 봐왔습니다."

"……."

그랬다. 새로 상을 봐왔다는데 굳이 장도명을 팰 이유가 없었다.

상빈은 어이없어하는 덕원을 떼어놓고는 가볍게 손을 털었고, 그런 상빈을 바라보는 사하방의 인물들은 하나같이 이렇게 생각했다.

'제자란 놈도 그렇고 사부란 자도 그렇고 둘 다 제정신이 아니군.'

■16장■
심야의 침입자

회음곡에서의 밤은 가장 활발한 시간대다. 이때쯤이면 항상 활기차고 시끌벅적하여 회음곡 주변의 어디를 가도 많은 사람들이 떠들어대는 소음으로 들썩였다. 그러나 가장 시끄러울 시간대였음에도 객잔 안은 결코 그러질 못하였다.

어울리지 않는 무거운 침묵만이 객잔 전체를 감싸고 있는 것이다.

그렇다고 객잔에 사람이 없느냐? 결코 그렇지도 않았다.

객잔 안에는 칠팔십여 명의 사내들이 앉아 있었는데도, 이상하리만치 조용했다.

이곳 풍호객잔이 회음곡의 외곽에 위치한 곳으로 보통 비싼 기루에 가기 전에 일차로 들리는 곳임을 생각한다면, 이러한 모습은 상당히 의외였다. 최소한 만취해서 뻗어 있지는 않을 텐데도 누구도 쉽게 입을 열지 않았다. 모두 침묵으로 일관하거나 속삭이듯 귓속말만 건네고 있는 중이다.

강하게 잡아당겨진 활시위처럼 팽팽한 긴장감이 객잔 안의 사람들을 숨 막히게 하고 있는 것이다.

이러한 긴장감은 어디서 전해져 온 것일까?

그것은 모두 객잔 구석에 앉아 있는 십여 명의 사내들에게서 전해져 오고 있었다. 하나같이 경장을 입고 있었으니 외모만으로는 그리 특출나 보이지는 않았다. 하지만 이들이 이곳에 있는 다른 자들과 다른 것이 있다면 그것은 바로 허리에 차고 있는 검이었다.

무림인.

그랬다. 이들은 산을 넘고 강을 뛰어 건넌다는 무림인이었던 거다.

강호 사람들은 종종 무림인을 흔하게 생각하는 경우가 많은데, 실제로 무림인을 보는 자들은 그리 많지 않다. 그만큼 무림인이란 드문 존재들이었는데, 이곳에는 십여 명이나 있으니 객잔 안의 분위기가 자연스럽게 내려앉게 된 것이다.

허리에 검을 차고 있다고 모두 무림인이라 부르는 것은 아니었다. 만약 그런 자들까지 무림인으로 쳐준다면 저잣거리에서 행패를 부리는 파락호들도 한두 번쯤은 무림인이 됐을 법도 했다. 하지만 무림인은 그러한 자들과 무언가 달랐다.

눈빛, 그리고 풍기는 분위기. 일반인들이 감히 범접키 힘든 무언가가 자연스럽게 몸에 배어 있는 것이다. 아마도 그것은 오랜 시간 자신을 억제하며 수련을 쌓는 사람만이 가질 수 있는 것일 것이다. 그때였다. 그들 중 사십대로 보이는 중년의 사내가 입을 열자 주변을 억누르고 있던 긴장감이 일순간에 깨지기 시작했다.

"쉽지는 않을 것이다. 그러니 모두 마음의 준비를 단단히 해야 한다."

"걱정 마십시오. 오늘은 무슨 일이 있어도 사제의 복수를 하고 말 것입니다."

중년인의 말에 맞은편에 앉아 있던 짙은 눈썹을 한 사내가 입을 열었는데, 그들의 얼굴엔 비장함이 실려 있었다. 아마도 객잔 안을 억누르던 긴장감은 이들의 비장한 모습으로부터 시작된 건지도 모른다. 이들은 사천의 신흥 방파인 추산파의 제자들로 나우뢰의 종족을 쫓아 이곳 운남까지 오게 된 것이다.

"사숙, 걱정하지 않으셔도 됩니다. 저희의 실력이라면 그깟 흑도의 무리는 문제가 되지 않습니다."

"네, 그렇습니다. 그동안 나우뢰의 목을 치지 못한 것은 사하방의 규모가 생각 외로 컸기 때문이지 저희 힘이 부족해서는 아니지 않습니까?"

"그래, 너희를 믿는다. 하지만 적을 앞에 두고 자신을 과신하는 것만큼 나쁜 행동은 없다. 모두 이 점을 명심하기 바란다."

"알겠습니다."

추산파의 제자들은 하나같이 힘있는 목소리로 대답했다.

이 순간을 위해 지난 일 년 동안 얼마나 많은 눈물을 참아야 했는지 모른다. 그들의 머리 속에는 오로지 나우뢰를 처단할 생각만이 가득 자리잡고 있었다. 잠시 후 그들은 절도있는 몸 동작으로 객잔을 빠져 나갔고, 그와 함께 풍운 객잔도 여느 때와 마찬가지로 시끌벅적한 모습으로 돌아오게 되었다.

한편 한바탕 난리를 치른 태음장에선 또다시 술판이 벌어지고 있었다. 사하방의 인물들은 정성껏 상빈 일행을 대접하기 위해 애를 쓰는 중이었으나 대접을 받는 이들의 모습이 과히 즐거워 보이진 않았다.

원래부터 시끌벅적한 것을 싫어하는 상빈이었다. 그것은 사람과 교류를 할 수 없는 불귀곡에서 지내온 습성 때문이기도 했지만, 자신이 시끄러운 것은 되어도 남이 시끄럽게 구는 건 용서가 안 되는 성격 탓도 있었다.

또한 그러한 것은 덕원도 마찬가지였으니 흑도의 무리인 사하방의 인물들과 함께하고 있는 것이 마음에 들지 않는 것이다. 그래서인지 덕원은 자신을 위해 준비해 준 차와 다과를 입에 대는 둥 마는 둥 어색하게 자리만 지키고 있었다.

가장 신난 것은 장도명이었다. 그는 권하는 술을 모두 마셔대는 신기에 가까운 주량을 선보이고 있었다.

"이거 장 공자께서 주량이 보통이 아니십니다. 저희도 주량엔 자신이 있었는데, 이거 장 공자 앞에서는 감히 잔을 내밀기가 겁이 나는군요."

규염사객의 둘째 홍종대가 장도명의 술잔에 술을 따르며 말했다.

"헤~!"

장도명은 술잔에 채워지는 술을 보며 입을 헤벌쭉 벌렸다.

기분이 좋은지 전에 없이 행복한 표정이었다.

"이 대협님께서도 한잔 드시지요. 그렇게 드셨다가는 제자 분께 술을 배우실지도 모르겠습니다."

홍종대는 술병을 든 김에 용기를 내어 상빈에게 술을 권해보았다. 하지만 그는 이내 괜한 짓을 했다고 생각하게 되었다.

그의 귓가에 홍종복의 전음이 들려온 것이다.

"술을 권하려면 술만 권해라. 괜히 쓸데없는 말은 붙이지 말고, 저자는 상당히 속이 좁다고 했으니 어서 사과를 해."

첫째인 홍종복의 전음을 들은 그는 재빨리 술자리의 끄트머리에 앉아 있는 양충기와 호등천을 살펴보았다. 역시 자신이 실수를 한 것인지 그들의 얼굴이 찡그려져 있는 것을 발견할 수 있었다.

그는 술을 권하는 자세를 더욱 숙이며 말을 덧붙였다.

"하지만 술은 음미하면서 먹어야 하는 거겠지요. 그런 점에서 주도(酒道)는 역시 사부님께서 깨우치신 것 같습니다."

나름대로 상황의 반전을 꾀해 보는 것이다. 하지만 역시 말 안 하니만 못했다. 그나마 내밀고 있던 술잔을 상빈이 거둬들인 것이다.

"아니, 그러지 말고 한잔 드시지요."

"상당히 귀찮군. 나 좀 건들지 말고 그냥 놔둬주면 안 되겠나?"

"아, 네, 죄송합니다."

홍종복은 바로 꼬리를 내렸고, 결국엔 주위 사람들의 질책 어린 시선을 견뎌내야만 했다.

그래서일까? 갑자기 술자리에 상당히 어색한 공기만이 흘렀다. 누구도 섣부르게 입을 열지 않는 것이다.

다만 주변 분위기에 전혀 영향을 받지 않는 장도명만이 가끔 헤헤거리며 술을 홀짝거리는 소리가 들려왔다. 그러나 그런 상태가 그리 오래가지는 않았다. 지금까지 잠자코 상빈을 바라보고 있던 화령천관 적충이 그런 아슬아슬한 분위기를 거둬 버린 것이다.

"참고 봐주려고 했지만 도저히 안 되겠군. 소림이 무슨 벼슬인가? 다들 뭐 하는 거요?"

적충은 상빈의 거만한 태도와 그의 눈치를 살피는 동료들이 마음에 들지 않았다. 비록 소림의 명성이 어떠하고, 그들의 힘이 얼마나 강한

지를 모르는 것은 아니었으나 이건 해도 너무했다.

무림에는 예법이 있는 법인데 저자의 행동은 흑도인 자신들보다 예법에 어긋나 있었다. 그는 귀찮다는 이유로 자신들과 통성명조차 하지 않았으니 이러한 행동은 명백히 자신들을 무시하는 처사였다.

"이보게, 적충 왜 그러는가?"

"왜 그러는지 몰라서 묻나? 자네는 뱃도 없나? 그래, 얼마나 대단한 사람이기에 우리를 이렇게 대하는 건지 내가 궁금해서 그러네."

그는 자신을 말리는 담대천에게 고함을 질렀다. 그러자 담대천은 난처한 얼굴로 홍종복을 바라보았는데, 호등천에게 상빈의 전력을 들은 바 있는 그는 서둘러 적충을 말렸다.

"적충, 내 자네의 기분을 알지만 손님께 무례해서는 안 되네."

"그러는 손님은 우리에게 무례해도 되고?"

"아니, 그건 아니지만 서로 오해가 있는 듯하니 일단 진정 좀 해보게."

이때 적충의 곁에 앉아 있던 나우뢰도 입을 열었다.

"오해는 무슨 내가 어지간해서는 이놈 편을 들지 않으려 들지만 이번만은 이놈이 옳소."

나우뢰는 적충의 건장한 어깨에 손을 올리며 동조를 했다. 하지만 말은 그렇게 해도 나우뢰는 마음이 내키지는 않았다. 짧은 순간이었지만 덕원에게 도를 겨눠봤던 그는, 일행 중 가장 상대에 대해 어려운 마음을 갖고 있었다.

다만 적충에게 지기 싫은 마음에 동조를 한 것인데, 이렇게 되자 홍종복도 더 이상은 그들을 말릴 수 없었다. 서로 성격과 무공이 비슷한 그들이 이렇게 의기투합하는 모습은 극히 드문 일이었으니, 그들이 얼마나 화가 났는지 잘 알 수 있었기 때문이다.

그때 이 모든 소란의 원흉인 상빈이 덤덤한 목소리로 입을 열었다.

"그래서 어쩌겠다는 건데?"

"뭣이라? 당신이 얼마나 대단한 사람인지는 모르겠지만 이거 너무한 거 아니오? 소림의 장문인이라 해도 우리를 이렇게 대하진 않을 것이오."

"글쎄? 소림의 장문인이 너희를 만나줄 정도로 한가하진 않다고 하던데?"

"뭐요?"

상빈의 말에 적충과 나우뢰는 자리를 박차고 일어났다.

도저히 참고 견딜 수 없었기 때문이다.

그때 상황이 급박하게 변하는 것을 보고 양충기가 덕원에게 다가가 말했다.

"덕원 스님, 제발 좀 말려주십시오. 이거 아무래도 큰일 치르겠습니다."

짧은 시간을 같이 있었지만 그나마 상빈을 말릴 수 있는 자는 덕원밖에 없다는 것을 알고 있었기에 그의 목소리엔 긴박함이 실려 있었다.

하나 덕원의 대답은 그의 기대를 깨버렸다.

"휴, 이런 말씀을 드리기는 힘들지만 일단 화가 나면 저로서도 감당하기 힘들다는 것을 아시지 않습니까?"

오늘만 해도 벌써 세 번째 소란이었다. 말린다고 되는 것도 아니고, 말리고 싶은 마음도 없었다.

어찌 보면 무책임한 생각일지 모르나 이왕 이렇게 된 거 한바탕 소란을 피운 뒤 근처의 객잔으로 거취를 옮기는 편이 좋을 것 같았다.

‘아미타불, 모두 그간 시주들이 저지른 죄과를 치른다고 생각해 주시구려. 시주들의 희생으로 인해 다른 일행은 편해지실 수 있을 겁니다.’

덕원은 겁도 없이 자리를 박차고 일어선 적충과 나우뢰에게 명복을 빌어줄 뿐이었다.

“일어나시오! 내 그대가 얼마나 잘났는지 확인해 봐야겠소.”

적충이 자신의 거력도를 꺼내 들며 말했다.

바로 무공을 겨루자는 말인 것이다. 하나 그 말이 끝나자마자 덕원과 양충기, 호등천 등은 고개를 절레절레 젓고 말았다. 절대로 해서는 안 될 말을 하고 만 것이다.

그때 상빈이 비웃음 가득한 얼굴로 말했다.

“자네 혼자선 안 될 텐데?”

“뭐요? 건방진 소리 말고 어서 일어나시오.”

“글쎄, 상대가 안 되는데 굳이 겨룰 필요가 있을까? 그 옆에 덩치 큰 놈이 함께한다면 그때는 생각해 보도록 하지.”

상빈의 말에 적충이 나우뢰를 바라보았다. 그러자 나우뢰가 힘있게 고개를 끄덕였다. 서로 사이가 안 좋기는 하지만 상대가 저리 나온다면 그런 마음쯤은 충분히 접을 수 있었다.

“그럼 함께할 테니 밖으로 나오시오.”

적충은 거칠게 말한 뒤 장원으로 향했고, 그 뒤를 나우뢰가 따랐다.

이렇게 되자 걱정 어린 얼굴로 그들을 바라봤던 좌중의 인물들이 눈을 빛내기 시작했다. 소림에서도 배분이 높은 것으로 알려진 상빈이 펼칠 무공에 기대를 하는 것이다.

모두 상빈의 지나칠 정도로 건방진 자신감은 실력에서 비롯된 것이라 생각하고 있었다. 그들은 슬그머니 몸을 일으켜 장원으로 나갔다. 좀 더 가까운 곳에서 결투를 지켜보기 위함이다.

이렇게 되자 술상 앞에 앉아 있는 것은 혼자 술을 홀짝이고 있는 장도명과 상빈의 행동들을 될 대로 되라는 식으로 지켜보고 있는 덕원, 그리고 한껏 무게를 잡고 있는 상빈뿐이었다. 태음장의 손님만이 자리를 차지하고 있는 것이다.

부웅, 부웅!

적충이 자신의 거력도를 거칠게 휘둘러 몸을 푼 뒤 상빈을 노려보았다. 그러나 상빈은 자리에서 일어날 생각이 없는지 여전히 느긋한 자세로 앉아 물어보았다.

"준비는 끝났는가?"

"그렇소, 어서 나오시오."

"알겠네."

상빈은 가볍게 고개를 끄덕였다.

그리고는 곁에 앉아 있는 덕원을 향해 말했다.

"너도 일어나거라."

"저는 이곳에 앉아 있겠습니다."

덕원의 목소리는 약간 가라앉아 있었다. 이미 상빈에 대해 실망할 대로 실망했기 때문이다.

덕원은 상빈을 보면서 느낀 것이 있었다. 무공만을 추구하는 게 얼마나 위험한 일인지 깨달은 것이다.

어디로 튈지 모르는 사숙의 성격은 아마도 무공만을 수련하다가 자신도 모르게 삐뚤어진 것으로 여겨졌다. 해서 말리기보다는 내버려 두기로 마음먹은 것이다. 그러나 그런 생각은 역시 오래갈 수 없었다.

뜬금없는 사숙의 말 때문이었다.

"뭐 해? 쟤네 기다리잖아?"

"네?"

"쟤네 기다린다고, 빨리 가서 손 좀 봐주고 와."

"제가 싸우라고요?"

"그럼 내가 하리?"

상빈은 당연하다는 듯이 말했다. 이들과 덕원을 싸움시키려던 것은 애초부터 계획하고 있던 일이기에 아주 자연스럽게 말이 나왔다. 이들이 대결하는 것을 보고 자신의 문제점을 찾으려는 것이다.

상빈은 대련이라는 것을 해본 적이 없었다. 때문에 이렇게라도 싸움을 시켜 시야를 넓히려는 것이다. 하지만 덕원은 고개를 저었다.

"사숙, 저는 저분들과 싸우기 싫습니다."

"그런 게 어디 있어. 어서 일어나!"

상빈은 덕원에게 말하며 그가 거절하지 못하게 준비를 하고 있는 적충 등에게도 이 사실을 알렸다.

"나 대신 이놈이 나설 테니 어디 잘 상대해 보시오."

"뭐야? 왜 갑자기 상대를 바꿔?"

적충이 작게 투덜거리며 반대하려 했다. 하지만 상빈의 말을 들은 양충기가 반색을 하며 말했다.

"차라리 잘된 일입니다. 저 스님은 그나마 손속에 사정은 두시거든요."

"뭐야! 우리 둘이 나섰는데도 진단 말이야?"

나우뢰가 인상을 썼다.

"아니, 꼭 그렇다는 게 아니라. 하여튼 저 사숙이라는 자보다는 상대하기가 편할 겁니다."

양충기의 말에 그들도 고개를 끄덕였다. 사실은 건방진 상빈의 코를 납작하게 해주고 싶었지만 사숙보다는 아무래도 사질이 상대하기 편할 것 같았다.

그들이 그런 이야기를 나누고 있을 때 덕원은 상빈에게 떠밀려 마지못해 장원으로 나왔다.

"아미타불, 시주 분들께 진심으로 사과를 드리고 싶습니다. 사숙께서 오랜 수련을 마치고 출두하신지라 아직 사람들을 대하는 것에 서투른 편이십니다."

덕원은 합장을 해 보이며 일단 상빈을 대신하여 사과부터 했다. 마지못해 나와서인지 어깨가 늘어진 것이 기운이 없어 보였다. 그런 모습에 나우뢰는 김이 빠지고 말았다.

"스님께서도 곤혹이 많으시겠습니다."

"……."

덕원은 왠지 자신의 처지를 이해해 주는 것 같아 엷은 미소를 지어 보였으나 입을 열어 대답하지는 않았다.

"저런 사숙이라면 곤혹이 아니라 고통 수준이지. 스님도 참 딱하오."

적충도 같은 생각인 듯 나우뢰의 말에 동조했다.

"그래서 말씀드립니다. 사실 저는 시주 분들과 다툴 이유도, 명분도 없습니다. 그러니 화를 좀 참으시는 게 어떠신가요?"

"나도 스님과는 싸우기 싫소. 그러나 스님의 사숙이라는 작자가 우리를 무시하기 때문에 이러는 거 아닙니까? 그러나 스님을 봐서 그자가 한마디 사과라도 한다면 내가 물러서겠수다."

적충은 상빈이 들으라고 큰 소리로 외쳤다. 그러나 그 말을 들은 상빈은 콧방귀만 뀌었고 덕원도 고개를 저었다. 사숙이 사과한다는 일은 가장 손쉬운 해결 방법처럼 보였으나 가장 어려운 해결법이라는 것을 잘 알고 있었다.

"아마도 절대 그러시진 않을 겁니다."

"그렇다면 어쩔 수 없지 않소. 난 저 사숙이라는 자의 사과를 받기 위해서라도 스님과 싸워야겠소."

"휴~ 어쩔 수 없는 일이군요."

"그렇소, 어쩔 수 없소. 그러니 준비나 하시오."

적충은 나우뢰에게도 눈짓을 한 뒤 몇 걸음 뒤로 물러섰다.

본격적으로 싸우기 위해 준비를 하는 것이다.

그는 호기롭게 말하긴 했지만 긴장이 되는 것은 어쩔 수 없었다. 남녕 일대에서는 지옥의 염라대왕이라고 불릴 정도로 화령천관 적충의 명성은 드높았지만 상대는 자신이 이제껏 상대해 왔던 무인들과는 격이 달라 보였다.

바로 소림의 승려였기 때문이다.

그는 긴장감을 풀기 위해 가볍게 어깨를 들썩였다. 그에 따라 전신에 걸쳐진 장포가 마치 불꽃이 요동을 치듯 꿈틀거리기 시작했다.

"퉤!"

그는 가볍게 침을 뱉었다.

짜릿한 긴장감이 전신을 덮쳐 오자 자신도 모르게 입술이 마른 것이다. 사실 그는 일 대 일로 붙고 싶은 마음이 간절했다.

자신의 무공을 시험해 보고 싶은 것이다. 하지만 사숙이라는 자의 코를 뭉개기 위해서는 기필코 이겨야만 했다. 그는 자신의 거력도를 움켜잡은 손을 움찔거리며 전신의 기를 모으기 시작했다.

"자, 준비가 되었으면 공격하시오. 선공은 양보하겠소."

이 대 일로 싸우면서 선공까지 할 수는 없었다.

그러자 어쩔 수 없다고 생각한 것인지 지금까지 가만히 서 있던 덕원의 손이 느릿하게 중단을 향해 들리어졌다.

'뭐지? 거리도 좁히지 않고 저기서 무엇을 준비하는 걸까?'

그런 덕원의 행동을 바라본 적충은 쉽게 이해가 되지 않았다.

병장기를 가지고 있는 자신들과는 달리 상대는 적수공권(赤手空拳)이었음에도 거리를 좁히지 않는 것이다. 그러나 중원 무학의 시조(始祖)라 할 수 있는 소림승이니 자신이 모르는 무슨 방법이 있을 것 같았다.

'기를 모으는 걸까? 아니면 혹시 장법이라도 펼치려는 것일까?'

소림은 내가중수권으로 유명한 곳이었기에 조심스럽게 합쳐지고 있는 저 손은 자신이 들고 있는 거력도보다 더 위험할 수 있는 것이다. 몸에는 상처를 주지 않지만 몸속을 파괴할 수 있는 것이 내가중수권의 위험한 점이었으니 결코 방심할 수 없었다. 때문에 상대가 어떤 무공을 펼치는지를 파악해야 했지만 도저히 알 수가 없었다.

그는 두 눈을 크게 뜨고 지켜보았다. 무엇이 올지 모르나 분명 쉽지는 않을 것이다.

그때였다. 덕원의 양손이 돌연 합쳐지는 것이 보였다.

꿀꺽!

적충은 자신도 모르게 침을 삼켰고, 근처에서 그들의 대결을 기다리고 있는 사람들도 숨을 죽이며 바라보았다. 드디어 소림 무학을 견식하게 되는 것이다.

"아미타불! 빈승이 졌사옵니다."

"……!"

"잉?"

"뭐야?"

사람들은 너나 할 것 없이 헛바람 빠지는 소리를 냈다. 잔뜩 긴장한 것과는 달리 덕원은 자신의 패배를 선언해 버린 것이다.

"허~! 그럼 그게 합장을 하려던 거였나?"

어찌나 눈을 부릅뜨고 있었는지 짧은 시간이었지만 적충의 두 눈은 붉게 충혈돼 버렸다. 허탈했다. 단순히 합장하는 것을 보고 그리 긴장을 했다니.

"너 이놈, 이게 무슨 짓이냐! 대소림의 명성이 있지 어디서 함부로 패배를 선언한단 말이냐."

상빈은 호통을 치며 덕원을 향해 달려들었다. 그러나 덕원의 얼굴은 담담했다.

"죄송합니다. 저로 인해 소림의 명성에 누가 되었다면 그 죄는 본사에 돌아가서 달게 받겠습니다. 하나 무의미한 싸움을 하는 것보다는 차라리 지는 게 옳을 것 같았습니다."

대답을 하는 덕원의 얼굴에선 상빈을 만나 매일같이 당하고만 지냈던 모습이 아닌, 소림의 산문을 갓 벗어나 늠름했던 시절의 그림자를 언뜻 살필 수 있었다. 지금까지 상빈의 눈치만 살피던 그런 모습이 아니었다.

"허허!"

하도 어이가 없어 상빈은 허탈한 웃음만 내질렀다. 이건 화도 나지 않았다. 믿었던 덕원이 자신의 말을 듣지 않고 제대로 뒤통수를 칠 줄

이야. 도저히 상상조차 하지 못한 일이었다.

그저 무공에 대한 견식 좀 넓혀보려고 한 건데 도대체가 되는 일이 없었다. 그때 적충이 상빈을 향해 말했다.

"후후, 어쨌든 간에 사질을 이겼으니 어서 사과를 하시오."

"그게 무슨 소리냐!"

"당신 대신 나온 사질을 이긴 거 아니오? 그러니 우리에게 무례하게 굴었던 것을 사과하시오."

어이가 없었다. 정말 별 우스운 놈들이 시비를 거는 것이다.

"허허. 내 오늘 이곳에 오는 것이 아니었는데, 괜한 걸음으로 망신만 당하는구나."

상빈은 허공을 바라보며 허탈하게 말했다. 자신이 뭘 그리 대단한 걸 바란다고 이렇게 어긋나기만 하는 건지 알 수가 없었다.

"이보시오, 어서 사과를 하란 말이오."

"……."

"이보시오!"

적충은 시끄럽게 불러댔지만 상빈은 대답하지 않았다. 그냥 터벅거리며 정원에 세워져 있는 커다란 석등으로 다가갔다.

터벅터벅!

그런데 이상한 점이 있었다. 걸음을 옮길 때마다 상빈의 양손에서 푸른 빛이 피어오르기 시작한 것이다.

"헛! 저게 뭐냐?"

먼저 그것을 발견한 것은 적충이었다. 그는 상빈의 소매에서 푸른 빛이 감돌면서 무언가 타 들어가는 것을 놓치지 않았다.

파지직~!

양충기한테서 빼앗은 커다란 소매의 유생복이 손끝에 휩쓸리면서 작게 타 들어가고 있었다.

"혹시 소림의 관음청강수?"

"아니, 옷자락이 타고 있다. 저건 강기가 분명해!"

적충과 나우뢰의 목소리에는 경악이 실려 있었다. 그것이 무엇이든 간에 자신들은 도저히 꿈도 꿀 수 없는 경지인 것이다.

'수강이라니⋯⋯. 무슨 저런 괴물 같은 놈이 다 있어!'

필사적으로 상빈과의 싸움을 말렸던 양충기의 행동이 이해가 되었다. 하나 그것도 잠시,

'젠장. 저 정도로 고수였다면 미리 말을 했어야 하는 거 아냐?'

강기를 사용하는 고수라고 말 한마디만 했다면 결코 나서지 않았을 것이다.

충혈된 그의 두 눈에 푸른빛 물결이 담겨졌다. 그리고 잠시 그 빛이 허공으로 올려지는가 싶더니 이내 석등에 올려졌다.

우르릉~!

그 순간 믿기 힘든 일이 발생했다.

상빈의 손이 석등을 뚫고 들어가 내부에 놓여진 유등(油燈)을 꺼내 든 것이다.

'헛! 말도 안 돼!'

정말 직접 봤음에도 거짓말 같은 광경이었다. 두꺼운 대리석으로 만들어진 석등을 맨손으로 뚫다니.

적충은 자신이 잘못 본 거라 생각하며 머리를 뒤흔들었다. 하지만 다시 확인할 필요도 없었다.

상빈이 꺼내 든 유등을 적충에게 던져 준 것이다.

"한 번만 더 시끄럽게 굴면 다음번엔 네놈의 심장을 꺼내고 말 테다."

짧지만 의미심장한 말이었다. 적충은 너무 놀라 꼼짝도 하지 못했다. 던져진 유등에서 뜨거운 기름이 손등을 타고 흘러내리고 있었지만 뜨거운 것도 느껴지지 않았다.

오랜만에 상빈은 덕원과 떨어져 자게 되었다. 태음장에는 객방이 많이 있어 각각 다른 방에서 잠을 자게 된 것이다.

하나 잠이 오지 않았다. 오주산의 사당과는 달리 이곳엔 찬바람도 들지 않았고 보드라운 금침도 깔려 있었지만, 왠지 마음이 찜찜한 게 도저히 잠을 청할 수가 없는 것이다. 물론 바뀐 환경 탓만은 아니었다. 덕원의 태도가 내내 마음에 걸렸다.

'내가 좀 심했나?'

자신의 말을 대놓고 거역할 줄은 생각도 못했다.

그러나 덕원만을 탓할 수는 없었다.

아무래도 오늘 자신이 심하게 군 것은 사실이었다.

"에이, 조심한다고 해놓고 그걸 못 참다니."

괜한 욕심을 낸 게 문제였다. 이젠 사숙으로서의 위엄과 권위는 바닥에 떨어진 것과 마찬가지였다.

"휴~ 어쩔 수 없이 한동안은 자중하며 지내야겠군."

덕원과 헤어진다면 모를까, 앞으로도 함께할 생각이라면 아무래도 놈의 입장도 생각해 줄 필요가 있었다.

"귀찮게 됐군."

그는 베개를 끌어안고 뒹굴기 시작했다. 깊이 생각하는 것과는 거리가 멀었기에 빨리 잠이나 자고 싶었다.

얼마나 지났을까?

가까스로 잠이 든 상빈은 갑자기 두 눈을 번쩍하고 떴다. 낯선 기척이 다가오는 것을 느낄 수 있었다.

'이놈들이 수작을 부리는가 보군.'

사하방의 무리들이 자신에게 좋은 감정을 갖고 있을 리는 만무했다.

미안해하지 않을 뿐 자신의 행동이 지나친 감이 많다는 것은 잘 알고 있는 일이지 않는가.

상빈은 낯선 기척이 그들일 거라고 단정 지었다.

'얌전히 있으려 했더니, 이놈들이 먼저 시비를 거네.'

옆방에서는 아직 기척이 없는 것으로 보아 덕원은 아직 알아채지 못한 것 같았다.

그는 덕원을 깨울 생각을 하다가 이내 지워 버렸다. 오랜만에 사질을 위해 수고를 할 생각을 한 것이다.

상빈은 슬그머니 창문을 열고 처마 위로 몸을 날렸다. 침입자를 마중 나가는 것이었다.

처마 밑에 몸을 숨기고 지붕 위를 살피던 상빈은 얼마지 않아 침입자를 발견할 수 있었다. 그러나 그는 곧 자신이 잘못 생각했다는 걸 알게 되었다. 침입자들은 자신들의 처소로 향하고 있지 않았으며, 장원의 곳곳에 숨어 있는 것으로 보아 아마도 다른 곳을 노리고 있는 것 같았다.

'뭐야? 저놈들은 누군데 남의 장원을 돌아다니는 거야?'

하나같이 얼굴에 복면을 두르고 있어 정체를 확인할 수는 없었지만, 결코 좋은 의도로 찾아왔을 리는 없었다.

의아한 생각이 들었다. 상빈은 그들의 뒤를 조심스럽게 따르기 시작
했다.

그러나 그것도 잠시 이들의 느린 움직임에 한숨이 나오기 시작했다.
그들은 은밀하게 움직이기 위해 최선을 다하는 것이겠지만, 그것을 지
켜보는 입장에서는 얼마나 지루하겠는가.

상빈은 무작정 뒤따르는 건 포기하기로 했다. 그는 슬그머니 지붕
위로 올라가 장원의 이층 전각 쪽으로 움직이고 있는 침입자를 향하여
몸을 날렸다.

파팟!

궁신탄영의 신법을 이용하여 몸을 날리자 밤하늘에 한 마리 새가 날
아가는 것처럼 침입자의 뒤에 떨어져 내릴 수 있었다. 그러나 상빈이
아무리 조심한다고 해도 떨어져 내리는 기척은 감출 수가 없는 법이었
다.

침입자는 갑자기 나타난 상빈을 보고 허리에 차고 있던 검으로 빠르
게 손을 옮겼다. 아니, 옮기려 했다. 하지만 침입자는 이내 자신의 몸
이 움직이지 않는다는 것을 알 수 있었다. 상빈이 이미 혈도를 짚은 것
이다.

상빈은 한 손을 뻗어 침입자를 감싸 안았다. 곳곳에 다른 침입자들
도 있었으니 이곳에 오래 머물 수는 없었다. 그런데 감싸 안은 손에 무
언가 이상한 것이 잡혔다.

물컹!

"이잉?"

한 손에 넘칠 정도로 들어오는 것이, 탄력이 보통이 아니었다.

"뭐지?"

상빈은 고개를 갸웃거리며 다른 손도 뻗어보았다.

양손에서 느껴지는 감촉이 익숙지는 않았지만 싫은 느낌은 아니었다.

'설마? 가슴?'

상빈은 기겁을 하고 손을 뗐다.

그리고는 황급히 침입자의 몸을 돌려 복면을 벗겨내고는 민망함에 고개를 돌리고 말았다. 경멸 어린 시선으로 자신을 바라보고 있는 여인을 발견한 것이다. 그 순간 구름에 가려져 있었던 달이 살며시 모습을 드러냈다.

반짝!

상빈은 여인의 차가운 눈동자에서 눈물이 흘러내리는 것을 발견할 수 있었다.

"히잇! 일부러 그런 건 아니오!"

그는 기겁을 하고 물러섰다. 그리고는 왔을 때보다 더 빠른 속도로 허공을 차 오르며 자신의 방으로 돌아왔다.

"하마터면 큰일 날 뻔했다."

상빈은 덕원을 깨우지 않길 잘했다고 생각했다.

예전에 당설연을 통해 비슷한 경험을 한 적이 있었기에 이러한 행동이 여자들에게 얼마나 커다란 수치심을 주는지를 알고 있었다. 때문에 기겁을 하고 도망쳐 온 것인데 막상 금침에 누우려 하자 자꾸만 손끝에서 여운이 느껴졌다.

상빈은 물끄러미 자신의 손을 바라보았다.

그리고는 슬며시 오므려 보았다.

아쉬웠다.

"하~ 당가의 계집과는 다른 느낌인걸."

상빈은 자신도 모르게 히죽거리다가 벌떡 자리에서 일어났다. 무언가 아쉽고 허전하다 생각했었는데, 알고 보니 여인을 팽개쳐 두고 와버린 것이었다.

"이런 혈도를 짚힌 사람을 지붕 위에 놓고 오다니."

자칫 지붕에서 떨어진다면 큰 사고를 당할 수 있었다.

상빈은 다시 창문을 통하여 지붕 위로 올라갔다. 한데 처음 창문을 통해 나갔을 때보다 몸 동작이 유난히 가볍고 힘차 보이는 것을 보면 정말 의외의 일이 아닐 수 없었다.

사천제일미 당설연을 곁에 두고도 꿈쩍도 않던 그가 아니었던가?

상빈은 허공을 박차 오르며 묘한 미소를 짓고 있었다.

『파황성불』 3권으로 이어집니다

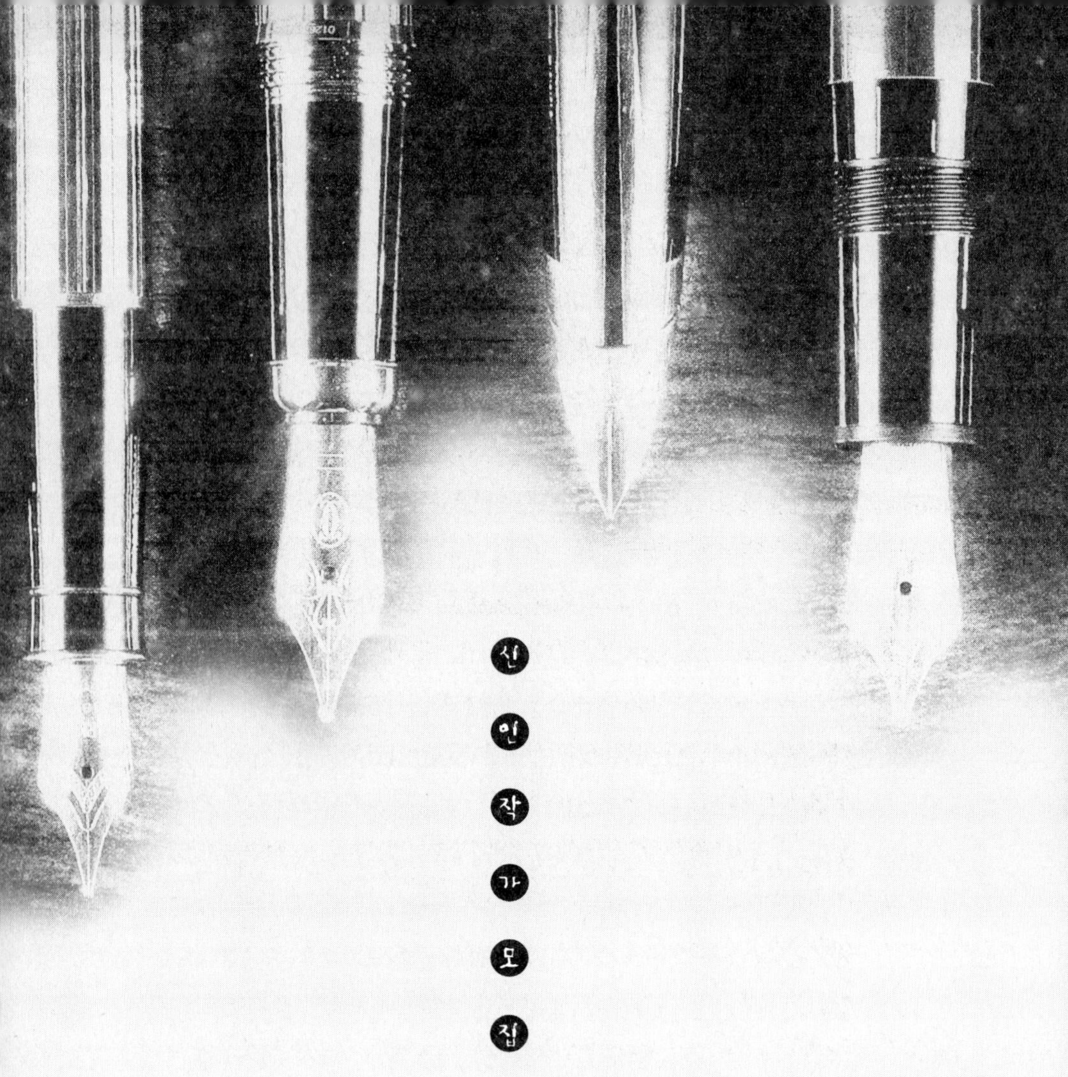

신
인
작
가
모
집

시작이 반이라고 했습니다.
작가의 길에 대한 보이지 않는 벽을 과감히 깨뜨리십시오!
청어람은 작가 지망생 여러분들의
멋진 방향타가 되어드리겠습니다.

저희 도서출판 청어람에서는
소설 신인 작가분들을 모집합니다.
판타지와 무협을 사랑하시는 분들의 많은 참여를 바랍니다.
소정의 원고(A4용지 150매)를 메일이나 우편으로 보내주시면
검토 후 출판 여부를 알려드리겠습니다.

주소:경기도 부천시 원미구 심곡1동 350-1 남성B/D 3F 우편번호420-011
TEL:032-656-4452 · FAX:032-656-4453
http://www.chungeoram.com
e-mail:chungeoram@chungeoram.com